Primeira Manhã

JEAN-CLAUDE KAUFMANN

Primeira Manhã

Como nasce uma história de amor

Tradução
Giseli Unti

BERTRAND BRASIL

Rio de Janeiro | 2013

Copyright © Armand Colin, 2002

Título original: *Premier matin: comment naît une histoire d'amour*

Capa: Silvana Mattievich

Editoração: DFL

Texto revisado segundo o novo
Acordo Ortográfico da Língua Portuguesa.

2013
Impresso no Brasil
Printed in Brazil

Cip-Brasil. Catalogação na fonte
Sindicato Nacional dos Editores de Livros, RJ

K32p	Kaufmann, Jean-Claude, 1948-.
	Primeira manhã: como nasce uma história de amor/ Jean-Claude Kaufmann; tradução Giseli Unti. – Rio de Janeiro: Bertrand Brasil, 2013.
	256 p.: 21 cm.
	Tradução de: Premier matin: comment naît une histoire d'amour
	Inclui bibliografia
	ISBN 978-85-286-1754-2
	1. Relações homem-mulher. 2. Comportamento sexual. I. Título.
	CDD: 306.7
13-00528	CDU: 392.6

Todos os direitos reservados pela:
EDITORA BERTRAND BRASIL LTDA.
Rua Argentina, 171 – 2º andar – São Cristóvão
20921-380 – Rio de Janeiro – RJ
Tel.: (0xx21) 2585-2070 – Fax: (0xx21) 2585-2087

Atendimento e venda direta ao leitor:
mdireto@record.com.br ou (0xx21) 2585-2002

Impresso no Brasil pelo
Sistema Cameron da Divisão Gráfica da
DISTRIBUIDORA RECORD DE SERVIÇOS DE IMPRENSA S.A.

SUMÁRIO

INTRODUÇÃO

Quem não sonha, quem nunca sonhou com o amor? Quem ousaria criticar ou negar esse sentimento único? O ideal mais almejado pelo homem moderno, em busca do sentido da vida, é o amor. Sereno ou passional, estável ou impetuoso, ele implica envolvimento emocional e abertura ao outro, protegendo o ser humano da insensibilidade egoística da modernidade.

Por essa razão, inventamos histórias. Histórias de amor eternamente renovadas. Alegres como a leveza da emoção, muitas vezes tristes – pois não há amor sem sofrimento –, mas que finalmente nos libertam da banalidade cotidiana de nossas vidas.

O casal também reinventa sua história, mesmo se pouco resta do amor passado. Encena uma trama coerente, com um início bem-definido, o encontro, seguido de um encadeamento lógico de episódios: os tempos heroicos, a conquista do conforto, a chegada do filho, e assim sucessivamente. Pois é uma necessidade vital reinventar belas histórias, tecer fio a fio os acontecimentos mais esparsos de nossas vidas. Tal idealização poderia, contudo, transformar a realidade da vida conjugal em um mito familiar, dificultando o trabalho do pesquisador em busca da verdade. No meu livro anterior, *O labirinto conjugal*, superei esse obstáculo ao escolher a roupa de cama como objeto de análise da formação do casal e do seu comportamento na vida cotidiana. E, de fato, o resultado mostrou uma visão bem diferente das histórias oficiais.

O que é o amor? Como ele se forma concretamente? Procurei encontrar nesta nova pesquisa um outro meio para evitar os relatos convencionais. Meu objetivo não era desmascarar as ilusões do amor por simples prazer, e muito menos romper seu encanto; queria apenas compreender sua evolução de modo preciso. Assim, no fim deste livro, veremos despontar um novo imaginário amoroso, do qual emana uma magia que se adapta perfeitamente ao comportamento e aos sentimentos do homem moderno. Não corremos o risco de perder nossas belas emoções ao encarar a verdade.

O que permitiria ao sociólogo alcançar a realidade do amor? Qual objeto comparável à roupa de cama poderia explicar o comportamento conjugal? As histórias de amor oficiais costumam apresentar uma sequência lógica de acontecimentos, com eventuais adversidades e etapas a serem superadas, enquanto o prelúdio estaria isento de qualquer problemática.

Para evitar essa falsa descrição, era necessário situar a pesquisa num momento ainda não consumado da relação do casal, mas que tampouco fosse seu primeiro encontro. Sem dúvida alguma, esse momento ideal era a primeira manhã. A cama seria talvez um fator de análise interessante, mas, ao privilegiar o ato sexual, dissimula a real evolução do sentimento. A primeira manhã, pelo contrário, é como um intervalo equívoco no qual os diferentes elementos constitutivos do amor podem entrar em jogo. A atmosfera voluptuosa da noite anterior cede espaço à sensualidade afetuosa e ao eventual despertar do desejo. Enfim, a primeira manhã é um momento particularmente rico em conteúdo e aberto ao imprevisível. Paradoxalmente, a riqueza de um objeto de pesquisa pode levar o especialista ao fracasso do seu estudo. A primeira manhã, no entanto, afasta esse risco, ao oferecer uma unidade de tempo e espaço característica do teatro clássico. As cenas típicas (o despertar, a cama como ninho de amor, a toalete, o café da manhã), desenrolam-se em poucas horas e no espaço reduzido de alguns cômodos. É nesse contexto maravilhosamente sucinto que o pesquisador pode acumular uma riqueza multiforme de informações.

Cada nova pesquisa introduz o sociólogo num mundo diferente e particular. O universo das primeiras manhãs respira um conjunto insólito de sensações extremas que fogem à nossa compreensão; o bem-estar e a angústia, os risos e os tormentos, o prazer e o sofrimento, somados à unidade de tempo e espaço, criam uma teatralidade evidente. *Primeira manhã* é um livro visual (ou cinematográfico), qualidade que não se deve à minha vontade nem à minha escrita, mas a cenas e roteiros precisos, tal como foram narrados. O leitor acompanhará as peripécias de personagens que se transformam em verdadeiros heróis, pois revelam que a aparente banalidade da primeira manhã esconde as intrigas mais delirantes, e as mais significativas para o futuro do casal.

Minha surpresa foi constatar que esse excelente instrumento de análise não se limitava a compreender o nascimento do amor. Ele era em si mesmo um acontecimento decisivo na sequência de microaventuras da vida conjugal. A primeira manhã, com seus despertares embaraçosos, suas carícias apaixonadas ou lânguidas, seus momentos de desconforto, assim como suas mínimas irritações e pensamentos secretos, seria o contrário do não acontecimento. Pois o que está em jogo na primeira manhã é o próprio casal.

Agradecimentos

Este livro seria apenas um pobre esboço se não fossem os relatos imparciais e sinceros dos entrevistados, que não economizaram esforços para resgatar das profundezas de suas memórias lembranças maravilhosas de vida e precisão. Obrigado.

Agradeço igualmente a Mathilde Perrot, pela desenvoltura profissional com a qual expressou o mais íntimo de si mesma; Gaétan Bénis e Karim Gacem por suas contribuições; Michèle Lalanne-Lestieu pelo presente de Pirandello; Soizic Hidrio, Cécile Lacorre, Bertrand Dreyfuss e Marie-Paule Rochelois pela leitura do manuscrito; e François de Singly, como sempre, por sua indefectível dedicação.

PRIMEIRA PARTE

CENAS DA PRIMEIRA MANHÃ

O despertar

*"Preciso contudo lhe dizer uma palavra do momento surpreendente
que foi meu despertar na manhã seguinte. Acordei de um sono pesado,
de uma escuridão profunda, jamais vista. Quando finalmente abri os
olhos, a primeira coisa que vi foi o teto de um quarto desconhecido, e,
ainda semiconsciente, percebi que era um lugar estranho, detestável,
sem saber o que tinha feito para estar ali. A princípio, pensei que
fosse um sonho, claro e transparente, provocado por um sono pesado
e confuso; mas, pela janela, brilhava a luz intensa e incontestavel-
mente real do sol, a claridade da manhã; ouvia-se o barulho da rua,
a circulação dos carros, o apito dos bondes, os passos dos transeuntes; a
partir desse momento, percebi que já não era um sonho. Levantei-me
para retomar minha lucidez, e então... olhando ao meu redor... eu vi
(com um terror indescritível) um homem que dormia ao meu lado...
era um desconhecido, um perfeito estranho, um homem seminu que
jamais vira em minha vida."*

Stefan Zweig, Vinte e quatro horas na vida de uma mulher

"Aquela manhã? Ah, você está querendo que eu me lembre
de coisas que aconteceram há tanto tempo!" Georgette conheceu
apenas um homem em sua vida, teve uma só primeira manhã, há
cinquenta e sete anos. No entanto, as lembranças voltam uma a
uma, delineando a cena com uma incrível precisão.

A memória dos entrevistados nunca funcionou tão bem, mesmo quando eram manhãs mais recentes. Não por um problema neuronal de deficiência amnésica. Mas porque um dos mecanismos próprios da primeira manhã consiste em reprimir uma parte das observações e reflexões que poderiam comprometer o seu desenrolar. O que está em jogo não é simples. Trata-se nada menos do que saber se os protagonistas da noite de amor vão querer realmente assumir um compromisso conjugal. Veremos como e por que certa amnésia (resultado de uma defesa mental) se faz necessária. Esse acontecimento essencial para a formação do casal possui uma contradição: sua eficácia nasce de uma experiência banal e superficial. O que dificulta a tarefa do pesquisador, condenado a trabalhar arduamente para reacender apenas alguns fragmentos na memória dos entrevistados.

Ao relembrar esse ou aquele assunto, as pessoas nunca falam da mesma maneira. Cada tema de pesquisa envolve o especialista numa atmosfera particular. No nosso caso em especial, o clima das entrevistas pode ser resumido em poucas palavras: risos, ternura, nostalgia. A primeira manhã implica inicialmente uma percepção global, que dá o tom aos elementos que a integram. "É uma atmosfera" (Charles-Antoine). Além de risos e ternura, há medo e constrangimento. Um ambiente incompreensível se instaura desde os primeiros instantes do despertar.

O despertar habitual

Todos passam diariamente pela experiência do despertar e do tempo que é necessário para "emergir do sono e colocar as ideias no lugar" (Walter). Como as diferenças interpessoais são grandes, os ritmos do despertar variam consideravelmente na primeira manhã. "Quando abro os olhos, me levanto; ela não. Não consigo ficar na cama acordado. Preciso sair da cama e fazer alguma coisa." Vincent ficou realmente surpreso, não compreendia Aglaé. "Seus hábitos não eram os mesmos da noite anterior. Ela é do tipo que chega em casa e liga a televisão ou o rádio. De manhã, não! Nada de televisão! Nada de música!" Mesma mudança de atitude na conversa. "É uma pessoa que fala muito. Mas, nas primeiras horas matinais, é melhor não conversar com ela." Ele acreditara, na primeira manhã, que aquela "cara estranha" vinha da enxaqueca. Mas não demorou para perceber que a realidade era outra: nas manhãs seguintes, Aglaé levantava devagar e mal-humorada.

Contrariamente a uma ilusão tenaz, o acaso dos encontros não é sempre bem-vindo: Alban deveria ter cruzado o caminho de Aglaé, pois ele também demora para acordar. "Às vezes, levo uma hora para melhorar meu humor." Falta de sorte (nesse ponto), pois é ao lado de Lisa que fez sua vida. "Ela, porém, quer falar sobre tudo pela manhã." Pressão insuportável. Há quatro anos vivem juntos, mas cada um em seu apartamento. Essa diferença de ritmo ao despertar tem seu avesso: acaba sendo insuportável para aquele que tem de se deparar todas as manhãs com uma cara fechada.

Estou indo depressa demais em minha análise. O despertar se divide em várias fases e gostaria de falar sobre a primeira, logo após o despertar. O sono não é o buraco negro da mente. É marcado por uma sequência de sonhos que consome uma grande energia cerebral. Durante a noite temos outra vida mental que, por motivos ainda desconhecidos, redistribui e recompõe profundamente as ideias diurnas [Jouvet, 1992]. Na hora do despertar, portanto, cada um vive um breve momento de perturbação de identidade até recuperar suas referências pessoais. Não podemos esperar uma hora, como fazem Aglaé e Alban, para iniciarmos as fases posteriores dos gestos e dos pensamentos. Esse processo é urgente e perigoso. Uma perda de referência prolongada (ultrapassando alguns segundos) poderia destruir a convicção íntima de que somos unos e indivisíveis, sempre nós mesmos, inscritos numa história lógica e compreensível. Os primeiros segundos do despertar são marcados por uma atividade mental intensa que consiste em restabelecer o fio da existência, em retomar a história biográfica do ponto em que foi deixada na véspera.

Em circunstâncias comuns, esse processo ocorre sem muita pressão. As referências cotidianas, que passam quase desapercebidas (o armário que está no mesmo lugar há dez anos; o companheiro que continua o mesmo há mais tempo ainda), são as únicas que garantem a continuidade biográfica. Basta apenas encaixar alguns novos detalhes para começar bem o dia. Quanto mais as circunstâncias são excepcionais (lugar desconhecido, parceiro insólito), mais tenso é o trabalho mental, pois deve restabelecer uma relação com a véspera num lapso de tempo muito curto. Um vazio prolongado, ou até mesmo uma hesitação, representaria um verdadeiro risco existencial. De qualquer maneira, é preciso retomar rapidamente o fio da vida. Segundo Walter, o simples fato de acordar num hotel implica uma mobilização cognitiva, mesmo quando essa experiência já se tornou um hábito. "Em poucos segundos, percebo que estou num hotel. Depois, tudo fica muito confuso. Vejo os móveis, a decoração do quarto, e ao mesmo tempo penso onde estou, por que estou ali, o que farei de manhã, se estou ou não com pressa... Mas é estranho, penso sempre em mim, na minha vida, me pergunto quem sou nesse hotel e por quê, penso na diferença em relação à minha vida em casa. É muito sutil, mas me sinto um pouco diferente, não acordamos do mesmo jeito, ficamos mais pensativos." A primeira manhã, especialmente quando a noite anterior não é programada com antecedência, causa surpresas muito mais fortes.

"Quem sou eu?"

"Eu olhava aquele quarto e me perguntava o que estava fazendo ali." Sophie inquietou-se não somente com a nova decoração, mas com a descoberta repentina de um personagem estranho ao seu lado. Tudo isso formava um todo incompreensível e insuportável. "A primeira coisa que pensei foi em fugir." Ela só podia retomar o fio de sua vida se recusasse imediatamente essa nova realidade. Ela não podia pertencer àquele lugar estranho e hostil, devia redescobrir sua verdadeira identidade. Precisava fugir, esquecer aquela manhã e os erros da noite. Isso explicava por que a decoração e o personagem haviam formado um único elemento. Porque tudo aquilo devia ser rejeitado.

Raramente essa rejeição é tão brutal. Rodolphe, por exemplo, acumula algumas surpresas matinais desagradáveis. "Há noites em que você está completamente esgotado, e de manhã tem a impressão de que a mulher com quem dormiu não é a mesma. Não é uma diferença tão grande, não é... você pensou dormir com a Cindy Crawford e acorda com uma Maria qualquer." Não sem uma certa dose de grosseria, ele continua a falar sobre a sua atual companheira: "Notei desde o primeiro dia que ela costumava acordar com os olhos inchados, detalhe que me surpreendeu logo pela manhã."

Não posso mostrar um cenário tão negativo das primeiras manhãs. A surpresa costuma ser agradável, mas não chega a impedir que os amantes tenham sua identidade perturbada. O sentimento amoroso leva o ser humano a aceitar aquilo que comumente o surpreenderia ou chocaria. Mas nem por isso facilita a tarefa individual de reconstituição biográfica. "Mal acordamos e já estamos pensando no que aconteceu, não podemos dissociar o presente do passado" (Erika). Pois não basta apenas retomar o fio. É preciso imaginar outro enredo. Franck foi cedo para o trabalho, mas não quis acordar Colombine. "Quando acordei, estava sozinha no apartamento. Pensei comigo mesma: onde estou? O que estou fazendo? Quem sou eu? Levei muito tempo para entrar na realidade." No entanto, ela havia imaginado que aquela noite seria apenas o início de uma longa história ao lado de Franck. Mas, ao despertar, seu vago desejo não conseguiu responder com precisão à urgência da situação. O futuro seria decidido mais tarde. Devemos ter as ideias bem claras, saber exatamente o que queremos.

A surpresa (e a reorganização mental) acontece mesmo quando a noite foi planejada há muito tempo. Surpresa de se encontrar em um lugar desconhecido, "estávamos na casa de seus pais, no quarto da empregada", e se ver "com alguém na cama" (Erika). "Nos olhávamos com curiosidade, foi constrangedor" (Fanny). Pierre é um dos poucos que negam (ou tenta negar) sua surpresa. "Existia uma adequação total entre a Marinette que eu conhecia e a Marinette que descobria na cama." Era sem dúvida a mesma pessoa que desejava conquistar havia muito tempo. Ao olhar Marinette pela manhã, sua surpresa durou tão pouco que logo se dissipou de sua memória. Não houve estranhamento do lugar, pois estava em sua casa. Reconheceu, no entanto, ter estranhado objetos aparentemente insignificantes. "Percebemos a presença do outro por meio de pequenas coisas. Por exemplo, quando notamos uma malha em cima do sofá ou um nécessaire no banheiro. Você pensa: puxa, tem alguém aqui." Embora ele termine sua frase com humor, não há dúvida de que aquilo o perturbou muito mais do que possa admitir. Os objetos que chamaram sua atenção eram sinais de uma perturbação profunda de sua existência que ele conhecia vagamente. Mas, naquela primeira manhã, ela tomava forma diante de seus olhos.

"Você enxerga no escuro"

Nessa noite particular, o sono fica perturbado. O desejo reanima os corpos. Apesar da fadiga, as ideias abrem curtas brechas de insônia. O olhar capta imagens de estranhamento do lugar, dos detalhes, enigmas que a mente confusa procura não desvendar naquele momento. O que faz é registrar discretamente. Ao amanhecer, esses elementos relembrados serão preciosos para retomar o fio biográfico, e fantasiar sobre o início de um novo capítulo de vida.

A agradável afluência de imagens esparsas é reservada àquele que acorda antes do parceiro (por um tempo que pode ser longo). "Fiquei lá, sem me mexer, esperando que ele acordasse" (Anna). Ele não observa com método, não procura analisar, avaliar ou calcular. "Você flutua, seu olhar vaga sem realmente penetrar nas coisas. Você se fixa nos detalhes sem prestar muita atenção" (Anna). O olhar vaga até se interessar por formas desconhecidas que se transformam em referências quase familiares! "Reconstituí tudo o que conhecia: a boneca de pelúcia, a caixa de chapéu" (Boris). Até se interessar por fragmentos que comportam enigmas ou mistérios mais profundos. "Eu estava meio acordado, enquanto ela ainda dormia. É nesse momento que você enxerga no escuro, vê tudo o que se delineia, o armário, o rádio (tenta adivinhar os discos), a capa dos livros (tenta adivinhar os livros). Você olha as roupas espalhadas pelo chão" (Boris). O quarto da primeira manhã é sempre uma novidade, surpreendente em alguns aspectos, inclusive para o dono da casa. Em alguns casos (quando é a primeira visita), ele chega a se revelar completamente. Porque na noite anterior os pensamentos vagavam ao longe, e os olhos, vedados pelo desejo, alterados por infindas emoções, não viam claramente. "Era totalmente diferente. À noite, você vê muitas coisas, mas acaba não prestando muita atenção; você está tão nervoso, pensa o tempo todo: como vou fazer? É uma masturbação mental incrível" (Colombine).

Não acontece apenas com o olhar, os cinco sentidos entram em ação intensa. Por meio deles, aquele que acordou tenta impregnar-se da alma do lugar. "Eu ficava lá, olhando, escutando o barulho, as pessoas conversando, para penetrar na atmosfera" (Anna). Vincent é um autêntico tipo urbano, orgulhoso e satisfeito em ser desse jeito. "Pode parecer ridículo, mas, pela manhã, adoro escutar os carros passarem." Mas, naquela manhã em particular, os ruídos familiares da cidade haviam desaparecido. Ele se sentia envolvido por um silêncio denso e sufocante. Um silêncio interrompido raramente por sons díspares. Lá fora, o mugido de uma vaca. Dentro da casa, passos de ratos. "Havia um sótão que não servia para nada. E os ratos faziam um barulho tremendo ali, era horrível!" Para Vincent, era apenas o início de uma longa lista de descobertas desagradáveis. Seu olfato, por exemplo, não captava nada de atrativo. "Não gostava do cheiro do *pot-pourri*." Colombine, contudo, sentiu-se desde o primeiro instante transportada pelo perfume estranho e forte que a inundava de exotismo. "Era um odor picante, quente, entre a pimenta e o curry." Ela acordou sozinha e aspirava aquele perfume como se fora Ele, sua verdade profunda. "Sentia sua presença através daquela fragrância. Era extremamente agradável."

Cada um dos cinco sentidos trabalha ao seu modo, em momentos específicos das manhãs de amor. Tanto o olfato como o ouvido impregnam-se de informações difusas colhidas durante o sono ou a semiconsciência. Enquanto o olfato estende-se por todo o aposento e o ouvido expande-se amplamente ao longe, o tato restringe-se ao espaço reduzido da cama. "Aquilo se parecia mais com uma velha colcha, tinha umas franjas enormes... Não sabia o que fazer com elas, estavam sempre onde não deviam, essas malditas franjas. Como isso me irritava! Isso era bem seu estilo" (Walter).

"Não conhecia essa sua faceta"

Com o olhar é diferente, sua eficácia depende do despertar (recolhe as imagens da noite durante as fases de insônia). Mas, quando entra em ação, não podemos negar sua força. Porque a imagem é um concentrado de informações mais denso que o som ou o odor (Kaufmann, 1995). Os objetos falam. Ou melhor, poderiam falar. Emergem do silêncio, um a um, como se não quisessem revelar os segredos que detêm. O ego escruta os objetos na tentativa de obter mais informações, pois sente a profusão de seus segredos. "Eu olhava seus móveis, os enfeites. Tinha alguns quadros que não me agradavam, eu já tinha reparado neles! Dois quadros de Van Gogh (um autorretrato... e o outro, não me lembro mais), eu olhava, olhava, sem conseguir tirar os olhos deles, não estava gostando daquilo. Não podia entender o que ela via neles, não conhecia essa sua faceta. Ela já não correspondia ao personagem que eu conhecia. Realmente é impossível conhecer alguém em duas semanas." Em apenas quinze dias de convivência, Vincent pensava conhecer Aglaé, mas foi precisamente nessa manhã, em sua contemplação perplexa do *Autorretrato com a orelha cortada* de Van Gogh, que percebeu seu engano. Ele não gostava do quadro, do rosto, do estranho curativo, dos olhos penetrantes que pareciam agredi-lo. Não o apreciava do ponto de vista estético (achava-o horrível e não admitia que Aglaé pudesse gostar dele). Mas, acima de tudo, não entendia seu mistério, não compreendia essa imagem que lhe revelava, justamente por seu mistério, que ele, Vincent, não sabia tudo de Aglaé. Apesar do mal-estar que a imagem lhe causava, não conseguia desviar seu olhar dela, na esperança de descobrir suas verdades secretas. "Mas 'por que' isso?, gostaria de saber."

Vincent associava a imagem do homem com a orelha cortada a outras impressões negativas daquela manhã: ao *pot-pourri*, à vaca, aos ratos e a outros elementos que ainda integram uma espécie de bestiário diabólico (veremos mais adiante as aranhas que lhe despertaram péssimas recordações). Seu despertar, porém, foi agradável, envolto numa doce alegria. As informações captadas pelos sentidos não são sempre harmoniosas entre si. Elas são colhidas em desordem, vagamente gravadas na memória, onde permanecem ocultas por um momento. Todavia, instala-se uma dominante que dá o tom. Toda primeira manhã é dominada por uma sensação de conjunto, ora positiva, ora negativa. "Você logo sente isso, se a pessoa incomoda ou funde-se ao mobiliário. Em outras palavras, se ela atrai ou causa aversão. Mesmo sem chegar a tal ponto, você sente se está bem, se ela faz parte de sua vida. Você não pensa nessas coisas, mas sente na hora" (Marlène). Ora, apesar dos ratos, das aranhas, do *pot-pourri* e do autorretrato inquietante, Vincent sentiu imediatamente que Aglaé fazia parte de sua vida. As visões importunas inscreviam-se em outro espaço mental, paralelo, fora do que comandava seus atos.

Curiosamente, para nós que acreditamos ser tão racionais, os pensamentos mais lógicos são pouco operacionais de imediato. Eles se instalam com mais facilidade nessa memória paralela. A ação segue seu fluxo, impulsionada por uma percepção globalmente positiva, embora alguns detalhes tragam fragmentos de dúvida ou de reflexão crítica que permanecem ocultos. O olhar costuma intervir nesse tipo de registro, acumulando imagens que abrem pequenas brechas de reflexão em dissonância com o clima predominante da cena. "Olhei minuciosamente a tapeçaria, a estampa do papel de parede. Foi surpreendente, vi seu passado com outras mulheres." Anna também acordou feliz, desejando que Éric fizesse parte de sua vida. Mas seu olhar fitou longamente esses sinais ao redor que mostravam uma (longa) lista de nomes, conquistas femininas como troféus. Nesse instante, ela sentiu-se irritada por Éric ter deixado a porta do quarto aberta durante a noite, uma vez que ele dividia seu apartamento com um amigo. Concluiu que esse tipo de incidente provava que Éric dava mais importância a seus amigos. "Estar a seu lado significava entrar em seu mundo, entrar para o seu grupo de amigos." Éric não estava disposto a abandoná-los por Anna. Ela não queria se preocupar com essas besteiras, mas gelou de pânico quando descobriu, no fim da lista, seu próprio nome. "Talvez tenha dado muita importância ao fato!" Sentindo que Éric poderia entrar em sua vida, Anna procurou desviar seu olhar daquele ponto desagradável, evitou pensamentos que pudessem causar desconfiança, preferindo não levar o fato muito a sério. "Tinha mais nomes, na verdade, era até engraçado."

"Como num filme"

A primeira manhã não é um episódio sem importância, não é uma cena gratuita sem regras de jogo. Fenômenos precisos operam em segredo. Um dos mais importantes é o desdobramento mental; o ego não é mais um, e sim dois. Lembrem-se de Colombine. Ela se perguntava: "Quem sou eu?", e levou "muito tempo para colocar os pés no chão". Mas, desde o primeiro instante, mergulhara inteiramente naquele perfume exótico que era Ele. Ela era, ao mesmo tempo, ela mesma e outra. "Estávamos no carpete e dormíamos apenas com um lençol. Abri os olhos e, ao me ver rodeada de tantos objetos asiáticos, tive a impressão de estar na Ásia. As venezianas escuras eram de estilo colonial. Foi aí que me imaginei num filme. Aconteceu numa fração de segundo, foi o tempo de prestar mais atenção nos objetos." Ao sair dos sonhos noturnos, ela se sentiu transportada a um universo de ficção que não parecia totalmente irreal. Ora, tal perturbação mental é comum na primeira manhã. Viver, mesmo que seja por um instante, como num filme, não é comum, mas todos nós somos capazes de sentir variações sutis de desdobramento, dependendo da intensidade com a qual penetramos na atmosfera do lugar.

O desdobramento mental não se limita ao momento de despertar. Ele vai desdobrar-se numa série de oposições, à medida que a ilusão cinematográfica diminui e os elementos concretos vão sendo racionalmente incorporados à mente. Quando a ilusão fílmica é grande, sua transição para o sono ou os sonhos pode ocorrer sem ruptura. É logo em seguida que o exercício mental de retorno à identidade torna-se mais complexo. Pois é necessário separar o verdadeiro do falso, a realidade da ilusão. "O que me perguntei foi: 'será que estou na casa da pessoa certa?'; 'É mesmo real?'" (Colombine). Separação aparentemente fácil, pois trata-se de uma escolha difícil entre o antigo e o novo eu, ainda muito enigmático.

Embora Agathe não tenha passado pela experiência de viver "como num filme", o choque causado pelo estranhamento não foi menos brutal. Os excessos da noite (veremos que são muito frequentes antes das primeiras manhãs) costumam anunciar despertares desagradáveis. "Eu também não estava muito bem, porque, com a ressaca, a cabeça confusa..." Depois foram palavras murmuradas em língua estrangeira. "Estava surpresa, pois estava fora do meu ambiente (estava na casa dele). Além disso, estava em outro país; acordei ao lado de um inglês que não falava minha língua. Então, me perguntei onde estava. Você se vira de lado e pensa: Meu Deus... preciso falar inglês e o que estou fazendo aqui? Que surpresa!" Agathe não devia apenas retomar o fio de sua vida, escolher entre sua identidade anterior e a nova hipotética. Ela precisava resolver naquele mesmo instante problemas concretos de comportamento. O despertar nem sempre é fácil na primeira manhã.

O aconchego da cama

"Com a porta trancada e as cortinas fechadas, era a alegria do retorno à cama, aos beijos, às conversas ligeiras, às lembranças da infância. Tínhamos tanto o que dizer! Delícias de uma amizade pura! Às vezes, com um olhar de terna reprovação, ela lhe mostrava sinais há pouco dissimulados, exigia beijos delicados, como forma de remissão,

segundo os artifícios do amor de que tanto se orgulhava. Inútil continuar a história, tão interessante para eles."

Albert Cohen, Bela do senhor

"Quando há mudança de clima"

Com uma simples troca de olhares, compreendemos que a aventura a seguir não será tão simples. Os ruídos, os odores e as imagens que coletamos geram alguns problemas. Portanto, será preciso tomar certas decisões. Isso fica para mais tarde. Por enquanto, a cama, colo maternal, parece servir de proteção. Basta mergulhar nesse aconchego para sentirmos a simplicidade do afago, para encontrarmos um envolvimento simples, uma vida bem real (concreta e serena), fora da realidade (remota e dura) da vida cotidiana.

Nas primeiras manhãs malsucedidas, assim que abrimos os olhos, a mente e o corpo não conseguem permanecer quietos, na ânsia de fugir para longe, muito longe. "Você sente uma ruptura. Quando você está bem, as coisas continuam no mesmo clima da noite. Mas quando há mudança de clima... Às vezes, você poderia continuar, mas a outra pessoa oscila logo ao despertar, está distante, diferente" (Marlène). Evidentemente, erros de interpretação são possíveis. A mudança de clima pode vir do fato de o parceiro não ser "matutino", como se descreve Charles-Antoine. "Não, de manhã, na cama, eu não gosto muito de falar." Mas a saída precipitada da cama e a recusa dos carinhos não deixam de ser um mau sinal. "Se você tem vontade de ficar, se gosta dela e vê perspectivas de um futuro a dois, você gostaria que as manhãs se prolongassem. Mas, se é apenas um caso passageiro, você gostaria que elas terminassem logo. Tenho horror das manhãs longas ao lado de alguém com quem estou apenas para passar uma noite. As manhãs que se eternizaram sempre foram ao lado de mulheres com quem fiquei muito tempo" (Tristan).

Quando o clima é positivo, devemos justamente evitar qualquer ruptura. Mas a outra vida que existe fora do aconchego da cama anuncia perigos imperceptíveis e mudanças inevitáveis: não seremos os mesmos fora da cama. Será preciso começar o dia, voltar às convenções, pensar na continuidade da história pessoal. Por enquanto, nada disso. O corpo amado oferece sua simplicidade desejável, exalando seu calor reconfortante; as doces carícias afastam as preocupações do dia a dia. Basta pensarmos na noite de amor para evitarmos qualquer ruptura. Basta conservarmos seu calor, sua ternura, sua intimidade. "O importante são os gestos de intimidade. Depois é... artificial, material." Até o café da manhã. "Somente em prepará-lo, estamos nos afastando da companheira. Na primeira manhã, não queremos nos separar do corpo amado." Tristan sabe o que está falando. Para agradar Isa (segundo sua versão), ele se vestiu e foi comprar queijo (mas Isa confessou mais tarde que ele teria ido por outro motivo). "Foi para agradar a si mesmo que ele saiu para comprar queijo. Teria achado ótimo se tivesse prolongado o clima da noite anterior na cama, se tivesse permanecido no mesmo 'parâmetro'."

"Prolongar o tempo"

A tática é muito simples: "deixar o tempo passar", "prolongar o tempo na cama" (Tristan). Colombine não gosta que fatores externos interrompam esse momento precioso. "Provocam um despertar brutal, é desagradável." O ideal seria ficar "pelo menos uma hora curtindo esse carinho mútuo, esse lance". Ficar "nesse lance", sem romper o clima. Mas para obter esse tempo a mais é necessário reunir várias condições. A urgência do trabalho não pode ser um motivo para deixar cedo a cama. A vontade pessoal ou profissional de distância não pode ser mais forte que o desejo que inspira o parceiro. Nesse ponto, as diferenças variam de pessoa para pessoa. Alguns não podem resistir ao chamado do dia, são comandados por um mecanismo interno. Seja o que for, eles precisam sair da cama. É o que acontece habitualmente com Isa. Outros, pelo contrário, poderiam prolongar indefinidamente a intimidade. Tristan é um desses. "Depois o dia chama à ordem. Quando penso nessas manhãs, em ficar o dia todo na cama..." Porque é esse seu objetivo. "Nas primeiras manhãs, a gente acaba passando o dia inteiro na cama." Com uma diferença sutil de clima (que precisaremos decifrar), Isa confirma: "Ficamos à toa na cama, vendo um filme na televisão." Tristan detestaria o aconchego da cama descrito por Agathe. Entretanto, vale a pena ressaltar as circunstâncias atenuantes de seu curto momento na cama: ela acordou com dor de cabeça e surpresa em ouvir seu companheiro falar inglês. "Foi muito simples, me levantei, vesti minha camisola e fui para o banheiro. Mas não fui sem lhe dar um beijo de bom-dia." Quando se tem dúvida em relação ao compromisso conjugal, o melhor é manter uma certa reserva. Nessa hora, o aconchego da cama pode ser muito importante.

A segunda tática para prolongar o tempo na cama é adotar um comportamento original. Esquecer o mundo. "É uma situação agradável, um mundo mais íntimo" (Tristan). Diminuir o ritmo. "A vida passa em câmera lenta" (Tristan). Moderar as palavras e as atitudes. "Você mede suas palavras e seus gestos para não agredir o outro" (Tristan). Tudo é calma, candura, calor. "Afetividade, gentileza, ternura" (Charles-Antonine). "Ambiente carinhoso, despertar tranquilo. [...] Estávamos bem naquele aconchego. Passamos um momento agradável e íntimo" (Pierre).

As carícias da manhã, suaves e protetoras, não são as mesmas da noite. Elas ganham em graciosidade o que perdem em espontaneidade (podendo até mesmo ser um tanto mecânicas). A alquimia é delicada. Um abraço mais apertado pode levar (ou parecer levar) a um contato mais sensual, mais intenso. "O envolvimento e a intimidade foram maiores" (Gabrielle). Essa sensação é provocada por uma emoção discretamente alimentada pelo desejo latente. A tranquilidade do aconchego da cama é, portanto, apenas uma ilusão. Seu calor nasce da proximidade de corpos que podem a qualquer momento despertar o desejo sexual. "A gente descobre o desejo, a sensualidade. Fiquei surpresa com minha desinibição. Ao acordar, queria apenas uma coisa: recomeçar. Estava loucamente apaixonada, mais que nunca" (Erika). O aconchego da cama é um universo restrito, com contornos bem definidos, mas ambíguo em seu interior. Ele tem a força (e a fraqueza) de todos os entremeios que separam o sexo-amor noturno de sua diluição no cotidiano. Retomar as carícias da noite também é uma forma de prolongar o tempo na cama. "Você está lá tranquilo e de repente percebe que está de novo nas preliminares" (Walter).

Tristan não é contra a ideia de um contato mais ardente ao despertar. Entretanto, o que procura é outra coisa: ele é uma espécie de teórico do aconchego da cama que não se conhece. Esse momento privilegiado de pureza indescritível exprime, segundo ele, a essência do casal apaixonado, longe das contingências seculares. Ele deseja não somente prolongar indefinidamente o tempo, mas também intensificar a troca, a fusão, aprofundar ainda mais a intimidade. Ternura, afeto, carícias, mas igualmente comunhão secreta. "As famosas confidências no aconchego da cama não acontecem durante a noite (isso é para os velhos casais), e sim pela manhã." "As manhãs se prolongam quando você está com a pessoa certa, que está descobrindo... As manhãs são um terreno propício para você se revelar ao outro." O comportamento específico no aconchego da cama é um assunto sempre atual. "Olhar apaixonado, enternecido, benevolente e atencioso." Mas não podemos ficar só no olhar, devemos empregar palavras doces e afáveis. "Você se entrega procurando proteger o outro. Ele está com alguém que não conhece, num mundo que ignora." Portanto, é preciso evitar qualquer tipo de interferência brusca.

Conversar para conhecer o parceiro, mas também para tentar reviver a estranha descoberta de um eu diferente na experiência amorosa, "para se revelar um ao outro" (Tristan). François de Singly descreveu como as interações conjugais revelavam mutuamente o "eu íntimo" [de Singly, 1996]. Esse mecanismo é mais intenso no início da relação conjugal, principalmente nas confidências matutinas do aconchego da cama. "São momentos propícios para falarmos de nós mesmos, para que a pessoa nos conheça. É por isso que as longas conversas acontecem logo nos primeiros instantes do despertar. Gosto desse clima. [...] Não muito pela descoberta do outro, mas pela descoberta que faço de mim mesmo" (Tristan).

Uma plenitude vazia

No entanto, devemos estar atentos. Tristan descreve um modelo teórico, seu ideal, seu sonho. A realidade é mais prosaica, e principalmente mais difícil de controlar. Uma palavra incorreta, por mais insignificante que seja, pode romper a magia do momento. Que dizer ao outro, quando (para retomar um dos termos favoritos de Tristan) faltam muitos "parâmetros" para defini-lo? Quem é exatamente esse outro, ao mesmo tempo tão íntimo e estranho? Que palavras espera, o que vai pensar daquilo que vamos lhe dizer? O entusiasmo da sinceridade das confissões íntimas não vai chocá-lo, aborrecê-lo? Ou será que as declarações precipitadas poderão levar a um comprometimento rápido demais? As confidências matinais devem ser manejadas com delicadeza, pois trabalham em campo minado.

É por isso que o aconchego da cama raramente corresponde ao sonho de Tristan. Em geral, ele é mais breve (não são todos que estão dispostos a passar o dia sob as cobertas) e suas conversas, mais banais. "Ficamos conversando alguns minutos na cama. Não sabíamos muito... bem, sim, sabíamos o que dizer, mas eram coisas banais do tipo: você dormiu bem? Que horas são?" (Boris). Existem, porém, banalidades e banalidades. O "Como vai? Tudo bem!" entre colegas e vizinhos é uma "conversa vazia", uma maneira de falar para não dizer nada, que estrutura o vínculo social, justamente por sua característica superficial [Javeau, 1998]. Mas Boris não está com um colega ou um vizinho. Está na cama com Prudence. Com alguém que decidiu amar antes mesmo do anoitecer. Ele não sabe como falar, ele não consegue. Não deseja cair na frieza de uma simples "conversa vazia". A arte está, portanto, no tom das palavras e na intenção que as sustenta. O outro deve apenas adivinhar essa intenção. Há uma diferença entre a forma e o sentido das palavras, as frases mais simples são pronunciadas como carícias. "Você dormiu bem?" é uma mensagem de amor.

O uso da palavra ao despertar é delicado. O mesmo acontece com o olhar. Sua força escrutadora, acentuada pela surpresa, pode desestabilizar. Sentir-se observado também rompe a magia. "Estávamos nos braços um do outro, mas realmente nos observávamos" (Fanny). Decerto, pode ser apenas uma forma de carinho. Quem poderia jurar que é somente isso? Quem diz que o brilho dos olhos que nos fitam exprime apenas amor, e não um pensamento crítico que desponta? O olhar introduz uma distância de complexidade, longe da paixão da noite. Para evitar que o bem-estar da cama se dissipe, é preciso inventar alguma forma de sedução.

"Não nos olhamos muito: nos abraçamos novamente" (Erika). Os beijos e as carícias são o que salva e protege o aconchego da cama dos problemas da vida e do mundo. Eles impedem a presença do olhar e do pensamento, mergulhando ambos no torpor da fusão amorosa. Muitos dos beijinhos não têm nada de espontâneo, são apenas um mecanismo de defesa que visa a prolongar o tempo da indolência. Assim como perturbam o olhar pela proximidade dos corpos, também condenam a palavra ao silêncio. É interessante notar que os beijos e as palavras doces podem encerrar o calor do aconchego e prolongar o tempo de fusão conjugal. Mas o mínimo desvio de uma frase, o ínfimo viés de pensamento fugaz podem provocar uma ruptura repentina que destruirá irremediavelmente o desejo de simplicidade.

Num determinado momento da entrevista, Tristan se dá conta da irrealidade de seu modelo teórico. As manhãs intermináveis e as confidências entre o casal infelizmente só podem ser exceções. Em geral, o que se passa no aconchego da cama é mais simples. "São atitudes simples, como um corpo colado ao outro, que não necessitam de artifícios." Mas sua definição não tem nada de simples. Sua modéstia diz respeito unicamente à busca da verdade nas palavras e gestos dos amantes. As "atitudes simples" correspondem à verdade profunda do amor que se opõe a todos os "artifícios". "Não fazemos nada senão ficarmos juntos." Se nos ativermos ao início da frase, poderemos deduzir que Tristan se contenta apenas em passar o tempo. Mas sua real intenção era acentuar o fim da frase: "ficarmos juntos". Não somente lado a lado, olhos nos olhos. Mas juntos, realmente juntos: é justamente por não fazer nada com Isa que ele sente a autenticidade da fusão amorosa e a plenitude da relação. A intensidade simples do aconchego da cama não deixa de ser um teste. Se alcançamos a felicidade sem o menor artifício, "sentimos que a relação será duradoura". Mais tarde, virá o tempo das discussões, dos "projetos de viagens, e tudo o mais [...], da organização", incompatíveis com a pureza original da comunhão silenciosa e ingênua dos corpos. O aconchego da cama não é um epifenômeno, mas um momento raro, longe da vida cotidiana, que deve ser desfrutado.

Estar junto

Não se deve confundir o sonho com a realidade: a fusão amorosa é uma experiência pouco comum que ocorre em contextos particulares. Do ponto de vista sexual, ela ocorre quando a agitação biológica extingue o pensamento [Vincent, 1986]. Do ponto de vista sentimental, quando a paixão pode arder e consumir a existência [Schurmans, Dominicé, 1997]. Não devemos desprezar o aconchego da cama e outras redomas de comunhão espontânea e serena, embora sejam frágeis e incertas.

Uma simples pergunta a Tristan: como ele verifica o resultado de seu teste? No que lhe diz respeito, é muito simples, a intensidade do bem-estar é um sinal de que a relação será duradoura. Mas como ele pode ter tanta certeza do sentimento de Isa? Para Tristan, a percepção da intensidade amorosa no aconchego da cama é uma experiência estritamente pessoal.

Ora, Isa conta outra história. Aparentemente, os fatos são os mesmos (eles ficaram realmente o dia inteiro na cama). Entretanto, para ela o significado foi outro. Eles teriam ficado à toa na cama, enquanto comiam e assistiam à televisão. Estavam num clima de desordem indolente, de despreocupação agradável. Apenas isso. Mas, no dia a dia, Isa é contra essa preguiça matinal. Tristan, ao contrário, é um incorrigível retardatário que não vê o tempo passar, é sempre lento ao despertar e ficaria horas na cama sem o menor escrúpulo. A primeira manhã foi apenas uma extrapolação do seu comportamento habitual.

Mas por que Isa também ficou na cama o dia inteiro? Não queria desapontá-lo? Não foi difícil para ela? No fim da entrevista, ela se lembra (lembrança oculta no fundo de sua memória) que alguma coisa a deteve. "Ele foi realmente muito carinhoso ao despertar." Tristan soube lidar com a ambiguidade do aconchego da cama, atraindo para si as mais ternas carícias, evitando assim que sua companheira saísse rapidamente da cama.

Estamos diante de duas definições de uma cena intimamente compartilhada. Os protagonistas imaginam estar em perfeita sincronia, enquanto sua união é construída em cima de aparências [Corcuff, 1998; Thévenot, 1998]. Tristan e Isa dão um significado diferente às peripécias da cama. Por diversas razões concretas, porque eles não possuem os mesmos hábitos ao acordar e em relação ao tempo. Mas principalmente porque possuem concepções diferentes quanto à formação do casal. Tristan acredita que tudo acontece na primeira manhã, sobretudo durante o episódio sensível do aconchego da cama: nesse momento, cada um pode sentir se o casal terá um futuro em comum. A primeira manhã não é um acontecimento secundário, mas sim um ato fundador. De certo modo, Isa também acredita que a primeira manhã desempenhe um papel-chave no futuro do casal. Mas de maneira paradoxal, atenuando a importância desse momento para que a recente vida conjugal siga seu curso natural, sem rupturas, como se nada tivesse acontecido. Veremos mais adiante os mecanismos precisos desse estranho paradoxo, que atenua a intensidade da primeira manhã para melhor preservar sua força. Por enquanto, basta saber que ele leva a transformar em criticável preguiça o que para Tristan é uma prova de amor.

A saída da cama

"Não tenho sorte, pensou ele, por qualquer pretexto ela saía da cama. Ele agradeceu, disse que sim, que gostaria. Vou lhe trazer imediatamente!, disse ela com entusiasmo. Ele franziu o cenho, irritado com aquela pressa. Não fique me olhando, por favor, não estou muito decente. Acostumado com esses súbitos e estranhos pudores, ele fechou os olhos para reabri-los logo em seguida, atraído pelo espetáculo. Sempre que a via de costas, nua e caminhando, sentia-se invadido por uma certa compaixão. Linda quando deitada, tornava-se um tanto ridícula ao caminhar nua, comovente e ridícula em sua ternura e fraqueza; tão vulnerável ao revelar duas curvas em movimento, curvas indefesas, grandes demais como todas as formas femininas, absurdamente amplas e pouco propensas ao combate. Enfeitiçado e sentindo-se

culpado, ele a contemplou abaixando-se para apanhar seu penhoar, e teve pena, uma imensa pena de amor, como se estivesse diante de uma enfermidade, pena de uma pele tão suave, de uma cintura tão fina, de duas curvas tão inofensivas."

Albert Cohen, Bela do senhor

Pudores

Não podemos continuar na cama indefinidamente, mesmo com todos os prazeres que ela oferece. E por muitas razões. O trabalho que nos chama. A fome e a sede que batem. Ou simplesmente a vontade de nos refrescarmos ou tomar um banho. Ou ainda aquela outra vontade comandada pelo fisiológico. Precisamos, portanto, sair da cama (queiramos ou não).

Nesse instante preciso, o ego percebe uma ruptura, sente que as regras do jogo estão mudando. Os personagens, os objetos, a decoração são os mesmos, mas furtivamente (e rapidamente) os significados tomam outras direções. A primeira manhã não é um *continuum* tranquilo. Pelo contrário, ela é marcada por uma série de episódios que contrastam entre si, que não envolvem as mesmas questões, os mesmos pensamentos e comportamentos. A saída da cama, em particular, constitui um desses episódios marcantes de ruptura.

Várias circunstâncias podem atenuar o efeito de ruptura: quando o parceiro está dormindo ou se levanta primeiro. Desse modo, sair da cama é menos problemático. Mas, quando ambos estão na mesma posição, é comum observar uma verdadeira estra-tégia guerreira para incitar o amado-rival a tomar a iniciativa. "Esperei que ele se levantasse... Por medo!... É esquisito! Você não está acostumado com essa situação. E depois, o fato de acordar na mesma cama é muito estranho. Você se pergunta: quem vai se levantar primeiro? Quem vai ousar se mostrar um pouco mais rápido?" (Colombine).

Por que Colombine tem medo? Medo de se mostrar nua por pudor? Seria muito estranho de sua parte – ela que se desnuda facilmente quando as convenções sociais permitem. Durante a madrugada, ela mostrou-se menos temerosa. Às quatro horas da manhã, na loucura desses momentos especiais, ela havia convencido Franck (que não teve coragem de recusar, mas estava aterrorizado) de sair do apartamento "completamente nu" para atravessarem a rua rumo à praia e tomarem banho de mar assim, sozinhos no mundo. Aliás, não exatamente sozinhos, pois os transeuntes com os quais cruzaram obrigaram Franck a contorções extravagantes que ainda hoje provocam risos em Colombine. Esta, por sua vez, atravessou a rua iluminada sem apressar o passo, decidida e nua.

Então, por que Colombine tem medo de mostrar sua nudez de manhã, nudez que fora revelada na intimidade da noite? Porque "é esquisito" e "é muito estranho" são suas únicas respostas. Realmente não é fácil explicar os fatores que transformam uma situação. Na maioria das situações insólitas, os protagonistas veem as mudanças intuitiva e difusamente, ou concentram sua atenção em elementos simples, fáceis de identificar. Colombine não entende claramente por que não tem este elemento que podemos chamar de "bode expiatório", o famoso pudor. Outras pessoas mais pudicas falaram interminavelmente sobre esse assunto para expor a dificuldade de saírem da cama. O pudor é um pretexto, não existe realmente. Portanto, é necessário descrever suas manifestações antes de tentarmos revelar o que esconde.

O pudor não é de modo algum um fenômeno objetivo, historicamente imutável [Bologne, 1986]. Os seios, o sexo e as nádegas foram exibidos ou dissimulados de várias formas, em diferentes civilizações, cuja vestimenta aparece muito mais como um fenômeno cultural que técnico. A nudez não é igual aqui e lá, ontem e amanhã (ou inversamente). Numa mesma sociedade, os critérios de pudor instauram-se de modo específico, segundo contextos particulares. A nudez é legítima no consultório médico; um sutiã comum na praia pode chocar muito mais que um seio à vista. Cada um deve compreender as regras do jogo implícitas e complexas que mudam de uma situação para outra [Kaufmann, 1995]. O momento de sair da cama é um bom exemplo dessa complexidade mutável.

A diversidade também é grande de um indivíduo para outro. Desde a infância, o ego molda sua relação com o nu, dificultando uma possível evolução posterior. No espaço de uma geração (tempo muito curto), as sociedades europeias descobriram e praticaram a nudez em família. As gerações intermediárias, que nunca viram seus pais nus, desnudam-se facilmente diante de seus próprios filhos. Essa evolução de mentalidade esconde, contudo, uma extrema diferenciação de comportamentos individuais. Se a concepção de pudor e nudez não é jamais a mesma entre duas pessoas, o choque cultural será inelutável na primeira manhã.

No entanto, essas diferenças podem ser atenuadas à medida que o pudor diminui. A pesquisa permitiu levantar alguns casos (mais masculinos) de grande liberdade corporal, incluindo (à diferença de Colombine) o momento delicado da saída da cama. Mas são casos raros, pois normalmente esse momento é marcado por uma exacerbação repentina do pudor. Aliás, o exemplo de Colombine merece ser detalhado. Apenas alguns instantes fora da cama, e suas apreensões haviam desaparecido. "Eu me dizia que, se ele tinha dado o primeiro passo, me aceitaria como sou. Eu não tinha nenhuma razão para me sentir complexada. [...] É preciso que o corpo respire, não temos nada o que esconder." Sua história ilustra (melhor que o extremo pudor) como a saída da cama cria um momento particular nas primeiras manhãs.

Táticas de dissimulação

"O maior problema era saber como ia fazer para me vestir. [...] Precisava me esconder. Não sabia se me agachava para buscar minhas roupas (enquanto na noite anterior era bem diferente!). [...] Levantei-me enrolada num lençol e corri para o banheiro para me vestir." Sophie não entendeu seu comportamento. À imagem de Colombine, ela não é muito pudica, mas se sentiu absurda e irresistivelmente tensa nesse momento curioso. "Ele não podia me olhar, era como se violasse minha pessoa." À noite, ela estava bem diferente, livre e à vontade com sua nudez, como em outras noites de amor. Infelizmente, como todas as primeiras manhãs, ela percebeu uma estranha mudança na relação com "a pessoa que está ali". A natureza da situação havia mudado, mas ela também, profundamente. "De manhã, sou outra pessoa."

A incompreensão dos motivos dessa irresistível timidez explica os diferentes estilos e maneiras de se vestir em presença do outro: discreto, furtivo, envergonhado. Além do constrangimento do corpo nu, existe uma confusão de gestos apressados e inábeis. Felizmente, a cena é breve, e "a pessoa que está ali" não percebe nada. Esquecemos rapidamente as duas vergonhas: pudor e falta de autoestima. "Não sei se foi a camiseta ou a calcinha que coloquei debaixo dos lençóis, mas me lembro que dessa forma realizei um ato de dissimulação" (Anna). Precisamos nos esconder sem que nosso parceiro perceba. Sem exagerar os movimentos. Sempre que possível, é aconselhável manter a naturalidade dos gestos, apressando-os se for necessário, mas sem exagero. Por exemplo, Fanny foi ao banheiro com um passo ao mesmo tempo natural e acelerado. "O banheiro estava a poucos metros da cama. Fui nua e bem rápido. Mas como me pareceu demorado!" A maioria dos entrevistados referiu-se à rapidez da cena. "Me levantei e procurei rapidamente minha cueca" (Pierre). Mas ressaltaram também o controle de si e os esforços que fizeram para manter a naturalidade da ação, esconder seus medos e expor um mínimo de bem-estar. "Bom, vesti uma camisola sem me esconder tanto" (Agathe); "Coloquei um shortinho e uma camiseta, assim, bem rápido, mas sem exagerar" (Juliette).

Táticas contraditórias e difíceis de controlar, sobretudo quando as condições materiais do acontecimento podem aumentar as dificuldades. Quando, por exemplo, não estamos em nossa casa e tampouco dispomos de roupas íntimas que seriam práticas naquele momento (não é comum prever uma mala para a primeira manhã). Ou quando os lugares são inadequados à estética gestual do disfarce. "Era uma pena a gente ter que se vestir, pois isso significava sair da barraca. Além do mais, não era muito prático num lugar tão pequeno e com tanta claridade" (Alban). Táticas sutis também porque ignoramos as concepções matinais do pudor da "pessoa que está ali". Agathe hesitou antes de vestir sua camisola. "Não sou pudica, mas pensei: será que vou chocar?"

"Não é a mesma coisa de manhã"

Fanny: "Não tinha vontade de sair da cama e andar nua pelo apartamento. [...] O corpo do outro não é a mesma coisa de manhã." O corpo do outro? Fanny pensa em seu próprio corpo visto pelo outro. E, quando fala da manhã, ela se refere precisamente ao momento de sair da cama. Pois um pouco antes, no aconchego da cama, ela estava em pleno estado de graça devido à intensa troca de olhares silenciosos e apaixonados. A ruptura só poderia ser maior, "o corpo do outro não é a mesma coisa de manhã".

Por quê? A noite traz calor e paixão, desejo e sexo que, de tanto aproximarem os amantes, ofuscam o olhar. "Quando se trata de amor, amor total, o físico não conta." Pierre não está aqui se referindo às sensações corporais. Durante o sexo-amor da noite, os olhos só enxergam o amor. De manhã, eles descobrem, portanto, um corpo novo, em parte desconhecido, e muito mais comum. Mesmo que o olhar se torne indiferente e passe a ser guiado por outros pensamentos, ele se mantém vivo e aguçado por uma curiosidade picante. "É evidente que você sente o olhar do outro em seu próprio corpo" (Gildas).

Mas isso não é suficiente para explicar a intensidade da mudança. Se houvesse apenas um simples distanciamento do olhar, o repentino excesso de pudor não alcançaria tais proporções. Não, existe outra coisa diante do olhar que se distanciou: o medo.

O medo? O que vem fazer o medo ao lado do amor? Não seria impróprio mesclar sentimentos que normalmente se opõem? Com efeito, quando a observação sociológica se volta à questão do amor, ela descobre que este é formado por uma infinidade de sentimentos que às vezes surpreendem. O medo, fonte

de vibrações e *frissons*, é um deles. Não podemos esquecer que o amor é formado por um conjunto de emoções intensificadas pelo medo e que, sem este, de fato, aquele seria um pouco monótono.

Ao sair da cama, o medo será mais opressor à medida que o apego e o desejo de assumir um compromisso forem maiores. "Eu sabia que existia um amor sincero e profundo entre nós, mas o medo de decepcionar era tanto que acabei me escondendo." Juliette não queria decepcionar, justamente porque gostava de Romano e não queria colocar em xeque sua relação. Quando não há sentimento entre o casal, o momento crítico da saída da cama é mais descontraído. "O medo do olhar do outro é menor quando não há sentimento. Você só fica um pouco envergonhado" (Virginie).

Juliette temia decepcionar e Virginie, envergonhar-se. Por quê? Por causa do olhar matinal em seus corpos, esse novo olhar, curioso, observador, inquisidor. A vergonha da nudez é apenas um véu que esconde uma ansiedade mais profunda, alimentando-se da falta de autoestima, tão presente em nossa época [André, Lelord, 1999]. Particularmente da opinião discreta que fazem de seu próprio corpo. Virginie fala abertamente: "Não sou pudica, sou complexada." Triste visão, não do corpo inteiro, mas de algum detalhe do qual o ego não se orgulha, e que se transforma em defeito abominável no momento de sair da cama. Fanny (como Anna) pensa que seus seios estão abaixo dos padrões toleráveis (ela não gosta da forma de seus seios, e Anna acha que os seus são muito pequenos). "Não sou muito segura de mim mesma. Não acho que meus seios sejam bonitos. Quando estava na cama, ele nem olhou. Mas, quando saí nua, fiquei sem graça" (Fanny). Mal-estar, vergonha, falta de autoestima. "Tinha vergonha do meu corpo, não me sentia segura. Eu pensava: sou malfeita,

44

ele não vai mais gostar de mim. [...] Vesti rapidamente minha camiseta para evitar que ele visse meus seios. Claro que não tinha muito o que ver ali. Foi bem rápido!" (Anna).

Erika é o contraexemplo perfeito. Ela não tem pudor porque não tem medo de mostrar seu belo corpo. "Estava à vontade porque sou bem-proporcionada, tenho orgulho do meu corpo." Contraexemplo raro, principalmente em se tratando de uma mulher. Pois o peso do olhar crítico (ou supostamente) é marcado sexualmente: ele pesa bem menos com os homens. "Não me incomoda andar nu, não sou pudico. Não entendo as pessoas que se escondem" (Manuel). Do ponto de vista masculino, como o constrangimento está mais ligado a um problema clássico de pudor, a tensão ao sair da cama normalmente é bem menor. "Para mim, o pudor desaparece a partir do momento em que houver ato sexual. O mais importante já passou" (Tristan). Essa diferenciação se deve à história que criou papéis sociais opostos para o homem e a mulher: o homem oferece sua força e seu dinheiro, a mulher, sua sensibilidade e sua graça; o homem admira a mulher, enquanto esta exibe sua beleza. Uma longa história que só pode deixar marcas profundas e lentas a se dissiparem. Portanto, não é de estranhar que o sair da cama seja vivenciado de modo diferente pelo homem e pela mulher. A surpresa seria constatar que há pouca diferença e que os homens também temem o olhar crítico em seus corpos ao saírem da cama. Prova da mudança de mentalidades: às vezes, os homens falam como as mulheres. "Talvez por medo de decepcionar fisicamente, eu me sinta um pouco constrangido" (Rodolphe).

"Ser visto assim"

O medo surgiu do encontro imprevisto entre a baixa estima de seu corpo e o olhar do outro, repentinamente enigmático e opressor. Milhares de humilhações hipotéticas pesam sobre você quando os pensamentos que se escondem por detrás do olhar do outro são impenetráveis. "Esse olhar incomoda, porque nos perguntamos: o que ele está pensando?" Agathe resumiu claramente a problemática desse instante particular: o constrangimento de "ser visto assim" e a incerteza quanto ao pensamento do outro. Tudo começa com a desagradável percepção do olhar estranho, diferente mas indefinível, sufocante mas abstrato. "Se me levanto e vou ao banheiro, penso: 'Tenho certeza de que ele está me olhando!' Ninguém gosta!" (Virginie). O peso do olhar é tão incômodo que não sobra tempo para duvidarmos do que o outro está pensando; a rapidez dos gestos permite acabar com o mal-estar e passar para a cena seguinte. Resolvemos o problema da saída da cama em um instante.

Mas o que oculta exatamente o olhar do outro? Podemos justificar o medo? É impossível dar uma resposta única e válida para todas as primeiras manhãs. Mas há constantes que mostram que a angústia vai além dos fatos que poderiam causá-la. Há uma diferença explícita entre o medo (breve, mas às vezes intenso) e a realidade do olhar, não tão crítico quanto imaginamos. Vincent faz uma ilustração caricatural: Aglaé não podia julgá-lo, pois estava dormindo. Mas, mesmo assim, ele sentiu uma angústia passageira. "De noite, a nudez não causa problemas, é mais de manhã, quando vou me levantar; bom, depende, porque ela estava dormindo." Virginie não podia compreender que Léopold estivesse brincando (certamente de modo inconveniente e ofensivo): ela escutava suas palavras duras ao pé da letra. "Estava assustada, dezessete anos é uma idade imatura, sabemos que os rapazes não são carinhosos. Léopold me repetia sempre: 'Você não é nenhum avião, mas tem um charme... bem escondido!' E ele podia me repetir isso várias vezes ao dia, todos os dias!" À diferença das outras primeiras manhãs, ela sabia perfeitamente o que escondia o olhar de Léopold. Pensava saber, mas talvez estivesse enganada.

Porque o olhar não é malicioso nessas manhãs. Pelo contrário, seu carinho permanece mesmo após a noite e o aconchego da cama. Anna não devia ter se preocupado, Éric estava apenas descobrindo seu corpo, sem segundas intenções. "Ele dissecava meu corpo, dizendo: 'Ah, aqui você tem uma pintinha, oh! uma coisinha...' Claro que para mim ele não estava só falando das minhas pintas. Sim, estava apaixonado e via tudo bonito... mas mesmo assim!" O olhar é doce, tolerante, contemplativo. Quando o olhar observa, avalia friamente, não significa que sempre condene, pelo contrário. "Quando vi seu corpo, fiquei contente em estar com ele. Foi um olhar puramente estético. Pensei: 'Puxa, nada mau!' O primeiro olhar é estritamente físico. Ele era bonito, só isso!" (Gildas). Pierre não tem uma grande estima por seu corpo e, ao imaginar o olhar de Marinette, vestiu-se rapidamente. No entanto, seu olhar nunca é maldoso na primeira manhã. Ele pode olhar demais, talvez até de uma maneira grosseira, mas é porque se sente atraído, porque admira a beleza feminina. "O corpo de uma mulher é atraente, já o meu..." Charles-Antoine também reconhece que seu olhar é um pouco insistente. Ele assustaria Virginie, Sophie e muitas outras mulheres, pois se interessa particularmente por esse momento preciso da saída da cama. Ao tentar se lembrar de sua primeira manhã com "a holandesa", foi exatamente esse momento que lhe veio à memória em primeiro lugar. Sim, diz ele, o olhar é diferente, mais claro, livre da noite. No entanto, uma graça particular e perturbadora emana da banalidade desses gestos precisos, do caráter ambíguo de uma situação entre amor e vida prosaica. "Adoro ver uma mulher vestir-se de manhã."

Embora o olhar seja contemplativo, ele existe e provoca certo constrangimento naquele que é observado. Ainda mais quando este percebe a estranheza do olhar. Vago, leve, penetrante, como se descobrisse outra pessoa, outro corpo. Uma vez mais, não há maldade nessa curiosidade. Mas é exatamente isso que assusta e é muitas vezes mal interpretado. A presença desse leve mal-estar faz com que os parceiros inventem táticas de distração e segurança. O riso, por exemplo, sempre acaba com um clima tenso. "Enquanto nos vestíamos, nos observávamos com vontade de rir. E realmente demos muita risada" (Fanny). Ou ainda, táticas de reafirmação do sentimento amoroso. "Depois vem o hábito; de tanto ele falar que sou bonita, não preciso mais ser..." (Fanny). Assim, não há mais nervosismo nem esforço em criar artifícios. Virginie justamente procura criar uma atitude que conserve o registro amoroso. "Se vou ao banheiro, vou procurar andar bem. Não vou rebolar como uma Claudia Schiffer, mas vou passar as mãos no cabelo, coisas desse tipo. Porque você está diante de um homem." Com Raoul, ela não andou dessa maneira, não adotou uma gestual particular (e não estava constrangida) para ir ao banheiro. Mas tinha certeza de que aquela primeira manhã seria a última (mas houve outras). Tudo depende do interesse que temos pelo parceiro e pela relação. Quando há desejo de compromisso conjugal, a melhor solução para aliviar o peso do olhar e dissipar o mal-estar está em reativar a lógica amorosa. "E depois, tinha um lado excitante. Não queria esconder meu corpo porque sabia que ele o admirava." Erika estava segura de sua beleza, o que evidentemente facilitou esse desfecho feliz.

Cueca e chinelos

Devemos admitir que estamos enganados em ter medo ao sair da cama? Se o olhar não é nocivo, e sim curioso e carinhosamente errante, a conclusão seria precipitada. Decerto, existe uma distância entre o que se imagina do olhar e o que realmente ele é: de manhã, os olhos buscam a beleza e a graça, embora demonstrem uma certa frieza. Mas (compreenderemos melhor no final deste livro) o que caracteriza o pensamento amoroso é sua contradição. Com o dom de captar inúmeras imagens, o olhar faz uma discreta seleção na primeira manhã. Ele acumula tantas coisas que o pensamento do momento mal pressente. "Durante a noite, você sente pelo tato, mas não tem uma visão do conjunto. De manhã, você vê os detalhes, olha o corpo tal como é. Não estamos julgando, mas é verdade que..." (Gildas).

As ideias vagam livremente ao redor do olhar fascinado. Elas se deixam atrair pelos detalhes mais variados, intrigantes, divertidos ou maravilhosos. Às vezes, um desses fragmentos capturados ao acaso é mais interessante, enviando imediatamente uma mensagem à consciência. Portanto, a partir desse instante, a dúvida e o julgamento podem atravessar de modo fulgurante o véu amoroso do olhar. Virginie, Sophie e os outros entrevistados não estão completamente enganados em ter medo.

Eles pecam em se vestir rapidamente, polarizando suas angústias na nudez. Pois o olhar matinal continua a acariciar o corpo. Embora o veja de outra maneira, o olhar é sempre envolvente. Sua análise imediata atém-se principalmente aos gestos e aos objetos, revelando uma dimensão até então desconhecida da "pessoa que está ali". Em particular, às roupas que vestimos rapidamente para esconder o corpo nu. Boris estava deslumbrado com a beleza de Prudence e com a proximidade de seu corpo. Que pena, pois, ao sair da cama, "ela vestiu a camisa do pijama e uns chinelos ridículos": a magia dissipou-se de um golpe. O pijama era horrível; os chinelos, grotescos. Eles macularam a imagem que Boris fazia dela. Por uma infeliz história de chinelos, Prudence poderia causar a perda de interesse do seu parceiro. Mas Boris afasta esse risco, recorrendo à tática mais adequada a esse tipo de situação: o riso. "Tive vontade de rir." Um riso silencioso, interior. O descrédito imediato foi reprimido, mas o tom negativo ficou gravado na memória adormecida.

O choque da má surpresa foi tão violento para Gildas que ele não pôde reprimir sua crítica. "Eu o tinha visto poucas vezes, era um rapaz charmoso, estava sempre bem-vestido. O que me surpreendeu de manhã foi sua cueca tipo horrorosa, superbrega. Isso acabou com o encanto. Realmente, não combinava com sua imagem." A sanção foi imediata. "Só conseguia pensar naquela cueca." Seu caso com Julien terminou naquela mesma manhã.

A toalete

"Depois do café da manhã, fui ao banheiro, enquanto Debra lavava a louça. Dei a descarga, me limpei, dei a descarga outra vez e lavei as mãos antes de sair. Debra estava limpando a pia quando a agarrei por trás.

— Você pode usar minha escova de dentes, se quiser — disse ela.

— Estou com mau hálito?

— É suportável.

— *Não acredito...*
— *Você também pode tomar banho...*
— *Ah, não, mais essa...?*
— *Não. Tessie só chega daqui a uma hora. Temos tempo para isso.*
Fui para o banho, mas só gostava mesmo de tomar banho em motéis. Na parede, vi a foto de um homem — moreno, cabelos compridos, insignificante, um belo rosto que refletia sua banal estupidez. Seu largo sorriso mostrava todos os dentes. Escovei o que restava dos meus. Debra me tinha dito que seu ex-marido era psiquiatra."

Charles Bukowski, Mulheres

"Retocar o rosto"

Antes de sair da cama, surge outra preocupação, da mesma natureza, porém mais precisa: está relacionada com o rosto. "Estava com pressa de ir ao banheiro para retocar o rosto (estava cansado), o mais rápido possível" (Agathe). Devemos admitir que a primeira manhã nasce de uma noite agitada que costuma deixar sinais desagradáveis. O despertar difícil e a pele marcada não correspondem aos encantos sonhados. Portanto, é necessário atenuar imediatamente os problemas mais aparentes e correr para um espaço adequado. Rapidez que, somada ao desejo de ocultar a nudez, transforma o percurso até o banheiro numa verdadeira maratona.

Para as mulheres, algumas questões técnicas agravam o tormento. A noite não costuma ser planejada, ela acontece na improvisação e na urgência do desejo. Fanny: "Quando fomos para a cama, estava penteada e não tirei a maquiagem. Quando você acorda de manhã, logo pensa: 'Deve estar tudo borrado, meu

Deus, devo estar horrível!' Queria ir logo ao banheiro, me maquiei e me penteei rapidamente." Juliette não estava preocupada com seu cabelo despenteado, e sim com a pintura borrada que imaginava desfigurar seu rosto de modo assustador. Também ela seguia o esquema: urgência-banheiro, espelho, retificação.

A problemática da angústia é sempre a mesma. Medo de desagradar, medo de ser desmascarado, medo da frieza do olhar matinal. "Queria estar bonita para ele. Porque pensava: talvez ele descubra algo, seja lá o que for, você imagina mil coisas. E me dizia: preciso estar impecável" (Colombine). Fanny, no entanto, sabe muito bem que as diversas táticas de dissimulação não se adaptam a esse momento particular que, pelo contrário, deveria estar fundado na autenticidade. "A maquiagem, como a roupa, esconde algo, sempre engana." No aconchego da cama, porém, alguns minutos antes do momento irresistível da fuga, eles se olhavam com ternura, nos braços um do outro, numa contemplação intensa e íntima. Ela ainda não pensava no olhar indiferente do parceiro, não sentia medo, pois estava totalmente entregue ao seu amor. Logo depois, o quadro da situação havia mudado: ela precisava imediatamente correr para o banheiro.

Nesse caso, a diferença entre os homens e as mulheres é mais acentuada que em relação à nudez: os homens não se maquiam. Mas muitos deles comentaram a necessidade de se pentearem ou de se refrescarem para não parecerem ridículos. E ressaltaram (como as mulheres) outro problema ao acordar: o mau hálito. "É desagradável. Você tenta fazer de tudo para agradar à pessoa, mas a primeira coisa que ela sente quando você fala é seu mau hálito. É terrível!" (Rodolphe).

De fato, o mau hálito é um sério problema. Porque ele aparece muito cedo na comunhão íntima do aconchego da cama, antes mesmo do despertar do olhar indiferente. E, principalmente, porque está ligado à questão mais ampla da autenticidade. Se realmente é mais fácil criticar a atitude de Juliette ou Colombine que correm para o banheiro, é muito mais difícil definir o limite a partir do qual o comportamento inverso pode desrespeitar o parceiro. Logicamente, não devemos nos preocupar muito com isso, mas não existe um mínimo a fazer? Anna é uma das raras pessoas que não concordam, ela aceitou e adotou a posição naturalista e radical de Éric. "Ele é tão natural quanto eu: não gosta e não me beija quando estou de batom. Também não gosta de perfume. Portanto, a história de ir ao banheiro me maquiar não teria colado."

A primeira manhã é passada sem trégua entre a pesquisa de autenticidade e o recurso aos artifícios, permitindo uma apresentação positiva de si mesmo. Se condenamos os excessos de artifícios, a autenticidade é pura quimera. O exemplo da higiene dentária prova que o natural absoluto nem sempre é idílico. Portanto, é preciso (como para a rapidez dos movimentos) encontrar a dosagem certa entre comportamentos contraditórios. "É verdade que de manhã não estamos em nosso melhor momento do dia. Fui ao banheiro antes do café da manhã, mas não saí correndo com meu nécessaire. Conhecia uma garota assim: arrumava-se antes para que não a vissem sem maquiagem: era atroz. De repente, ela estava nova como a manhã" (Virginie).

Os mistérios do banheiro

Fuga pudica, medo do olhar, necessidade de "dar um toque de frescor no rosto": um dos protagonistas abandona subitamente a cena para se refugiar no banheiro. Sozinho. Impulsionado pelo desejo de estar só, tranca a porta. Com o "homem casado", Juliette, que não tem o hábito de fechar a porta do banheiro, trancou-se para ficar bem longe dele. Rodolphe viveu a mesma ruptura de hábito. "Em meus tempos de solteiro, eu nunca fechava a porta." Entretanto, naquela primeira manhã, ele se trancou para se proteger de um imenso perigo. "Foi uma das raras vezes que isso me aconteceu." Não se orgulha dessa situação que contrasta com a lógica da intimidade amorosa da primeira manhã. Ele justifica seu ato pelo "medo de decepcionar fisicamente". O isolamento solitário é diretamente proporcional à falta de autoestima física. Mas é também uma simples consequência do pudor, em sentido restrito. "Não estaria à vontade para uma toalete íntima" (Alban).

Mas nem sempre é uma fuga solitária. Ou, então, ela pode ocorrer num curto espaço de tempo (olhar-se no espelho, refrescar-se o rosto), antes de outro momento que pode ser compartilhado com o parceiro, como o banho, onde o casal prolonga o aconchego da cama e volta às carícias voluptuosas da noite. A ambiguidade da situação é uma característica intrínseca das primeiras manhãs. Mas é comum que o banheiro ofereça um momento para pensar em si e na situação. Gildas confirma: "O único momento de solidão e de reflexão que tenho é no banheiro." Foi ali que Gildas concluiu que não continuaria sua relação com Julien.

Quando a primeira manhã acontece na casa do parceiro, o banheiro pode ser um local de descobertas estranhas. Isso é normal: a disposição do espaço não é habitual. Portanto, é evidente que o convidado observe, analise (mesmo que seja apenas para adaptar seus atos), faça sua descoberta cultural. "Os azulejos do banheiro eram brancos. Era um ambiente glacial e asséptico. O rosa gritante do tapete contrastava com o branco. O que mais me surpreendeu foram suas cores e seu aspecto *kitsch*. Fiquei pouco tempo. Tinha apenas uma banheira, uma pia e nada mais. Tudo estava em seu lugar, fora o tapete." Por que essa frieza? O que revelou esse *kitsch* rosa que não correspondia ao que Sophie julgava conhecer de Sébastien? O mistério do banheiro está justamente aí. A distância solitária faz com que os objetos e os espaços familiares ao parceiro apareçam como sinais reveladores de um aspecto até então inconcebível e surpreendente de sua personalidade. O exame atento de Agathe leva à mesma constatação de uma masculinidade fria. "Era o típico banheiro de homem, vazio! Não, duas escovas, uma pasta de dentes e um sabonete. Nada mais para perfumar o corpo." Mas a particularidade dos objetos sugere uma nova visão do outro, mais positiva e abrangente. Agathe critica John com meias palavras. "Não tinha nada de íntimo, acolhedor, não gostei do banheiro." Era um banheiro impessoal e incompatível com sua ideia de limpeza. "Ah! Era sujo, dava para ver que era um banheiro de homem!" Agathe ficou decepcionada? "Sim, mas logo pensei: é normal." É um garoto e isso o caracteriza. Essa nova visão corrigia o que imaginava a respeito de John, partindo exclusivamente de suas relações amorosas. O banheiro tinha razão.

"Você faz como pode"

A ida ao banheiro é ocasião de infinitas descobertas, às vezes de um verdadeiro choque cultural ou de sensações diversas ligadas à particularidade do lugar. Despertado pelo mugido da vaca, incomodado com o barulho dos ratos e irritado com o autorretrato de Van Gogh, Vincent sentiu uma irresistível vontade de tomar banho. Surpresa: o banheiro tinha uma bela e ampla janela, sem cortinas, que dava para um jardim (com campo deserto ao fundo). Eles tinham passado a noite na casa dos pais de Aglaé, que ignoravam a presença do jovem casal. Vincent imaginava que fossem extremamente severos. "Muito católicos! Talvez não fossem totalmente contra sexo antes do casamento, mas, mesmo assim, o fato de dormirmos juntos devia mexer com eles." Vincent estava assustado. Lógico que ele se trancou no banheiro. Mas para quê, se o perigo vinha de outro lugar? "Como tinha medo que os pais dela passassem pelo jardim, não tirei os olhos da janela."

A reflexão causada pelo estranhamento está em segundo plano e ocorre paralelamente à ação. A princípio, questões mais práticas ocupam a mente. É claro que "um banheiro se parece com um banheiro" (Rodolphe). No entanto, nenhum deles é exatamente igual. "O chuveiro não é o mesmo, você não sabe onde estão as toalhas" (Rodolphe). Sem contar que nem sempre temos a intenção de prolongar nosso encontro pela manhã. "O que realmente me deixou nervoso foi não poder escovar os dentes. Ela só tinha uma escova, mas também não esperava que eu estivesse ali" (Rodolphe, que tanto se preocupa com seu mau hálito). Tampouco contavam com Agathe naquela manhã. As surpresas foram grandes. O choque cultural foi surpreendente. "Uma banheira, mas com um chuveirinho pequeno demais para ficar em pé (para tomar banho era muito chato). E uma água muito fria, porque era necessário ligar o aquecedor e eu não sabia. Tomei um banho gelado para acordar de vez!" Depois, buscando uma toalha para se secar, só encontrou a de John, que estava úmida e usada. "Cheirei antes e vi que não estava perfumada."

Finalmente, Agathe voltou para o quarto. Ela conseguira vencer os demônios, superar os obstáculos. Sejam quais forem as peculiaridades do banheiro, o convidado sempre acaba se adaptando. "Eu me adapto às condições e aos lugares. Faço como posso, mesmo que não goste muito" (Rodolphe). O comportamento do estranho é característico: oportunista, ele inventa táticas discretas e eficientes. "Você tenta encontrar o sabonete antes do banho, se vira como pode" (Rodolphe). É dinâmico e criativo, mas, ao mesmo tempo, modesto e discreto. "Claro que você não se sente à vontade, você procura as coisas e sabe que não pode perder muito tempo. Tomei um banho rápido" (Fanny). Enfim, ele realiza sutil e rapidamente uma pesquisa sobre os costumes dos nativos para se adaptar o melhor possível. "Costumo ir ao banheiro quando me levanto. Mas, quando estou com alguém, mudo meus hábitos, não arrisco, não me sinto à vontade" (Fanny).

O convidado deve encontrar soluções rápidas para se adaptar ao novo ambiente. Ele consegue superar facilmente qualquer problema técnico: água fria, chuveirinho baixo e toalha usada não impedem Agathe de tomar seu banho. Mas a adaptação à "pessoa que está ali" é mais problemática, visto que não a conhecemos o suficiente. É inconcebível impor seus próprios hábitos, pois eles podem chocar. É necessário agir com prudência e simplicidade, observando cada detalhe a fim de descobrir o mistério dos lugares. Uma rápida análise é suficiente para que os objetos comecem a falar. Mas eles não revelam tudo. Além da observação, existe outro teste, discreto, mas significativo: como "a pessoa" reage aos gestos mais pessoais que tentamos expressar? O ponto de partida é a descoberta da diferença, da incompreensão e da confrontação silenciosa. Colombine: "Deixava sempre a porta do banheiro aberta, mas ele não compreendia." Franck, ao contrário, queria estar só, sentindo-se vagamente culpado pelo pudor que o dominava. Hesitando entre suas próprias referências e as de sua parceira, ele testou os limites de sua ética. Num verdadeiro movimento de audácia, entrou no banheiro (ocupado por Colombine) para tomar banho. Vitória que se limitou a si mesmo, pois sentiu o ridículo da cena. Colombine assistiu ao espetáculo com vontade de rir. Embora tivesse ficado nu em público na noite anterior, Franck mostrou o mesmo constrangimento na frente de Colombine. Ele se despiu furtivamente, escondendo as partes íntimas de seu corpo, enquanto fechava a cortina do chuveiro. Sua atitude não foi nem um pouco convincente.

Dessa forma, Colombine pôde tirar várias conclusões. Franck queria mudar, mas sua transformação seria lenta e difícil. Ela decidiu, portanto, agir com certa delicadeza, calculando seus gestos com extrema precisão. A porta do banheiro foi um exemplo: "Se não me sentisse à vontade, teria trancado a porta. Mas com ele não tinha problema." Pensou em deixar a porta aberta, como de costume, mas sentiu que Franck não aceitaria; um excesso inconsciente poderia estragar tudo. Subitamente, no segundo em que entrava no banheiro, resolveu deixar a porta entreaberta. "Porque eu não sabia como ele iria reagir." Franck não reagiu, deixando Colombine seguir sua tática. "Agora está tudo bem, ele aceitou." A partir de hoje, a porta ficará aberta.

A primeira manhã não é como as outras. Quando acontece em sua casa, ou quando o parceiro não é desconcertante, os gestos não se afastam de sua naturalidade. Mas, quando o choque de culturas individuais é muito grande, o ego deve improvisar instantaneamente novas referências de ação. E consegue sem grandes dificuldades, demonstrando uma capacidade surpreendente em sair de si mesmo, embora parecesse prisioneiro de seus hábitos cotidianos [Kaufmann, 1997]. Tal flexibilidade só é possível quando o ego não sai de si por completo, mantendo sua personalidade entre parênteses, provisoriamente. Somente a violência e a força de um acontecimento conseguem perturbar a identidade referencial de um indivíduo: a experiência do momento apaga imediatamente todos os velhos princípios. É preciso estar envolvido no ardor da paixão e na intensidade da primeira manhã para se adaptar às mais estranhas situações. Se os parceiros permanecem distantes, seus universos familiares resistem. Desse modo, até um insignificante sabonete ou uma toalha usada podem causar sérios problemas.

A ordem das cenas da primeira manhã ilustra bem essa questão: é necessário muito amor para entrar na lógica de ação do parceiro. A sequência do despertar e da saída da cama não causa problemas porque é natural. Mas ninguém abre mão de seus hábitos quanto ao café da manhã e à toalete. Alguns preferem começar o dia pelo banho. "Não posso fazer nada, se não tomar um banho antes" (Walter). Outros preferem começar pelo café: "O café da manhã vem antes de tudo, tenho meus hábitos" (Gildas). Portanto, na primeira manhã surge um novo tema controverso, sobre o qual algumas observações furtivas indicam que as concepções de um e outro são opostas. Juliette: "Quando me levanto de manhã, tomo primeiro café. Guillaume não: ele vai direto para o banho. Ele não entendia meu hábito." O outro, tão íntimo e próximo há pouco, torna-se um estranho. Sobretudo quando algumas palavras podem revelar um desentendimento maior. "Ele não fazia questão do café da manhã, enquanto para mim sempre foi prioridade." Após a descoberta das diferenças entre Juliette e Guillaume, a confusão de estilos do casal durou várias semanas. Não foi tecnicamente fácil escolher entre dois comportamentos tão opostos (teria sido necessário designar imediatamente um vencedor). O contexto residencial tampouco ajudava: a primeira semana de vida em comum foi na casa de Juliette, a mais disposta a fazer concessões, contrariando o princípio da submissão do convidado às regras da casa. Após passarem o verão num barco, mudaram-se para a casa de Guillaume, que, em alguns dias, impôs definitivamente o modo de organização da vida conjugal. "Agora, quando me levanto, vou para o banho" (Juliette). Logo na primeira manhã, Juliette se surpreendeu com outra peculiaridade de seu companheiro. "Ele escovava os dentes no banho! Eu não fazia isso nunca! Depois do café, eu tomava meu banho, escovava os dentes e me maquiava." Juliette emociona-se ao reviver seus hábitos do passado, como um fragmento esquecido de si mesma. "Hoje em dia, além de tomar banho primeiro, escovo os dentes ali mesmo!"

A grande variedade de concepções dificultou a definição do plano desta primeira parte do livro: por onde começar, pela toalete ou pelo café da manhã? Seria necessário realizar um amplo trabalho estatístico para saber qual concepção predominava? Felizmente, a especificidade da primeira manhã evitou um trabalho árduo e inútil. Na vida cotidiana, parece haver um relativo equilíbrio entre as duas concepções, não sendo raro que se priorize a primeira. "Depois a situação se inverteu: café primeiro. Mas, naquela manhã, começamos pelo banho" (Boris). Na primeira manhã, o acúmulo de ansiedades pede uma urgente passagem pelo banheiro. Já o café da manhã oferece uma cena totalmente diferente, longe da intimidade do aconchego da cama. Isso explica por que os protagonistas intuitivamente o deixam para depois (salvo no caso do café na cama). E justifica igualmente minha opção em colocá-lo no final do meu plano.

Situar o ato de evacuar na ordem das cenas matinais também foi problemático, visto que as diferenças biológico-culturais entre os indivíduos são maiores. Mas não estará o olhar do sociólogo indo longe demais? Não exigirá a decência que as obscenidades íntimas fiquem ocultas? Não creio. Somente os excessos de pudor nos impedem de ver o que os lugares mais reservados podem nos ensinar [Guerrand, 1986]. Evidentemente que o campo de pesquisa torna-se delicado para o estudioso. Mas fechar os olhos para um ato básico do ser humano seria ignorar cenas cruciais da primeira manhã. Faltava apenas encontrar um vocabulário que não chocasse o leitor. Rejeitei (opção possível) uma linguagem metafórica, pois toda a riqueza da primeira manhã está em sua concretude. Servindo-me das palavras dos entrevistados, empregarei os termos "xixi" e "cocô" quando necessário. Peço ao leitor que me desculpe.

Banheiro

Os problemas do banheiro estão relacionados com sua disposição na casa. No apartamento de Romano, Juliette lembra-se do longo caminho que percorreu para chegar ao banheiro. "Mas, ao menos lá, estava tranquila." Já na casa de Guillaume, o banheiro ficava muito próximo ao quarto. "Para mim era um problema, pois encaro o banheiro como um local privado." Virginie teve o mesmo problema na casa de Léopold, mas com um agravante, a fila de espera dos outros membros da família na porta do banheiro. Nada é insuperável, podemos vencer os piores obstáculos na primeira manhã. Em situações de apuro, os protagonistas têm uma capacidade excepcional de ultrapassar seus limites, encontrar respostas e soluções adequadas. A urgência implica um esforço de si mesmo. "Você não tem escolha, acaba fazendo por uma questão prática." Mas é feito com rapidez e discrição. "Foi bem rápido." E com diversas táticas para desviar a atenção do parceiro: "Nesse momento, você brinca um pouco com ele, tenta manter um diálogo."

A passagem pelo banheiro evoca o que foi vivido ao sair da cama: a mudança de cena traz subitamente a surpresa. Havia a intimidade entre os amantes, a certeza de que não havia nada para esconder e, de repente, o olhar do outro torna-se insustentável, provocando o desejo de isolamento. Mas a explicação do pudor parece mais simples para o banheiro que para a saída da cama: "Claro que ninguém deve entrar ali, é um lugar íntimo" (Marlène). É lamentável que até nesse campo não exista uma definição objetiva da intimidade. Sabemos que sua definição evoluiu historicamente [Bologne, 1986], e, ainda hoje, apresenta diferenças culturais [Desjeux, 1999]. Inclusive em cada sociedade, os indivíduos têm, discretamente, sua própria opinião sobre o assunto.

A dificuldade não é apenas prática, ela envolve uma questão muito maior: que limites devemos impor à intimidade conjugal que estamos descobrindo, à fusão de identidades que experimentamos? A ideia que prevalece atualmente é ir em busca do natural e do autêntico, reduzindo ao máximo as zonas secretas: mostrar-se nu, sem artifício e sem culpa, tal como somos. Mas a maioria dos indivíduos reconhece que existem algumas exceções, onde o ser humano só consegue estar frente a frente consigo mesmo. E, sem dúvida, o banheiro é uma das exceções mais facilmente aceitas. Parece natural estar sozinho para fazer suas necessidades.

No entanto, Virginie precisou aceitar a presença de Léopold ao seu lado. Colombine, que poderia ter trancado a porta, deixou-a entreaberta. A ideia de naturalidade da evacuação solitária não é tão natural assim. Além das definições variáveis de um indivíduo a outro, o banheiro não se refere exclusivamente ao mundo do segredo individual. Na tentativa silenciosa de definir os limites da intimidade no banheiro (os parceiros não tocam nesse assunto), surge uma definição mais banal que foi adotada por uma grande maioria: a diferença entre pequenas e grandes necessidades. "Você não se sente tão constrangido fazendo xixi. Mas com... é mais delicado" (Virginie). "Não me vejo conversando com um homem enquanto estou fazendo cocô" (Gildas).

Fazer xixi em presença do parceiro é o exemplo típico desses gestos que foram reprimidos no passado, e que, hoje em dia, indicam uma certa descontração. O cocô, por sua vez, está ligado a um gestual mais problemático, a um universo olfativo e sonoro perturbador, que rompe o charme das primeiras manhãs. Para que o ato seja aceito em presença do outro, é necessário que a urgência do momento imponha a promiscuidade (como entre Virginie e Léopold). Mas, em geral, os parceiros imaginam as mais variadas táticas para aumentar a distância, atenuar o barulho e combater o odor. Cada um o faz à sua maneira. "Quando vou ao banheiro, uso spray para evitar o mau cheiro" (Gildas). "Você tenta ir discretamente, bola uma estratégia, aproveita a música" (Virginie). Até chegar à estratégia mais radical: segurar e deixar para mais tarde. O que nem sempre é fácil, como pôde constatar Juliette com o "homem casado". "Precisava ir ao banheiro e isso me incomodava. Me contraía toda!" Mas Rodolphe conseguiu segurar. "Se tivesse feito, teria quebrado o clima." O adiamento da evacuação fecal é possível, contrariamente à retenção do xixi, muito mais incômoda. Mas será que essa oposição tantas vezes mencionada pelos nossos interlocutores não deveria ser relativizada?

A distinção simplista entre xixi e cocô não resiste a uma análise mais detalhada. Os entrevistados exageraram as diferenças pela necessidade de dissimular para si mesmos as nuanças que poderiam desestabilizá-los. De fato, as variações são muito grandes, dependem de cada situação e dos hábitos de cada um. Não é o ato como um todo, mas sim um aspecto preciso (um cheiro particular, um barulho dissonante) que não se encaixa na cena. Aquele que vê, entende ou sente o elemento perturbador tenta desviar sua atenção para diminuir o mal-estar. "Você pensa em outra coisa, finge que nada aconteceu" (Walter). Aquele que executa tenta atenuar os efeitos, dependendo da certeza quanto ao mal-estar ocasionado. Anna é um exemplo de convicção extrema, ela é obcecada pelos barulhos, precisamente por *seus* barulhos. "Se o volume da televisão da sala não estivesse no máximo, ele teria escutado o 'pluf' e ficaria muito chato. Forrei com um pouco de papel higiênico para amortecer o barulho da queda!" Não havia apenas os 'pluf'. Para Anna, o xixi também era problemático. "Ah! Para fazer xixi! Para evitar que o outro escute!" Ela devia adotar posições tão complexas e estudadas que não foi possível reproduzir claramente nestas linhas. Talvez seja melhor assim. Seja como for, cabe terminar nossa intrusão em um campo tão privado, fechar sua porta e passar à última cena da primeira manhã, mais aberta e pública.

Café da manhã

"Ele se levantou e perguntou:

— Chá ou café? Vou fazer o café da manhã.

— Tanto faz. O que você tomar.

— Vou fazer um chá, então.

— Mais um hábito asiático, claro! — falou ela em tom sarcástico.

Tomaram o café da manhã na cozinha, sentados frente a frente. Coplan vestiu um quimono de seda. Julia desaparecia em seu enorme pijama."

Paul Kenny, O anjo e a serpente

De banho tomado e com poucas roupas, aqui estão eles sentados lado a lado ou frente a frente. A socialização da noite e do aconchego da cama ficou para trás. Os amantes entram no universo dos gestos cotidianos, falam de coisas banais e de outras não tão banais assim, pensam no que farão durante o dia e no futuro, eventualmente comum. Como os beijos e as carícias do despertar estão longe! Os parceiros abriram o novo capítulo da primeira manhã, radicalmente diferente, semeado de emboscadas, mas também de charmes ocultos a serem desvendados. A realidade concreta, fim da noite apaixonada, emerge à superfície com mil detalhes marcados de convenções e prazeres triviais. O olhar já se tornara mais indiferente ao sair da cama; o banheiro introduzira mal-estar e frieza. Mas a distância instaurou-se definitivamente no café da manhã. Na mesa, seguindo um gestual convencional, os amantes sentem-se estranhos a si mesmos, embora suas ações sejam as mesmas de todos os dias. Nova perturbação de identidades.

Cachorro-quente e doces

Os trovadores da Idade Média relatavam histórias sobre o nascimento do amor interpretadas por três personagens típicos: os dois amantes e o guardião da aurora [Bec, 1978]. O amanhecer marcava o fim do amor ardente, o retorno à realidade ameaçada pelos perigos da vida profana. O papel do guardião era aconselhar os amantes a fugirem para preservarem a pureza do seu mundo idílico. A liberdade sexual-amorosa de nossa época é sem igual, mas os riscos do amanhecer, agora mais difusos, continuam graves. Sem a figura do guardião, os dois protagonistas sentem intuitivamente que a continuação de sua história (se ela deve continuar) será mais complexa que sua noite de amor. O homem prosaico que dorme em todo amante está programado para se levantar, se vestir, comer, ler ou ouvir as notícias do dia, enfim, entrar em tudo aquilo que constitui o interesse de sua vida social e pública. Mas o romântico que nele vive ainda não deu sua última palavra, procurando eternizar a noite, evitar a ruptura do clima que, com o café da manhã, poderia ser definitiva.

Existem muitas táticas para evitar essa ruptura. As mais eficazes são aquelas que mantêm o casal na cama e/ou aquelas que transformam o ritual imutável do café da manhã em festa insólita, em microcarnaval semeado de grãos de loucura. Mencionamos o queijo de Tristan e Isa. Na segunda manhã, eles comeram macarrão na cama (requentado no micro-ondas). "Eram cafés da manhã improvisados, que escapavam daquela rotina do café, do pão torrado e tudo o mais. Comíamos coisas improvisadas como queijo e macarrão. Depois volta uma certa ordem. Porque preparar o café implica se levantar e se separar do parceiro. E o café na cama envolve muitos clichês: não há nada de mágico nisso" (Tristan). Sabemos que Isa não apreciava tanto esse tipo de comida, mas essa já é outra questão. O importante é ressaltar os prazeres da mesa, e saber como o momento criado pela surpresa favorece o prolongamento da socialização particular da primeira manhã, evitando uma recaída precoce no cotidiano. Se Tristan tivesse perguntado, Isa teria preferido chá com croissants. Do ponto de vista estritamente culinário, ela mantém uma certa reserva em comer queijo e macarrão no café da manhã, mas, mesmo assim, se deixou levar por essa pequena loucura que marcou aquela manhã. No caso de Agathe, seu constrangimento só piorou (depois do banho frio e da toalha usada) ao se ver obrigada a comer o "enorme cachorro-quente". "Bom, é verdade que prefiro os cafés da manhã à moda francesa." Mas o modo alegre e animado como ela fala hoje (fazendo inclusive certas generalizações abusivas sobre a cultura que descobriu naquele momento) mostra, contudo, que foi um episódio essencial de sua história de amor, visto como uma espécie de mito fundador. "Ah! O modo de preparar o café da manhã é completamente diferente. Meus hábitos alimentares não correspondiam aos dele; ele comprou um enorme cachorro-quente de bacon e salsicha para comermos na cama. Pensei: é para mim? O que vou fazer com isso? Onde me escondo? Você continua na cama e come apenas por comer, aceitando a cultura inglesa."

Juliette também teve uma surpresa marcante. Foi com Olivier, um jovem amante que esbanjava energia e entusiasmo. Voltou da padaria com uma enorme caixa de doces. "Ele me trouxe os mais variados doces. Achei formidável! Era a primeira vez que recebia tanta gentileza!" Você esquece o regime e a indigestão. A deliciosa loucura do instante deixaria lembranças inesquecíveis, recheadas de humor e poesia. "Ele era muito engraçado. Chegou e pulou na cama com sua bela caixa de doces." Juliette nunca mais tomaria cafés da manhã como aquele.

O equívoco dos croissants

Os cafés da primeira manhã são sempre diferentes. Pratos maravilhosos ou completamente despojados, desfrutados na calma do *tête-à-tête* ou numa agitada reunião familiar. Diversidade que define a particularidade dessa última cena da primeira manhã: ela oferece um universo de socialização a ser descoberto pelo casal. Daí nascem as frequentes surpresas no momento de realizar alguns gestos que habitualmente parecem tão naturais.

No entanto, uma ação foge à norma nessa manhã particular. Pouco frequente no dia a dia, ela aparece como um ritual específico da maioria dos cafés da primeira manhã. Um dos parceiros (geralmente o homem) sai para comprar croissants. Gesto cortês e sedutor, desejo de agradar, ou talvez simples gesto de amor. Modo também de criar (um pouco) um clima agradável. Rodolphe ficou na cama. Foi Charlotte (talvez porque tenham passado a noite em sua casa ou quisesse antecipar uma futura repartição de tarefas domésticas) que se levantou para comprar croissants. Ele adorou essa atenção e fala dela ainda hoje com certa nostalgia, queixando-se apenas de que não tenha voltado a se repetir nas manhãs seguintes. "Foi uma ótima surpresa para mim (havia uma padaria em frente à sua casa). Mas depois isso aconteceria raramente!" Muitas mulheres (em conformidade com o clássico papel do homem cortês) ressaltaram a questão dos croissants. Precisamente porque são mulheres historicamente marcadas pelo antigo código galante. "Você fica à toa naquela cama quentinha, pensando que ele está fazendo aquilo por você, seu cavalheiro serviçal. Acredita que está afrontando o frio lá fora para trazer os croissants à sua amada. É maravilhoso!" (Marlène).

Infelizmente, para o suposto herói da história a versão é mais obscura. Decerto, ele quis seduzir e, quem sabe, simplesmente agradar. Sua devoção e generosidade são insuspeitáveis, mas confessou que não eram suas únicas intenções. Acordado havia certo tempo, começava a se entediar, sentiu a cama úmida e quis finalmente esticar as pernas. Por fim, teve uma irresistível vontade de escapar por um momento, de estar longe para se encontrar, longe desse palco de ações aparentemente frívolas, onde estaria em jogo sua relação amorosa. "Queria respirar. Também estava bom lá fora, respirei fundo. Além do mais, não estava fazendo nada de errado. É o momento ideal para se avaliar a situação" (Gérard). Atitude essencialmente masculina, porém não estritamente reservada aos homens. Sophie: "Não foi uma fuga definitiva, foi apenas para comprar pão. Precisava de um tempo."

Vincent pensou nos croissants menos para se afastar que para aliviar o estresse acumulado durante sua manhã na casa adormecida. A vaca, os ratos, as aranhas, o *pot-pourri*, Van Gogh e a janela do banheiro tinham deixado seus nervos à flor da pele. Aglaé, outro tormento, dormia como um anjo. Ele precisava fazer alguma coisa, sair dessa casa dantesca. Os croissants poderiam ter sido uma ideia simples e maravilhosa, se Vincent conhecesse a cidade e soubesse onde encontrar uma padaria. Sem contar que os pais de Aglaé ignoravam sua presença. "Quando saí para buscar croissants, tive a sensação de estar saindo como um ladrão, já que estava em uma casa desconhecida. Pensei: se ela acordar enquanto estou fora, com certeza vai pensar que fui embora!"

O croissant geralmente esconde um desejo de fuga, relativamente importante e temporário. Para Rodolphe, o desejo é grande e definitivo. Não aconteceu em sua primeira manhã com Charlotte (que fora buscar croissants), mas com uma garota de cujo nome já não se lembra mais (algum dia soube?). O despertar lhe causou uma surpresa desagradável. Que diabo tinha feito na véspera para estar naquela cama com uma desconhecida que não lhe inspirava nenhum sentimento carinhoso? Como se desfazer da armadilha em que tinha caído? Dizer a essa mulher que não a amava? Como sair dessa? Foi então que a ideia dos croissants lhe pareceu formidável. Disse que iria até a padaria. "E escapei rapidinho." Apesar dos trinta quilômetros que havia pela frente. Os croissants têm seu lado bom e seu lado ruim; pois é, as coisas não são tão simples assim na primeira manhã.

"O pão estava dormido"

Juliette tem lembranças maravilhosas: os doces que comeu na cama com Olivier não foram seu único café da manhã legendário. Com Romano, as coisas foram muito mais simples, comuns, familiares. Ora, é justamente desse aspecto comum mesclado à magia do instante que surge uma sensação agradável, beirando a felicidade. "Era tudo muito simples, a cozinha, a toalha de plástico. Queria passar mais tempo na casa dele. Queria deixar uma imagem, não sei, alguma coisa. E seus pais eram tão simpáticos que logo me senti em casa." Juliette estava pronta para se entregar de corpo e alma a esse lugar. Exceção maravilhosa. Na maioria das vezes, o que é familiar ao parceiro aparece como uma bizarria muito mais exótica que certos gestos captados ao sair da cama ou no banheiro. Surge assim uma dimensão desconhecida de sua personalidade, profunda como uma memória sem fim [Muxel, 1996]. Uma bizarria e um terreno perigoso. Os gestos precisam ser calculados, pois não podemos cometer erros. Rapidamente o parceiro percebe a distância e os antagonismos abafados. Em geral, ele opta pelo terreno conjugal. Se preferir o terreno familiar, o convidado, visto como um intruso, deve concluir que é um mau sinal. Felizmente para Anna, Éric havia escolhido seu campo. Como acordaram muito tarde, a primeira refeição do casal foi o almoço. Eles estavam ali, e ao mesmo tempo muito longe, distraídos em suas redomas silenciosas, em meio ao almoço barulhento. Anna tremia de medo. "O que me angustiava era o almoço em família. Parecíamos duas crianças que se olhavam apaixonadamente, cúmplices desse amor. Me senti realmente insignificante, não estava bem, tinha medo de tudo. Éric e sua família estavam sendo muito atenciosos comigo, mas o problema era eu. Tinha medo de fazer qualquer gesto em falso. Quando ele percebia minha ansiedade, me dava um tapinha na perna."

O café da manhã íntimo é mais simples. Mas o que para o dono da casa é natural e evidente pode parecer insólito e incoerente aos olhos do convidado. As diferenças que aceitamos com mais dificuldade estão ligadas ao paladar. Para Vincent, foi o momento de um segundo conflito com a vaca e o universo de produtos da fazenda. "Eu me lembro também que não gostei do leite porque não estava acostumado com o leite de vaca, tinha um gosto forte." Boris, por sua vez, descobriu em Prudence um mundo cultural que contrastava fortemente com o seu, no qual a alimentação vinha em primeiro lugar. "O pão estava dormido. Não havia nada na casa deles que não fosse congelado." Vincent acabou tomando seu leite "de vaca" (*sic*), e Boris, comendo seu pão dormido com chá. "Normalmente eu tomo chocolate quente, mas tenho certeza de que tomei chá para agradá-la." Ele lembra-se vagamente, pois, apesar da surpresa, conseguiu manter sua individualidade, inclusive suas preferências alimentares, entre parênteses. Embora não gostasse de chá, este fazia parte do episódio que estava vivendo. O sabor estranho na boca foi o modo mais concreto de entrar no "filme" desse fragmento de vida deslocada. Alguns elementos, porém, causaram maiores dificuldades, deixando marcas profundas em sua memória: do pão dormido ele se lembra muito bem. O curioso distanciamento de si na primeira manhã não chegou a apagar completamente sua individualidade.

Diante da xícara de chá e do pão insólitos, o convidado inicia um discurso íntimo: deve mergulhar e esquecer por completo de si mesmo nesses novos hábitos ou manter-se apegado a suas próprias referências pessoais? Deve aceitar sua relativa transformação em outro ou manter seu antigo eu? Sophie não conseguiu "encontrar-se" na cultura do parceiro. Tampouco conseguiu encarnar sua cultura pessoal, insuflar um mínimo de vida em seus hábitos. Assim, nasceu uma desagradável sensação de vazio e perplexidade. "Foi constrangedor não saber o que fazer, não encontrar meu espaço. Por sinal, estava irritada de não ter o que fazer, de estar ali à disposição. Era muito diferente daquilo a que eu estava acostumada, não gostei muito."

Fechar-se em suas próprias referências também não resolve o problema. Os parceiros devem lançar-se na socialização particular da primeira manhã. Sobretudo se querem que a história continue. Evidentemente, não se trata de uma tarefa muito fácil, dada a complexidade da situação. Quem é exatamente esse outro? Um amante, o futuro esposo, um amigo, um estranho com manias inaceitáveis? Que tipo de relação estamos construindo? O que queremos exatamente? Colombine queria continuar a aventura com Franck, mas sem perder sua individualidade. Sua segunda manhã com ele foi crucial: com medo de uma ruptura prematura, ela cedeu em alguns pontos, mas em outros manteve sua posição. Não evitou a nudez que pratica em seu apartamento quando está sozinha. "Quando voltei com os croissants, tirei a roupa e fui tomar café." Franck permaneceu vestido, invejando a desinibição de Colombine. Mas não era uma situação conflituosa. Embora a convidada fosse Colombine, foi ela quem tentou, desde o início, impor seus hábitos a Franck. Sua breve saída não foi casual. Franck seguiu o movimento: decidiu colocar a mesa, com um extremo cuidado, acompanhado de um fundo musical. Não tinha o hábito de fazer tal coisa; sua única intenção era agradar Colombine. De volta com os croissants, a convidada mostrou-se contrariada com o cenário. "É só um café da manhã, não precisa preparar um banquete!" Também não gostou da música, de um grupo que ela detestava. "Desliguei o rádio. Mas com um grande sorriso!" Não houve conflito ou discussão sobre a música ou a mesa posta, pois tampouco queria ultrapassar os limites de Franck. Ela já havia conquistado muita coisa naquela manhã.

"Rosas e suco de laranja, não!"

O silêncio foi ainda maior entre Vincent e Aglaé. Vincent voltou da padaria com uma sacola cheia de croissants (tememos não fazer o bastante nessas horas). Aglaé acordou um pouco depois, com dor de cabeça e cara amarrada: "Estávamos sentados à velha mesa de madeira, um em cada ponta. Ela, diante de um copo de água e uma caixa de aspirinas, e eu, tentando comer meus croissants (estava tão nervoso!). Eu tentava conversar, mas, como vi que incomodava, resolvi ficar quieto. Queria ligar a televisão, mas ela não queria." Posição constrangedora para Vincent, que viveu uma primeira manhã desconcertante. Entretanto, há manhãs muito piores, em contextos aparentemente mais agradáveis. Pois, embora Vincent tenha passado por várias contrariedades desde seu despertar, não estava numa situação complexa ou incompreensível. Evidentemente, tudo parecia contrariá-lo, mas ele não perdia a calma, desejando continuar sua experiência com Aglaé. Calado interiormente em sua torre de marfim, aguardava pelas novas informações que lhe trariam os episódios seguintes, antes de mudar eventualmente seu julgamento e rever seus projetos amoroso-conjugais.

O caso de Juliette era praticamente oposto ao de Guillaume: tudo parecia bem, mas ela vivia um problema quase insuperável. Gostaria de lembrar alguns fatos. Ela costumava tomar banho logo ao acordar (hoje ela mudou) para estar bonita no café da manhã. Com ele era o contrário (e é assim até hoje, pois acabou impondo seus hábitos). Ele nunca dera importância ao café da manhã, podendo perfeitamente abrir mão desse momento. Ora, eles passaram as manhãs seguintes na casa dos pais de Guillaume, e qual foi a surpresa? O café da manhã era um verdadeiro banquete! "Nunca tinha visto isso." O que acham que passou pela cabeça de Juliette? Após alguns segundos de encantamento, ela detestou! "Eu prefiro algo mais simples, um pão torrado com uma boa geleia! Rosas e suco de laranja, não!" Como compreender tal atitude? Ela aprecia os prazeres da mesa, contrariamente ao que lhe ofereciam os pais de Guillaume; a mesa que colocaram anunciava um perigo iminente: uma possível distribuição desigual de papéis entre o casal. Mas como explicar a Guillaume que ela queria ao mesmo tempo mais e menos? Não sabia como seduzi-lo, estando com pensamentos tão confusos e numa posição de inferioridade (ela cedera em relação ao banho, e também ao hábito de escovar os dentes). Será que ela pensa naquele maravilhoso café com Romano, onde tudo parecia tão simples? Nem tanto. Um detalhe rompera a magia do instante: sua fome, sempre a mesma, maior que a do parceiro ao despertar. "Eu me lembro que acordei com fome. Como não me sentia muito à vontade, não pedi outro pedaço. Mas ele não entendeu a situação." Aquilo que definia a situação, o fato de estar apaixonada e encantada, impossibilitava a introdução de algo que poderia se afigurar como uma crítica. Juliette preferiu reprimir sua fome para viver seu sonho.

Para viver seu sonho, e também para não cometer um erro. Embora tenha sido maravilhoso acordar ao lado de Romano, Juliette não podia ignorar esse risco que todos sentem na primeira manhã. Pois o que foi pressentido ao sair da cama revela-se no café da manhã: a simplicidade dos gestos e o comum da situação escondem questões de extrema importância. O insignificante é apenas aparentemente insignificante. O mínimo movimento e a frase mais fútil podem, enfim, comprometer o futuro do casal.

"Você descobre com quem está"

A primeira questão é o estilo conjugal. Duas pessoas desconhecidas que se encontram pela primeira vez não podem estabelecer uma relação sem que "tipifiquem" sua opinião, ou seja, sem que analisem e classifiquem suas expectativas, seu comportamento e sua linguagem com o objetivo de se adaptarem perfeitamente ao outro [Berger Luckmann, 1986]. Peter Berger e Hansfried Kellner [1988] analisaram o grau de intensidade desse processo no início da vida conjugal: os dois parceiros transformam-se profundamente, mudam de identidade, construindo um novo universo de significados. Ora, tudo isso acontece muito rapidamente, desde os primeiros olhares, os primeiros gestos, as primeiras palavras. Se o novo casal pretende percorrer um longo caminho, as atitudes que adotam no início da relação podem causar efeitos profundos e duráveis. Juliette desconfiou da mesa que lhe oferecia a família de Guillaume, recusou as rosas e o suco de laranja; Colombine impôs sua nudez e a ausência de música durante o café da manhã. Os hábitos se incorporam muito rápido à relação, dificultando uma possível mudança no futuro [Kaufmann, 1997]. Portanto, é melhor desconfiar dos gestos iniciais para evitar combates inúteis mais tarde.

A segunda questão (que, segundo a lógica, deveria vir em primeiro lugar) é o compromisso conjugal em si. Temos certeza de querer percorrer um longo caminho com "a pessoa que está ali"? Se queremos realmente, qual é o estado de espírito da "pessoa"? Ela está convencida? E se estiver observando e avaliando discretamente nosso comportamento para esclarecer sua opinião sobre nós? A primeira manhã não é apenas torpor, descontração e preguiça. É mais do que nunca o momento de ter cautela com o outro e consigo mesmo, de passar uma boa impressão. Gildas é o campeão absoluto da observação minuciosa, quase experimental. Para ele, o café da manhã é o momento crucial, um verdadeiro teste de laboratório que precisa ser aplicado em candidatos que não desconfiem de nada. O exercício começa com uma análise direta desse momento, pois, segundo ele, o modo de se comportar à mesa é um dado importante. "Não sou tão maníaco, apenas um pouco exigente, gosto que as pessoas se comportem bem à mesa. Portanto, presto muita atenção no que acontece nesse momento particular." Além disso, o café pode ser a ocasião de uma dupla experimentação. Fora da socialização na cama, ele permite ver como "a pessoa" se comporta na vida social cotidiana, tanto do ponto de vista material quanto intelectual, mostrando uma ética e uma cultura que haviam permanecido até então fora do campo de preocupação do casal. "Muitos homens fúteis já passaram por minha vida. Mas uma vez encontrei um universitário convencido e me perguntei: 'O que fui trazer para casa?'"

O teste de Gildas foi lamentável naquela manhã, levando-o a sentir um grande mal-estar que acelerou sua decisão. "Nesses casos de extremo desconforto, tento escapar, encontrar uma desculpa." Em geral, sua avaliação não é tão brutal assim. Ele observa com atenção e calma, acumulando informações que alimentarão uma reflexão posterior. Sua preocupação imediata é apenas compreender a pessoa. "Eu não analiso na hora. Primeiro vejo se sabe manter um diálogo, se come bem, observo detalhes importantes para mim. Depois descubro quem é essa pessoa." Se o teste não alimenta diretamente a reflexão, ele não tardará a produzir sensações diversas: nervosismo quando "o outro não está à altura", constrangimento quando "sou eu que não estou à altura". Esses sentimentos pesam muito mais na decisão que qualquer reflexão.

Se dediquei muito tempo aos cafés da manhã de Gildas, foi porque acredito que os casos extremos ajudam a compreender melhor o casal. Mas o teste de Gildas não é representativo. Em geral, a observação é mais livre e secreta, e ocorre somente quando algum detalhe chama a atenção. Ou quando, seguindo o exemplo de Colombine, é causada por uma intensa curiosidade. "Eu observei como ele comia, como molhava o pão no café, qual era sua postura na mesa. Eu o examinei no café da manhã, olhei seus joelhos, suas mãos, suas unhas, sua atitude, seu comportamento. Por curiosidade, porque me interessei por esse personagem."

"É um momento decisivo"

No café da manhã, os dois parceiros, mesmo não querendo, observam-se. Olham-se de uma nova forma, descobrindo com surpresa facetas ocultas de um personagem que acreditavam conhecer, uma vez que haviam partilhado momentos de intimidade. Apesar do calor dos afagos, a cama não revelou tudo. A mesa do café tem outros segredos. "Aí você pensa no cotidiano, no que você tem de mais ínt..., não de mais íntimo, mas é muito revelador alguém na sua vida de todos os dias. E, além disso, estamos completamente sós, o olhar do outro está focado somente em você, e vice-versa" (Virginie).

Virginie não havia observado Raoul, pois desde o primeiro instante não gostara dele. Tampouco se importava que ele a observasse e a julgasse. Ela procura imaginar uma primeira manhã

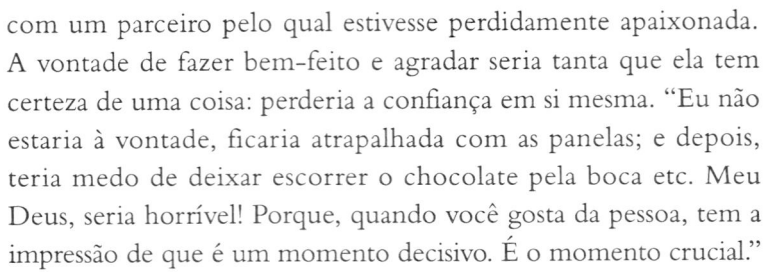

com um parceiro pelo qual estivesse perdidamente apaixonada. A vontade de fazer bem-feito e agradar seria tanta que ela tem certeza de uma coisa: perderia a confiança em si mesma. "Eu não estaria à vontade, ficaria atrapalhada com as panelas; e depois, teria medo de deixar escorrer o chocolate pela boca etc. Meu Deus, seria horrível! Porque, quando você gosta da pessoa, tem a impressão de que é um momento decisivo. É o momento crucial."

Curioso paradoxo: Virginie sente-se à vontade quando não gosta do parceiro, e perturbada quando gosta. Paradoxo curioso apenas na aparência. Porque o amor real está muito longe do mundo imaginário claro e evidente que descrevem os protagonistas da primeira manhã. Iniciar uma vida conjugal necessita de muito trabalho e aptidão. Para os dois parceiros que saem da cama, a cumplicidade da intimidade sexual-sensual perde sua importância perante as questões que exigem uma perspicácia pontual. A descontração é sinônimo de desapego, de indiferença. Ao contrário, há estresse e desconforto quando não queremos errar, quando o sucesso de nossa conduta está acima de tudo. Como já disse, o amor e o medo estão intimamente ligados. Portanto, não é de espantar que o medo nos oprima quando amamos demais.

O que mais surpreende é que a angústia da paixão leve os amantes a se enganarem, a se mostrarem diferentes do que são realmente. O desejo do casal não é justamente viver a autenticidade absoluta? Na primeira manhã, esse princípio de verdade e transparência (que poderia ser ilusório no aconchego da cama) é adiado para a hora do café da manhã. Esqueça o natural, a espontaneidade. A urgência convida não somente a criar um papel, mas também a desempenhá-lo corretamente, seguindo o roteiro que se imagina mais conveniente à situação. Entre as banalidades que são ditas durante o café, Virginie pensa mil vezes antes de pronunciar qualquer frase que poderia ser mal interpretada. "Penso antes de falar, não digo o que passa pela minha cabeça." Não é permitido errar; nesse caso, a tática de apresentação de si mesmo é essencialmente defensiva. O que explica as conversas medíocres e os silêncios frequentes (é melhor não dizer nada que cometer um erro). As táticas mais ofensivas, voltadas sempre para o mesmo objetivo (agradar, impressionar) podem provocar, inversamente, uma enxurrada de palavras, um exagero nos gestos, uma exibição ostensiva. Gildas, extravagante no café da manhã, organiza um verdadeiro banquete, fugindo ao costume. "Normalmente é mais rápido, não disponho as fatias de pão no prato etc. Quando estou com alguém, faço questão de usar minha louça inglesa."

Os hábitos não podem ajudar nessas manhãs; é preciso improvisar e fazer um esforço por conta própria. Principalmente o dono da casa, que deve estar atento a tudo. "Estava em casa. Bom, é claro, você é atencioso com o outro, pergunta o que gostaria de tomar no café da manhã, oferece uma cadeira etc." (Pierre). A importância do momento, o medo ou simplesmente o desejo de agradar o outro levam o amante a ir além de alguns gestos ou palavras. Erika, satisfeita de sua noite com Luc, faria qualquer negócio para provar seu reconhecimento e seu desejo de continuar a relação. "Não me incomodava, estava contente em fazer as coisas para ele. Mimava-o como uma criança, cheguei até a passar manteiga nas suas torradas. Queria tanto agradá-lo! Depois lavei a louça." Ora, o caso de Juliette, que desaprovou as rosas e o suco de laranja, e controlou seus gestos na primeira manhã, o que poderia introduzir hábitos perigosos em sua relação, mostra exatamente o contrário. Erika não pensa em sacrificar seu presente para conjurar um futuro doméstico eventualmente desagradável. Ela quer agradar imediatamente. Segundo a escolha de cada um, as opções são inúmeras: controle de si ou sedução espontânea, hipóteses de futuro ou culto do presente, simulação de uma postura ou afirmação de um comportamento pessoal etc. Nada se define antes, tudo é possível e terá consequências tanto no presente como no futuro do casal. Em particular nessa última cena do café da manhã, que é uma transição para a vida cotidiana. Muita coisa está em jogo nesse momento. Não se trata apenas de acalmar a ansiedade e se sentir à altura da expectativa do outro. Mas também de lançar as bases de um futuro conjugal, cuja forma começa a se delinear aqui e agora. Se o encontro não passa da primeira manhã, não haverá consequências, e os gestos em torno da mesa continuam banais. Se, ao contrário, ela anuncia uma continuação da relação, o gesto mais insignificante deve ser visto como uma atitude inicial que repercutirá ao longo da história conjugal.

"Nos beijávamos para preencher o vazio"

O silêncio reina não somente nos cafés das primeiras manhãs, mas também nos cafés das manhãs seguintes [Brown, Fougeyrollas-Schwebel, Jaspard, 1991]. Mas os motivos não são os mesmos. Nos cafés da manhã comuns, o silêncio pode ser explicado pela dificuldade do próprio despertar. Retomar o fio biográfico e começar o novo dia não é tarefa muito simples mesmo para quem está sozinho: o processo pode ser ainda mais complexo quando passa por uma conversa conjugal. Na primeira manhã, a identidade conquistada torna-se irrelevante em face do desejo de agradar o parceiro. O problema é outro: não sabemos o que dizer. O silêncio torna-se mais denso e audível que no aconchego da cama, onde era dissimulado pela sonolência, pelos beijos e outras carícias: o *tête-à-tête* surpreende por seus vazios. As frases inacabadas chegam raramente a criar um verdadeiro diálogo. Porque ambos temem cometer um erro, porque o outro tornou-se diferente, mais enigmático fora da cama, porque o futuro do eventual casal é incerto. Faltam referências e as palavras são uma armadilha. As palavras de amor, aquelas que foram sussurradas há pouco na cama, tornam-se impronunciáveis enquanto o futuro continua incerto. Circunstância agravante: os hábitos perdem sua eficácia, pois tudo não é senão mútuo estranhamento. A situação beira o surrealismo. Pois entre essas duas pessoas que acabam de se conhecer intimamente o único centro de verdade comum que autoriza uma comunicação fluida e sem risco está fundado nas "conversas banais" [Goffman, 1988] de um presente comum. "Dormiu bem?", perguntou Boris no aconchego da cama. Colombine segue no mesmo registro com suas questões relativas ao pão de chocolate. "Estava nua tomando café, ele estava na minha frente, de camiseta e cueca. Ele não tirava os olhos de mim. Não dissemos muita coisa:

— Está gostoso o pão de chocolate?

— Está, está ótimo."

O pior é que essas mesmas palavras necessitam de um grande esforço para serem encontradas, e mesmo assim não chegam a preencher todos os vazios. Engrenagem perversa do mal-estar difuso. O medo e o constrangimento geram um incômodo e uma dificuldade ainda maiores em romper o silêncio. "Fiquei nervosa por não saber o que dizer, fiz um grande esforço. Não foi tão constrangedor, mas é verdade que incomodava um pouco." E, continuando sua história, Fanny explica muito bem como embaraço e silêncio abrem caminho para o questionamento (que também não facilita as coisas). "Você não sabe o que dizer, não sabe o que o outro está pensando sobre a noite que acabou de passar. É aí que você se diz que está vivendo um momento importante." Como essa importância, essa intenção amorosa podem conciliar-se com tão poucas palavras que emergem desse silêncio dominante? A distância entre o sonhado e o dito é intimamente desagradável. Daí a necessidade de introduzir os mais diversos artifícios (um deles é o beijo que já desempenhou essa função no aconchego da cama) para preencher o silêncio. "Foi mais um momento de observação. Eu não sabia muito o que dizer. E ele também não era muito extrovertido. Como estávamos com pressa, as coisas foram mais rápidas. Eu me lembro: nos beijávamos como loucos para preencher o silêncio. E acho que colocamos um pouco de música também" (Fanny).

Bastam apenas alguns artifícios para apagar o constrangimento causado pelo silêncio. Porque normalmente o mal-estar é suportável, devido ao seu caráter difuso, estranho, como tudo o que se refere à primeira manhã. De fato, esse estranhamento nasce da contradição intrínseca ao silêncio. Tudo depende de como os protagonistas reagem: se o silêncio pode agravar o mal-estar e aumentar a distância entre os amantes, ele pode, por outro lado, constituir um elemento legítimo da formação do casal. Mas para isso é necessário impregnar-se de sua plenitude, da plenitude do vazio do diálogo! Não é impossível. Lembrem-se de Tristan no aconchego da cama, com "suas atitudes simples [...] sem necessidade de buscar artifícios", que são para ele provas da capacidade profunda de "estar junto". A comunhão íntima estabelecida na plenitude vazia pode continuar no café da manhã. Colombine só falava do pão de chocolate? Não importa! "Foi um momento importante, hipersaudável, comparável às manhãs em que você é jovem e acorda feliz: tudo vai bem, tudo é maravilhoso, você não precisa falar, simplesmente toma o café da manhã e não pensa em nada."

"Era o dia e a noite"

Seja o constrangimento palpável ou difuso, sejam os brancos da conversa intoleráveis ou sinais de felicidade, o café da manhã leva a outro questionamento: como será o amanhã? Muitas vezes, o compromisso preliminar da noite anunciara as grandes linhas do futuro. Mas quem poderia afirmar que essa famosa noite não perturbou as mentes? Com seu ar pacífico e banal, a primeira manhã é uma ótima ocasião para se fazer um balanço. Na maioria das vezes, nada foi escrito antes, os dois protagonistas entraram na aventura amorosa sem premeditação nem projeto definido. De manhã, é necessário decidir, escolher entre o fim imediato e a continuação da história. O aconchego da cama fornece indicações preciosas, como a sensação de bem-estar que nasce das carícias. Mas a saída da cama introduz uma ruptura, distancia os olhares e atenua as efusões passionais, instaurando um questionamento que se manifesta no *tête-à-tête* do café da manhã. O outro está ali, na sua frente, imerso novamente em seus gestos comuns e estranhos. O romance já não é mais visto da mesma maneira que no aconchego da cama; entre croissants, torradas e café, há espaço para a dúvida. Continuar ou não? E o outro, o que está pensando? O silêncio e as banalidades que dizemos dão fracos indícios. Para Virginie, nenhum. "Eu nem sabia se ele ia ficar lá de manhã, se ia embora depois do café." O casal está em jogo nesses momentos decisivos.

A situação decisiva da primeira manhã contrasta com o que acontecia em uma ou duas gerações passadas. O futuro, contrariamente aos nossos dias, estava predefinido, e a manhã era vista como um rito de passagem, principalmente o café da manhã, do qual Georgette se lembra com euforia. A cena, no entanto, não foi nada faustuosa. "A vida continuava, ninguém queria chamar a atenção, nos comportávamos com a máxima naturalidade." Foi durante a guerra, e os alimentos autorizados não permitiam refeições fartas, a manteiga era racionada, e croissants, nem pensar. "Ah não! Naquela época, o café da manhã também não tinha nada de especial, mas era bom mesmo assim." Georgette levou com suas mãos trêmulas de emoção a bandeja do café para a pequena mesa da sala, onde Léon a esperava. Cena aparentemente banal. "Tinha preparado a bandeja com duas xícaras, manteiga e geleia." Ausência de magia somente na aparência, pois em seus corações aquele acontecimento representava muita coisa. Primeiro para Léon que, enquanto esperava no sofá, sem dizer uma palavra, sentia-se outro, no papel do marido que seria servido por sua esposa. Mas sobretudo para Georgette, que, até aquele momento, sentia-se escrava de sua família. Seu papel era obedecer às ordens, agir segundo as regras que deveria aceitar calada. Ela sofria cada vez mais com essa falta de autonomia da qual somente o casamento poderia libertá-la. O primeiro sinal concreto dessa liberdade pessoal foi justamente essa bandeja que preparou. Não somente ela era outra, a esposa de Léon, mas também, pela primeira vez, sentiu-se dona de sua própria vida, de sua própria casa. "Ruptura formidável" com seu passado, aurora de sua vida adulta: o tremor de suas mãos era a prova dessa emoção. "Eu estava feliz em servir nosso café na mesma bandeja. Era como o dia e a noite, uma ruptura formidável." Uma ruptura pouco evocada na conversa aparentemente banal do café. Mas, no fundo, eles sentiam a intensidade do momento que se eternizava para eles. "Não tínhamos pressa, conversávamos tranquilamente. Como estávamos à vontade, levamos muito tempo para tomar nosso café."

Portanto, as emoções da primeira manhã não datam de hoje: esse momento particular também era vivido intensamente outrora. Não da mesma maneira. O que mais mudou foi a incerteza em relação ao futuro, repleta de questionamentos que exigem respostas imediatas. Assim como as surpresas ao despertar, ora agradáveis, ora desagradáveis. Evocarei primeiramente as mais difíceis: o dia seguinte da noite de amor não é sempre mágico.

SEGUNDA PARTE

TRISTEZAS E ALEGRIAS DAS PRIMEIRAS MANHÃS

Manhãs tristes

"Não saberia dizer quanto tempo fiquei assim, deitada, gelada até os ossos: os mortos, sem dúvida, devem ter a mesma rigidez no caixão. Sei apenas que havia fechado os olhos, e pedia a Deus ou a qualquer outro poder celeste para que tudo aquilo não fosse verdade nem real. Porém, meus sentidos aguçados acabavam com minhas ilusões: no quarto ao lado, ouvia pessoas conversando, água correndo; passos deslizando pelo corredor, e cada um desses indícios provava implacavelmente o estado de vigilância dos meus sentidos.

Não sei dizer quanto tempo durou essa situação terrível: são momentos que ultrapassam a dimensão da vida cotidiana. Mas de repente fui acometida de outro medo; um medo selvagem, assustador, medo de que esse estrangeiro, cujo nome ignorava, acordasse e me dirigisse a palavra. E logo descobri que havia apenas uma saída: vestir-me e desaparecer antes que ele acordasse. Fugir a tempo, ir embora, sumir, para ir ao encontro de minha vida real, voltar o mais rápido possível ao meu hotel e, com o primeiro trem, deixar aquele lugar maldito, deixar aquele país, para nunca mais encontrar aquele homem, nunca mais ver seus olhos, não ter testemunha, acusador e cúmplice."

Stefan Zweig, Vinte e quatro horas na vida de uma mulher

Despertar difícil

Nem todos vivem uma primeira manhã fascinante. É necessário preencher várias condições, a começar pela simples capacidade de se levantar bem-humorado. Ora, vimos que essa condição estava desigualmente dividida entre os parceiros: alguns têm uma imensa dificuldade em acordar. Charles-Antoine, em particular. "Gosto de ficar na cama de manhã, porque normalmente estou cansado e curto a noite. Preciso de tranquilidade de manhã, mesmo se estou com alguém que gosto." Ele gosta de manhãs sossegadas, mesmo sem viver uma noite de amor. As manhãs de amor são, contudo, mais difíceis. Porque, sem nada pedir, o parceiro exige atenção, palavras e esforço. Charles-Antoine percebe que não corresponde às expectativas e isso o incomoda. Existe outro agravante: os prazeres noturnos o deixaram mais cansado que de costume. Durante a pesquisa, as entrevistas começavam por uma questão livre e aberta: "Das primeiras manhãs que vocês viveram, o que mais os marcou? Têm alguma lembrança especial?" Charles-Antoine respondeu imediatamente. "Sim, tenho a impressão de não ter dormido bem. Acordo arrebentado, muito cansado." Ele não se sente bem nem com vontade de conversar.

As primeiras manhãs não são problemáticas somente para aqueles que têm dificuldade em acordar; seus parceiros também sofrem com isso. Virginie lembra-se do humor taciturno do seu companheiro, tão diferente do personagem exuberante e sedutor da véspera. A primeira manhã foi uma péssima revelação, um verdadeiro pesadelo. "Quando acordo, quero conversar, tenho tanta coisa para dizer! Com ele, se passa o contrário. É taciturno e mal-humorado. Não consegue pronunciar uma só palavra, se não tiver tomado seu precioso café. Não entendo isso."

A falta de sono não é a única circunstância agravante da primeira manhã. Veremos mais adiante como a festa e a bebida desempenham um papel fundamental no início do relacionamento amoroso. Mas o preço a pagar é muito alto. Enquanto é necessário estar descansado e bem-disposto, ser carinhoso e atencioso, para desfrutar os encantos da primeira manhã, a enxaqueca reduz a preocupação com o outro (em casos extremos) à simples proteção de si mesmo. "Conheci manhãs terríveis. A ressaca é tanta que nossa única preocupação é diminuir o mal-estar físico." Manhã desagradável para si mesmo; manhã desagradável para o parceiro, que, além de suas dúvidas, acompanha um espetáculo distante do esperado. Vincent lembra-se do mau humor e do silêncio de Aglaé diante do seu copo de aspirina, enquanto ele tentava comer seus croissants. As diversas peripécias foram desagradáveis, mas ele conseguiu esquecer os ratos e as aranhas: muito mais preocupante era o rosto enigmático e calado de Van Gogh. O que não foi o caso de Juliette, que acordou com um Guillaume absolutamente irreconhecível. Após uma noite agitada, Juliette sentia-se exausta, mas o pior foi descobrir outro Guillaume. "Ele estava com uma cara! Parecia Serge Gainsbourg!"

"O que eu fiz?"

"Existem manhãs difíceis, que dependem do clima da noite. Certa manhã, eu não sabia mais com quem estava." Manuel lembra-se de que teve uma grande surpresa. Normalmente, as surpresas abrem parênteses em torno da identidade. Nos primeiros instantes do despertar, em que o fio biográfico não foi inteiramente restabelecido, essa base de identidade ainda é frágil ou ausente. A surpresa, portanto, é muito mais desagradável e perturbadora. Além dos problemas causados pela véspera, há o desconforto da perda de identidade; a primeira manhã é duplamente desagradável. "Você acorda, olha ao redor e se pergunta: onde estou? O que aconteceu? O que eu fiz?" Momentos de atordoamento. "E depois você sente um corpo ao seu lado e se diz 'tudo bem.'" Manuel começa a se acostumar com essas surpresas. A repetição da cena lhe dá mais segurança: basta sentir o "corpo ao lado" (mesmo que ele não se lembre a quem pertence esse corpo) para estar seguro e reconquistar sua identidade: "Tudo bem", trata-se de uma primeira manhã após uma noite agitada. Ele sabe controlar tão bem a surpresa que o inconveniente logo desaparece. "Acaba sendo engraçado." Rodolphe, por sua vez, não chega a esse estado. Ele sente um mal-estar profundo. "Uma manhã, eu não me lembrava nem mesmo de seu nome, nem onde estava. Que horror!"

Quando o momento de perturbação se dissipa, conseguimos inserir o parceiro num curto espaço biográfico (que começou apenas na noite anterior). Infelizmente, na maioria das vezes, ele já não é mais o mesmo porque o contexto mudou radicalmente. "Bebemos a noite toda. No dia seguinte, foi uma surpresa!" (Sophie). Mas tudo depende de como voltamos à realidade, do que sentimos no aconchego da cama, enfim, se o outro desperta ou não nosso desejo. Não se trata unicamente de sexo, mas de afinidade e de carinho. Os beijos também podem ser meios e provas irrefutáveis do desejo mútuo que fundamenta a relação conjugal. Para Erika, carícias, beijos e autenticidade da relação formam um conjunto que a seduz ou não desde o seu despertar. "Porque, para mim, tudo é uma questão de harmonia." Quando ela "não tem vontade de tocar o parceiro", conclui imediatamente que a história deve terminar ali mesmo.

Raramente a decisão apresenta-se de modo tão claro. As sensações do aconchego da cama são apenas indícios, não dizem tudo sobre o casal. O desejo pelo outro pode terminar em conflito ao se sair da cama, enquanto as sensações iniciais mais desagradáveis podem levar a um acordo conjugal. Portanto, as primeiras manhãs frustrantes não condenam sistematicamente o futuro do casal. O caso de Virginie é uma prova concreta dessa constatação. Sua história com Léopold teve um começo infeliz. Eles estavam acampando com um grupo de amigos. Passaram a noite bebendo e se divertindo, até que Léopold aproximou-se de Virginie para conversar. "Não estava interessada nele. Falava sobre cabras, sei lá, não entendia nada." Nesse meio-tempo, os casais foram se formando e eles ficaram sós. "Só nós dois, como dois imbecis." Virginie sentiu-se à beira da repulsa. Mas, como os outros estavam acompanhados, ela continuou com Léopold. As carícias e os beijos trocados não foram geniais. "Ele estava completamente bêbado." "Dormimos rápido." "E, quando ele acordou de manhã (ainda sonolento), me olhou assustado, com o ar de quem se pergunta: mas quem é você? Não gostei dessa situação. Eu não o conhecia, não confiava nele, ele me deixou encanada (só falava besteiras). Ele nem se lembrava do meu nome!" Foi uma manhã desagradável. Se estivessem sozinhos, apenas os dois, não teriam continuado. Mas havia outros casais à sua volta. E, como Virginie não tinha muita chance de encontrar alguém, não queria terminar cedo essa nova experiência. Deu a Léopold uma segunda chance. Podemos dizer somente que ele não soube aproveitá-la. A única lembrança de Virginie é a cena ubuesca na hora de dormir. "Quando temos dois sacos de dormir, normalmente os juntamos. Mas ele não, ele tinha o SEU e eu o meu: portanto, não houve contato. Isso me incomodou bastante: você começa uma relação

e sofre como se estivesse com essa pessoa há muito mais tempo."
Na segunda manhã, ao acordar, Virginie estourou: jogou o saco
de dormir na cara de Léopold. "Explodi, quebrei tudo o que via
à minha frente. Nossa relação poderia ter terminado naquele instante." No entanto, houve uma terceira manhã, e muitas outras;
algumas delas encantadoras, como veremos. Nem sempre o
começo de uma relação anuncia o que virá depois.

"Evitamos até mesmo conversar"

Gildas não julga o outro com a rapidez de Erika, nem com a
paciência de Virginie. Ele desconfia das sensações do aconchego
da cama. Ele espera o café da manhã para conhecer melhor seu
parceiro. "É nessa hora que você se dá conta da verdadeira personalidade do outro. À noite, você se diverte, dorme... É de manhã
que você descobre realmente com quem está." É nesse momento
que a situação pode se reverter. "É aí que você leva um tranco,
quando percebe que ficou com um perfeito idiota. Uma vez
fiquei com um intelectual que me impressionou de tal maneira
que eu não sabia mais o que dizer, me senti arrasado." Quando
existe uma profunda distância entre os parceiros, quando o mal-
estar oprime, quando não sabemos quem é quem e o que acontecerá no futuro, a conversa mais banal torna-se problemática.
"Tudo fica negativo, não temos mais o que falar (o que vou lhe
dizer?)" (Erika). A única solução é se separar.

Para Agathe (não foi seu encontro com John), não foi tão
constrangedor, na medida em que "a pessoa" também parecia
querer escapar dessa dúvida angustiante. "Nós nos perguntávamos
o que fazíamos juntos." Faltava apenas saber como provocar

a separação. Para isso, o mais importante era evitar todas as armadilhas que poderiam prolongar uma história que ambos recusavam. Nesse momento, devemos suspeitar do cotidiano, dos gestos e das palavras que rapidamente estabelecem um sistema estável de hábitos e relações. Agathe possui alguns princípios que estende a todas as manhãs malsucedidas. "Ah não, o melhor é evitar o café da manhã! Evitar até mesmo conversar: devemos nos levantar e ir embora!" Outras pessoas recorrem ao riso, à ironia e ao desdém para reduzir a aventura a uma noite.

O mais difícil provém da mudança de situação, que é vivida como um distanciamento do casal, um compromisso que desmoronou repentinamente. O outro, tão próximo instantes atrás, está longe. Por mil ínfimos detalhes, um e outro revelam que estão traindo o calor da noite. "Ambos se sentem culpados porque tinham assumido um compromisso. Você se pergunta se não foi longe demais, se não errou. A situação é delicada. De uma hora para outra, é necessário explicar a situação" (Charles-Antoine). Mas raramente isso acontece. São os modos de agir e de falar que marcam a mudança de situação. Mesmo que seja desagradável, o "distanciamento" é necessário quando não há desejo de continuar a experiência. Caso contrário, o cotidiano impõe rapidamente sua lógica de estruturação repetitiva.

O risco de um envolvimento involuntário na relação é maior quando esse tipo de manhã não é vivido da mesma maneira, quando o comportamento do outro tem o intuito de perpetuar a história. "Eu me pergunto, por que estou em sua casa... E depois... De manhã você se sente um imbecil, porque não sabe como ir embora" (Rodolphe). Portanto, é necessário reagir rapidamente e com firmeza. Porque a armadilha pode operar de forma dissimulada. Ora, o processo é particularmente delicado.

Não somente a ambiguidade da situação e a perda de referências tornam qualquer diálogo incômodo, como a ruptura é extremamente violenta para o outro. Decerto, a separação é sempre dolorosa para o casal, principalmente para aquele que ama. Depois de anos de vida em comum, o sofrimento é intenso, oscilando entre o drama e a tragédia [Théry, 1993]. A dor das rupturas precoces da primeira manhã diferente é aparentemente mais discreta e moderada, embora profundamente perturbadora. Quando o casal adere a essa situação, sua única preocupação é relativa às incertezas da mudança. Mas, quando há divergência de sentimentos, aquele que é rejeitado se sente renegado. Quanto aos casais estabelecidos, o "eu conjugal" [Singly, 2000] e a história comum podem ser colocados em questão: a culpa é da rotina. Mas, na primeira manhã, somente o que oferecemos de nós mesmos é rejeitado. Oferta de amor, onde os parceiros se deram de corpo e alma, e, nesse ato, o melhor de si mesmos. O melhor de si mesmos foi condenado. E sem uma palavra; o pior é não saber por quê.

Mecanismo perverso das tristes manhãs: o não dito agrava o sofrimento, que é muito pior que a realidade do desentendimento. Em muitos casos, aquele que foi abandonado não perdeu o mérito perante o outro. O que assusta é o compromisso conjugal em si, não o parceiro encontrado. "Se para agradar você diz que foi maravilhoso, ela pergunta: 'E então, quando nos vemos?' Você fica sem saída. Como explicar que foi ótimo e que não quer mais vê-la?" (Walter). As ambiguidades e as dificuldades da manhã são maiores quando não existe acordo explícito na noite anterior. "Ninguém diz: 'é só por esta noite', embora todo mundo saiba" (Walter). A revelação da verdade ao despertar não deixa de ser dolorosa, mesmo anunciada por meias palavras. Muitas vezes, aquele que decidiu acabar com a aventura prefere a covardia e a fuga, inventando táticas lastimáveis que não enganam ninguém, muito menos "a pessoa". Rejeitada e convencida de não estar à altura, resta-lhe apenas assistir ao teatro ridículo das razões expostas. Manuel recorreu à tática da amnésia: ele não era ele mesmo, aliás, havia esquecido tudo. "Nesse caso, você volta a si e finge não se lembrar de nada." Durante o café da manhã, Gildas se lembra de um compromisso marcado. "Por algum motivo, eu espero encontrar de manhã o homem de minha vida. Após alguns minutos de conversa, você descobre quem está à sua frente. Quando percebo que não rola, procuro dar um basta na história, inventando um encontro, coisas desse tipo. É comum eu me encontrar novamente sozinho." Enfim, Rodolphe foi mais rápido naquela manhã em que até esquecera o nome de sua parceira. Passando-se por herói galante ("Disse que iria comprar croissants"), ele aproveitou para fugir à socapa, deixando a pobre dulcineia num provável estado de cólera e dúvidas.

"Ela estava apaixonada"

Para desabafar, ele nos conta outra história, onde os papéis foram invertidos. "Foi absurdo. Ela preparou o café e me disse:
– Vamos embora?
– Nos veremos?
– Não!
– Ok, tchau."
A entonação do "ok", arrastada e desiludida, deixa claro que se trata de desdém. Rodolphe, como todas as vítimas de uma ruptura, está duplamente decepcionado. Decepcionado pela ruptura e pelo abandono. A evidência da situação não foi suficiente para

atenuar sua desilusão. "Foi brusco." Mesmo para uma pessoa como Rodolphe, a divergência de opinião quanto ao compromisso conjugal causa sofrimento e mal-estar. Principalmente para aquele que é abandonado. Mas também para aquele que rompe. Tristan, nosso teórico do aconchego da cama (que pode ficar o dia todo sem se levantar quando passa bons momentos), sofre terrivelmente com essas manhãs de ruptura. "Você passa uma noite com alguém, mas sabe perfeitamente que não vai durar. E, se ela insiste em ficar, é muito chato." Ele também (que gosta tanto de conversar na cama) escolheu a tática do silêncio. "Nesse caso, não falo, sou seco e indiferente." Mas sua consciência pesa. Manuel, mestre na arte da ruptura matinal (tática da amnésia), não sofre com esse drama de consciência. O que não o protege de certos desgostos: mesmo para os mais perspicazes, a partir de certo momento, a diferença de posições torna-se insuportável. Ele se lembra em particular de Déborah, "uma garota simpática, charmosa", que seduziu até o amanhecer. "Até o momento em que percebi que não passaria daquela noite. Enquanto ela estava completamente apaixonada." Não foi uma manhã fácil para ele. Normalmente, ele conseguia amenizar a situação, mas sua amante não viu graça em seu jogo. A cena se passou na casa dela, facilitando o plano de Manuel. Ele fugiu, mas não por muito tempo. "Ela me seguiu, acabou me encontrando e não parou mais de me telefonar..." Manuel foi vítima de assédio por causa de uma manhã malsucedida.

Chega um momento (um dos parceiros está apaixonado, enquanto o outro quer terminar a relação) em que essa diferença de posições gera apenas manhãs problemáticas. A afinidade, porém, não apresenta uma estabilidade matemática: pequenas divergências ou simples dúvidas também podem causar apreensão.

Na segunda manhã, Colombine acordou ao lado de Franck. (Na primeira, ela estava sozinha, mas vivera o começo de um momento mágico, envolta em perfumes exóticos.) Infelizmente, nessa manhã decisiva, Franck não agiu como ela esperava. "Ele estava distante, não era afetuoso, expansivo." Mas nada fez Franck mudar, continuava inerte e insensível. O mal-estar tornou-se insuportável. De repente, Colombine levantou da cama e explodiu (nua, como de costume). "Eu pulava como uma louca, dava voltas no apartamento, corria de um lado para o outro, porque precisava descarregar... Foi um momento terrível. Porque ele hesitava, tinha dúvidas! Eu fiquei muito nervosa!" Franck percebeu que o processo conjugal estava a ponto de engrenar, seu futuro estava em jogo e não se sentia seguro. Ele não conseguia opinar claramente sobre o assunto. O escândalo de Colombine não o ajudou em nada. "Ele tentava entender. Tentava compreender meu comportamento." Ele ficou ainda mais confuso, o que deixou Colombine impaciente e agitada.

"Perdi completamente o apetite"

Infelizmente, suas surpresas estavam apenas começando. "Costumo dormir sem roupa, me levantei pelada e desci as escadas. Tinha certeza que estávamos sozinhos. Abri a porta da cozinha e lá estava toda a família! Fiquei parada feito uma boba! Mas eles pareciam ainda mais surpresos! Era como se nunca tivessem visto uma mulher pelada!"

Vários são os motivos das angústias das primeiras manhãs. Vimos o principal: quando os parceiros divergem sobre a continuidade da história, ou quando não conseguem avaliar o que o outro pensa. Colombine provou esse sentimento ao ver Franck ensimesmado e hesitante. Logo depois, descobriu outro aspecto negativo ligado aos inconvenientes que podem provocar os lugares desconhecidos. Geralmente são pequenas confusões, dificuldades práticas que, mesmo quando numerosas, não chegam a denegrir a manhã. Lembrem-se de Vincent: a série de inconvenientes que surgiram naquela manhã (os ratos, as aranhas, o autorretrato de Van Gogh) não abalaram seu sentimento por Aglaé. As chateações causadas pelo estranhamento dos lugares podem aumentar quando o sentimento entre o casal é pequeno. Basta, nesse caso, um objeto estranho para transformar a manhã em algo desagradável. Colombine deveria estar protegida, pois não tinha dúvidas de seu amor por Franck (um amor capaz de transformar o cotidiano). Mas, quando os defeitos são muitos, o amor acaba perdendo seu poder, e o cotidiano transforma a mais doce manhã em pesadelo. Foi o que aconteceu com Colombine. O amor suscetível de protegê-la não estava muito claro. Ela gostava de Franck, mas este manifestava apenas frieza e distância. Além disso, não se deparou apenas com um chuveiro estranho ou um café intragável, mas viveu um episódio surpreendente e brutal que a ridicularizou diante de pessoas que não queria desapontar. "Fui me vestir e voltei mais sem graça ainda. Perdi completamente o apetite. Daí em diante, o dia foi péssimo. Logo vi qual era o ambiente do café da manhã." Ela não gostou dos hábitos da família de Franck, dos silêncios e subentendidos, da atmosfera opressiva. "Ele também ficou muito sem graça." Ela não gostou do café da manhã em família, outro hábito da casa, e da ausência de intimidade com seu parceiro. "Na casa dele, todos tomavam café juntos. Pode ser legal, afinal é sua família, mas... Não podíamos nos beijar, fazer carinho." Portanto, não foi uma das mais felizes primeiras manhãs.

Mas o amor por Franck conseguiu transformar sua visão das coisas e de sua família. "Depois você se acostuma." Mais tarde, ela conseguiu tomar café com eles naturalmente.

Em manhãs como essa, sentimos muita angústia e irritação. Mas, principalmente, mal-estar causado por diversos motivos: opiniões divergentes sobre o compromisso conjugal, incerteza sobre o caráter do parceiro, dificuldade em definir uma interação harmoniosa, pudores compreensíveis, estranhamento dos lugares, presença do outro exigindo novas definições, ou gerando conflitos entre papéis pouco incompatíveis. Em tais situações, onde faltam referências para enquadrar a ação, o mal-estar difunde-se facilmente. Pior ainda, a naturalidade de um e de outro nem sempre consegue amenizar a situação. Porque essa naturalidade pode reforçar a divergência de posições, e condenar aquele que não consegue definir uma linha de conduta adequada. Agathe ilustra bem esse caso com um desconhecido que nunca mais voltou a ver. Desde o início, estava claro para ela: "Eu sabia que não passaria da primeira manhã." Soube contornar a situação, criando um novo tipo de diálogo e certa distância com o parceiro. "Eu conversava naturalmente, mas por isso mesmo ele não estava à vontade."

Superar esse mal-estar na primeira manhã é uma arte difícil. Mas pequenos inconvenientes podem adquirir grandes proporções. Foi o que aconteceu com Boris por causa de uma simples escova de dentes. Ele não tinha pensado em levá-la, mas teria sido útil naquela manhã de ressaca. A falta desse objeto banal foi tão grave para o protagonista que lhe causou insônia. "Fiquei preocupado em não ter levado minha escova de dentes. Pensava em coisas assim, sem importância." Naturalmente, a escova de dentes, pequeno problema real, cristalizava outras aflições e angústias. Ela resumia e concretizava tudo o que estava reprimido. Obsessão necessária entre os pensamentos confusos de Boris. Vejamos a questão dos odores. Outros detalhes lhe causavam angústia, irritação e incômodo, sem que ele conseguisse desfazer o emaranhado de contradições em sua cabeça. Durante a entrevista, ele também não consegue. Escutem isso: "Eu não sabia que estaria lá, acho que já estava há uns dois dias sem tomar banho. E, naquela manhã, isso não saía da minha cabeça." Vocês diriam que está tudo claro. Não, nem tudo. Boris não afirma nada com precisão, sua autoacusação abstrata demonstra apenas que não se sente muito bem com outro tipo de limpeza. De manhã, enquanto Prudence dorme, Boris tenta resolver a questão dos odores. "Ela não era muito limpa com seu corpo. Bom, não devia dizer isso... Fico às vezes quatro semanas sem trocar os lençóis. Mas ela devia trocar os seus todas as semanas." A diferença de odores lhe causa angústia, irritação e repulsa. A única coisa de que tem certeza é que entre eles há sérias dissonâncias olfativas.

O incômodo tem outra origem, da qual ainda não falei e que é uma das causas das manhãs mais frustrantes: a vergonha.

Vincent tinha conseguido transpor todos os obstáculos (os animais, o quadro, os pais de Aglaé). "Estava a maior bagunça. Acordei ansioso para sair do quarto e encontrar seus pais." Depois, houve o conflito silencioso com Aglaé no café da manhã. Finalmente, começaram a falar. Não a respeito da noite anterior ou do futuro do casal. Tampouco do clima da primeira manhã. Mas da desordem do quarto de Aglaé. Vincent tinha encontrado seu quarto perfeitamente arrumado dois dias antes. Mas, como nada tinha sido previsto na véspera, a cama estava desfeita e algumas roupas jogadas no chão. Rememorando a manhã, Aglaé teve a impressão (sem dúvida excessiva) de haver revelado uma mácula íntima. "Ela não ousava me olhar enquanto falava comigo. Talvez estivesse envergonhada." Vergonha por motivos ínfimos. Isso não ocorre sempre, a vergonha costuma fazer estragos bem maiores na primeira manhã.

"Eu enfrentava um dissabor"

"A vergonha é a falta de autoestima", escreveu Vincent de Gauléjac [1996, p. 59], "é pensar que não temos valor". Existe outro tipo de vergonha, quando há divisão do eu em duas entidades concorrentes [Lahire, 1998]. Dessa forma, a falta de autoestima não é total, mas voltada para a parte de si que não está mais presente. Como é o caso de algumas manhãs frustrantes. Durante a noite, no embalo do desejo e da diversão, meu "eu" era outro, muito diferente, com pensamentos, sensações e uma ética que se tornam incompreensíveis e estranhas nessas manhãs. "O problema é que não me reconheço naquilo que fiz." Gildas costuma ter controle total sobre si mesmo, reprimindo seus impulsos. Quando perde o controle, fica dias pensando nos mistérios desse ser estranho que traz dentro de si. "Há momentos em que você encontra alguém e acaba ficando por impulso. Mas eu não sou assim. Sou calmo e ponderado. Sair com alguém sem pensar não seria do meu feitio. Você é guiado pelos instintos. Não consigo entender o que fiz. E isso me incomoda muito. Quero sumir durante dias, fico louco." Gildas não sente vergonha. Seu mal-estar é provocado pelo enigma de sua identidade dividida. Ele não despreza seu outro eu, o da véspera. Simplesmente, ele (o Gildas da manhã) não entende que ele (o Gildas da noite) lhe (ao Gildas único) escape assim. Tampouco entende como ele (o Gildas da noite), dominado pelos instintos, possa esquecer o que ele (o Gildas único) considera ser seu único e verdadeiro eu.

Quando existe vergonha, a divisão de identidade vai além de uma simples perturbação interior, desencadeando a violência contra o outro eu, beirando o ódio e os despertares mais terríveis. Vejamos, por exemplo, as tristes manhãs de Sophie. "O que rola de noite é apenas sexo." A história é sempre igual: um início maravilhoso, sem a suspeita de qualquer drama posterior. "Mas, no dia seguinte, outras coisas acontecem." O outro se torna diferente, Sophie não consegue penetrar em seu universo. Ela pensa em si e em seus hábitos que contrastam com seu comportamento noturno. Surge nela um desejo irresistível de fuga. "Preciso ir embora em cinco minutos. Sinto um medo terrível. Quero desaparecer! Partir o mais rápido possível." Para estar sozinha em sua casa, estar consigo mesma. Muita água é necessária para limpar a mácula que emerge do interior em ondas violentas. O outro eu, demoníaco, mantém, por um bom tempo, suas garras. "A primeira coisa que fazia quando chegava em casa era ir ao banheiro, lugar isolado onde podia ficar só. Não para me olhar, mas para me julgar! Não tinha feito amor, era apenas sexo. Eu me via como uma prostituta: precisava lavar tudo aquilo. Não assumia meus atos. A manhã era um momento crítico: sentia desprezo por mim." Um desgosto do outro eu, de sua outra metade.

Sophie teve outras manhãs detestáveis, de vergonha e desgosto, até encontrar Sébastian. A história de Juliette é bem diferente: ela conheceu apenas uma vez essa vergonha que transforma as manhãs em pesadelos. Aconteceu por acaso com um representante comercial, que apelidou de "o homem casado". "Quis saber o que era fazer amor sem sentimentos. De noite, tudo bem, mas de manhã, é terrível!" Ele convidou-a para ir a um restaurante e o jantar foi muito agradável. "Ele tinha vinte e sete anos e eu, vinte, a diferença de idade era grande. Mas ele era simpático." Sedutor e muito audacioso. "De noite, nos divertimos." Mas o despertar foi constrangedor. "De manhã, ah! eu olhei para ele: 'Meu Deus, que horror!' Fiquei chocada! Olhei de novo e pensei: 'Não é possível! Estou louca!' Corri para o banheiro e pensei durante o banho: 'Que horror acordar ao lado de uma pessoa de quem não se gosta.' Mas o que vou dizer? Sentia-me diminuída, suja." Enfim, não podia fugir pois estava em casa, então decidi o que fazer. "Saí do banheiro e disse: "Vamos. Levante-se e volte para sua mulher!" Juliette pensou que ele iria embora rapidamente, desapareceria de sua vida sem uma palavra. Mas havia entre eles divergência de posição: o "homem casado" se declarava apaixonado. Sincero ou não, era evidente que queria continuar a aventura. "Eu não o conhecia daquele jeito, possessivo." Ela o achou mais sério, frio e grosseiro ao tentar se aproximar dela. "Estávamos em maus lençóis!" Ele concretizava e aumentava sua vergonha a cada instante. Juliette não podia imaginar que ao entrar nessa aventura haveria tanta encrenca. "Era apenas por curiosidade." Conferiu e compreendeu que a primeira manhã não é um acontecimento banal.

"Partir sem me despedir"

Quase todos os problemas e dramas das primeiras manhãs se resumem a questões de conflito de identidade. Constrangimento provocado pelo distanciamento e a banalização da relação após a paixão da noite (como adotar novos comportamentos?), a divergência de posições (devemos continuar a história?), a vergonha do eu da véspera (quem é o verdadeiro eu?). Existe ainda um duplo

conflito: entre a identidade noturna e a matutina, e entre os dois parceiros (mesmo quando eles têm uma opinião semelhante sobre a relação, a manhã revela o comportamento singular de cada um). As referências do pensamento, do comportamento e do diálogo ficam incertas, ocasionando mal-estar. Quando este é intenso (o caso de Juliette é um exemplo), há uma dupla rejeição: rejeição do outro e rejeição (ou simples ocultação, em casos menos graves) de uma parte de si mesmo. Mas a maneira de expressá-la depende totalmente do local. O outro cristaliza tudo o que não queremos ver em nós, é preciso separar-se radicalmente dele para atenuar o conflito de identidade. Se a cena desenrola-se na casa do parceiro, a única solução para acabar com o mal-estar é fugir. Se, ao contrário, é em sua casa, como no caso de Juliette, é preciso expulsar o outro o mais rápido possível, para reencontrar a calma das referências pessoais. Nesse caso, a sensação que predomina (além do mal-estar) é a irritação, que aumenta quando "a pessoa" insiste em ficar com você. Sensação negativa, mas que pode ser libertadora se for exteriorizada. A mesma índole libertadora se encontra na fuga, pelo menos em seu início, na dinâmica do movimento que ajuda a reorganizar as ideias. Isso explica a impaciência, a falta de educação e a brusquidão de muitas partidas em manhãs fracassadas, como se correr fosse necessário para encontrar a serenidade da antiga identidade.

Tudo começa com um sentimento de mal-estar, que nasce da interação com o contexto e com "a pessoa". "Eu tinha muita pressa, queria desaparecer, porque não me sentia bem onde estava" (Charles-Antoine). É necessário mudar de contexto para encontrar novamente a paz interior. É preciso romper radicalmente, e o mais rápido possível. Predomina um sentimento de urgência, que cultivamos conscientemente por sua característica terapêutica. "Em certas primeiras manhãs, você não tem vontade nem de tomar café, vai embora correndo" (Charles-Antoine). O movimento, ao menos no imaginário, deve ser amplo e vigoroso para produzir efeitos interiores; portanto, não se trata de sair de fininho. "Se as coisas não correram bem, você quer sumir, desaparecer!" (Erika). Movido pelo ímpeto, Gildas não é nem um pouco educado. "Às vezes me arrependo do que faço e vou embora. Algumas vezes aconteceu de eu partir sem me despedir." Essa falta de delicadeza não é difícil? "Para o outro, não sei, mas, para mim, é. Eu sempre me arrependo depois." Gildas arrepende-se por dois motivos: se deixar levar pelo embalo da noite e agir de forma incorreta de manhã, justamente ele que aprecia as boas maneiras. A necessidade de fugir (ou de expulsar o outro) impera quando a manhã é muito desagradável.

"Você tem medo"

A primeira manhã é cheia de emoções. Diferentes daquelas do primeiro encontro ou daquelas vividas durante a noite. Na aparência, são mais discretas e comuns; mas, na realidade, são muito mais sutis e complexas. E, às vezes, violentas: a primeira manhã, apesar da impressão que se queira passar, nem sempre é tranquila. Falamos a respeito do mal-estar, da vergonha e do desgosto. Mas existe outra sensação negativa que, em certas manhãs, pode ser devastadora: o medo.

O medo está presente desde o encontro e permanece durante a noite de amor. Medo do desconhecido, de não corresponder às expectativas e de decepcionar. Medo ainda maior quando gostamos ou estamos fascinados pelo parceiro. Essa angústia tende a diminuir com a idade e o hábito concomitante dos exercícios amorosos, sem, no entanto, chegar a desaparecer por completo. Pelo contrário, ela atinge seu paroxismo entre os jovens, quando se apaixonam pela primeira vez; não há dúvida, medo e ansiedade estão presentes em praticamente todas as primeiras histórias de amor [Le Gall, 1997]. Alban se lembra da primeira noite com Yasmine. "Foi dentro de uma tenda. Eu sabia usar camisinha, mas ela acabou furando. Depois, pintou um clima estranho." Ao acordar, a apreensão difusa continuava, transferindo-se para outros objetos. "Nossa manhã não foi lá essas coisas."

O maior receio é não saber agir como se deve, pois ninguém conhece exatamente as regras do jogo a serem definidas. Cada um caminha em surdina. "Você tem medo de fazer besteira" (Alban). Um medo intensificado quando, como Tristan, os parceiros estão envolvidos na relação amorosa. "Você tem medo, você tem medo, é isso, você tem medo!"

Terminamos este capítulo das tristes manhãs com alegria. Pois vimos que as sensações e emoções negativas não acarretam sempre efeitos negativos. Falei um pouco sobre o papel libertador da irritação. Em outra pesquisa [Kaufmann, 1997], mostrei (a propósito de uma pilha de roupa de cama sem passar) como tal sentimento era fundamental no equilíbrio do casal em seu cotidiano, favorecendo a tomada de decisões. A angústia matinal tem virtudes análogas, pois exige do casal esforço e prudência. É como uma força propulsora da sedução. Por exemplo, o parceiro de Virginie teria se esforçado em dizer algo ou aceitado dividir seu saco de dormir. E Virginie teria conhecido a felicidade de não figurar neste capítulo denso, que devemos concluir, para descobrir outras manhãs, estas, sim, maravilhosas.

Manhãs encantadas

"No meio daquele quarto imundo, atulhado de velharias, naquele motel repugnante e sujo, experimentei subitamente (embora estas palavras lhes pareçam ridículas) o mesmo sentimento de estar em uma igreja, uma bem-aventurada impressão de milagre e santificação. Do instante mais hediondo que vivi em toda a minha vida, nascia outro, como uma irmã, o mais surpreendente e intenso que poderia ter acontecido."

Stefan Zweig, Vinte e quatro horas na vida de uma mulher

"Era uma grande felicidade!"

A memória é seletiva, conserva somente as imagens da mesma tonalidade dos acontecimentos. Tomemos como exemplo a questão do tempo. Os dias nublados evocam melancolia enquanto os dias ensolarados, alegria. A respeito das manhãs encantadoras, o sol era radiante e os pássaros cantavam. As nuvens foram evocadas para ilustrar sensações de felicidade ("na minha nuvem", "a cabeça nas nuvens"). De fato, os amores são mais frequentes na primavera e no verão. Mas a diferença é mínima: em média, não podemos afirmar que o bom tempo seja característico da primeira manhã. Se o sol e os pássaros foram evocados é porque ambos ilustram o ambiente particular das manhãs bem-sucedidas.

As manhãs podem apresentar pequenos e grandes encantos. Os pequenos são causados pelo orgulho da vitória e da primeira vez. "Ficamos satisfeitos de nós mesmos" (Manuel). "Sentia orgulho de ter um belo homem na minha cama. Eu fiquei olhando-o dormir, parecia um anjo" (Anna). Mas, para os grandes encantos, existe apenas uma causa: a magia depende do comprometimento amoroso. Não há segredo algum, o charme das manhãs não se deve aos artifícios, mas ao amor em si. A magia, porém, tem um preço: o abandono do antigo eu, justamente aquele que engendra as manhãs dramáticas quando ele se recusa a deixar a cena. É esquecendo a autonomia e as antigas fronteiras de sua identidade que cada amante penetra com alegria no universo do outro.

O movimento segue caminhos diferentes se o amor for ou não declarado antes da grande noite (e da manhã). Conforme o método tradicional, o casal assume o compromisso conjugal oficialmente. Nesse caso, a noite é apenas um teste e uma confirmação. O que não significa que as sensações ao despertar sejam atenuadas. Pelo contrário, os poucos segundos necessários para a retomada do fio biográfico são vividos intensamente. As formas institucionalizadas dos ritos de passagem tendem a desaparecer, mas isso não apaga as percepções íntimas da passagem [Segalen, 1998]. Logicamente, as sensações mais intensas geralmente são vividas na juventude, quando a primeira manhã envolve descoberta sexual, envolvimento amoroso, passagem para vida adulta, sensação de autonomia. "É maravilhoso viver seu amor em plena liberdade!" (Colombine). Erika anima-se: "E o fato de ter perdido a virgindade com o homem que amava foi maravilhoso. Me senti mulher. Era uma grande felicidade! Aconteceu alguma coisa comigo." Juliette também guarda uma lembrança fascinada. O simples fato de se lembrar anos depois faz palpitar seu coração. Por que um sentimento tão forte? O amor por Romano? A concretização de uma história sonhada há muito tempo? A admirável surpresa de se sentir parte de um casal pela manhã? A ideia de ter se tornado adulta e mulher? A nova percepção de sua autonomia? O conjunto dessas razões, sem dúvida, intimamente ligadas.

Tal intensidade emocional não teria se dissipado se não estivesse apaixonada por Romano. O que não significa que os jovens procurem sempre viver intensamente suas primeiras experiências sexuais [Le Gall, 1997]. É o que explica Alban ao relatar sua aventura com Yasmine. "A primeira vez que fizemos amor foi pensando em nossa virgindade." A manhã trouxe outro tipo de satisfação. "Ficamos felizes em nos sentir adultos." O exercício foi trabalhoso, mas alcançaram o objetivo.

A lembrança da manhã que passou com Lisa é bem diferente. Alban e Lisa não tinham nada a provar a si mesmos, nem aos amigos. Ambos estavam envolvidos com o amor que começava a se manifestar concretamente naquela manhã. "Minha primeira manhã com Lisa foi muito importante. Porque passamos do flerte a uma relação mais séria. Eu estava feliz que as coisas começassem de verdade." No modelo tradicional do amor, a felicidade da manhã está relacionada ao compromisso conjugal. O caso de Gabrielle ilustra perfeitamente esse modelo. Não é porque os fatos ocorreram há muito tempo que as lembranças se apagaram de sua memória, mas porque não dera qualquer importância aos fatos concretos. O ambiente, os gestos, os diálogos foram esquecidos. Sua primeira manhã não passa de uma abstração, envolvendo um sentimento forte, causado pela nova projeção de identidade no casal. "Parecia sua mulher. Estava feliz, completamente eufórica!" Ela se lembra apenas de sua felicidade e de sua euforia. Alban está muito mais preocupado com o nascimento do amor. Sua felicidade nasce essencialmente da concretização da relação, mas ao mesmo tempo das reações de Lisa. "Eu não esperava ver tanta alegria de sua parte." O prazer e o encanto continuam a ser construídos pelo casal.

Primeiro, evidentemente, no aconchego da cama. Fanny acordou nos braços de José, com seu rosto colado ao dele.

Acordaram quase ao mesmo tempo. Ela mergulhou em seu olhar. Não existia mais nada no mundo, a não ser ele. Plenitude absoluta, momento de graça que se mesclava às lembranças da noite. Depois vieram os beijos e as carícias do aconchego da cama. O encanto não diminuiu absolutamente em nada, mudou apenas de natureza: ela o achou o máximo. "Ele estava lindo, me senti bem." José parecia outro, estava ainda mais radiante. "Era o seu olhar e seu jeito de ser. Eu me senti completamente realizada."

Talvez fosse melhor terminar o relato para mantê-lo em sua perfeição. Mas, infelizmente, o amor é frágil, e momentos preciosos como esses não duram. Com efeito, o encanto acabou desde sua saída da cama. Fanny retomou sua lucidez, mantendo uma certa frieza e distância, fazendo tudo para que José não percebesse sua mudança. Se continuo sua história neste capítulo, que deveria ser apenas alegria, é porque ela mostra, inclusive de modo negativo, como o maravilhoso está ligado ao envolvimento amoroso. Em outra época, onde as primeiras manhãs eram seguidas de muitas outras, Fanny poderia ter se deixado levar pelas delícias de sua história amorosa. Hoje em dia, as coisas são bem mais difíceis, pois as mais diversas escolhas se impõem a nós, que queremos ser mestres de nossos destinos; a primeira manhã tornou-se, portanto, um acontecimento crucial na vida do casal. Não é um momento para estar em qualquer lugar com qualquer um. Se sentimos que o grande momento chegou, é preciso ter certeza. E rapidamente. Porque, em tais situações, a vida pode arrastar tudo. Fanny amava José antes de sua noite de sexo-amor, sonhava em fazer sua vida com ele. Desejo um pouco abstrato, decerto. De manhã, ao sair do aconchego da cama, ela percebeu que o que estava em jogo era seu futuro, sua vida. Fanny correu para o banheiro. "Para ver o que estava acontecendo comigo, para poder pensar." Aquilo tudo aconteceu de repente. Ela compreendeu intuitivamente, pela gravidade da situação, que tudo estava em jogo naquela doce manhã. Após o maravilhoso aconchego da cama, ela compreendeu que seu sentimento inicial era um sonho frágil, que não tinha sido amadurecido. José também não tinha as mesmas reservas? Fora da cama, seu riso não foi estranho, revelador de uma relação de amizade? Era necessário pensar! "Ao acordar, não, não é a primeira coisa que vem à cabeça. Depois sim, quando você começa uma relação, você se pergunta até onde pode chegar." Vimos que os episódios seguintes não foram simples. Preencheram os silêncios da conversa com beijos. Beijos que não tinham o mesmo sabor dos trocados na cama.

"Vivia cada minuto intensa e secretamente"

Se o encanto das manhãs depende do compromisso de uma vida a dois, é raro hoje em dia (como na história de Gabrielle) que as emoções se reduzam à pura abstração. A manhã de amor tem uma graça que lhe é própria, envolvendo um conjunto de diálogos, gestos e objetos. As manhãs felizes têm um estilo e um colorido próprios. "Ele morava num quarto pequeno, parecia um ninho. Dali emanavam sensações de ternura, paz, serenidade, bem-estar, plenitude e felicidade" (Anna). Já falei das metáforas do sol e dos pássaros. Precisaria acrescentar a ternura, a calma, as cores pastéis (nas lembranças), a atenção mútua, a sensualidade, as ambiguidades do relacionamento, os risos entre carícias, o aroma da manhã cheio de promessas. Mas, sobretudo, a ruptura surpreendente com o cotidiano, o alegre delírio, o prazer intenso e secreto.

A primeira manhã apresenta uma socialização curiosa. Um grande número de entrevistados preferiu empregar somente o termo "manhã" para atenuar esse momento particular. Tudo parece pequeno e discreto na primeira manhã: as emoções são suaves, as carícias mais delicadas, as conversas breves, os gestos e os objetos comuns. Como o momento de descanso que vem após o choque do encontro e da noite tempestuosa. Veremos adiante que a impressão de sobriedade banal e furtiva pode ser levada ao extremo, até a teoria implícita do não acontecimento: não acontecerá nada, nada de notável na primeira manhã. Até os teóricos extremistas do não acontecimento reconhecem que existe um ambiente especial, algo estranho no ar dessas manhãs. Justamente a ausência de hábitos, de referências sólidas, assim como a sensação de estar longe, de viver outro personagem. A primeira manhã é marcada por uma ruptura que permanece oculta. Os acontecimentos costumam ser causados por fatores externos que surpreendem. Mas são apenas vividos intensamente na medida em que o indivíduo é "dominado" por eles, até esquecer sua própria identidade. A primeira manhã é um tipo de acontecimento estranho, cujo fator externo nunca aparece (ele sobreveio antes, no momento do encontro e durante a noite), indicando que não há acontecimento, ruptura, perda de identidade. Enquanto a ruptura e a reformulação de si estão operando discretamente, em profundidade. A primeira manhã é um acontecimento que se ignora.

Muitos sinais (pequenos sinais, evidentemente) mostram, porém, que o comum é apenas aparente, que a cena se desenrola longe da vida cotidiana. Um dos sinais é o delírio feliz. A primeira manhã encantada é uma festa, um carnaval, uma subversão ínfima. Os ritmos convencionais são banidos (até passar um dia inteiro na cama). Os objetos e os alimentos, deslocados de seus contextos naturais. Entre risos e brincadeiras, os amantes da manhã voltam à infância. "Ele parecia um menino, uma criança, estava feliz, ria sem motivos" (Colombine). Juliette, com sua vasta experiência de primeiras manhãs (mais ou menos) maravilhosas, tende a generalizar. "As primeiras manhãs são fantásticas!" Antes mesmo de diferenciá-las um pouco. "Eu passei por todos os tipos de manhãs, mesmo as mais tradicionais (se levantar e tomar café), que também podem ser divertidas." Divertidas, mas (seu tom monótono exprime claramente) incomparáveis com a liberdade exuberante das "manhãs loucas". Novamente, uma doce nostalgia a invade, ela se lembra de Romano. "Quando penso nisso é muito louco: a gente brincava tanto!"

Claro que as brincadeiras e os risos podem dissimular um cenário mais dramático. As brincadeiras são um instrumento privilegiado para desviar a atenção e afastar o mal-estar. Rimos para não chorar, para ignorar as dúvidas e nos livrar do peso da situação. Quanto à regressão infantil, ela corresponde ao momento preciso em que um passo decisivo é dado para a vida adulta e/ou (para os mais velhos) para a estabilidade familiar. Nesse caso, também há efeito de compensação. Brincar como uma criança permite esconder o que está sendo feito concretamente: a fixação da primeira pedra do edifício que se fechará progressivamente ao mundo da juventude. Ocorre também uma inversão no que diz respeito à rotina. O carnaval das manhãs zomba do repetitivo e do estabelecido. Mas, sob essa cacofonia aparente, há ajustes e acordos implícitos que lutam para definir o estilo e o comportamento do casal que talvez esteja nascendo. A primeira manhã se caracteriza por um trabalho intenso de fabricação dos futuros hábitos conjugais. As brincadeiras e os risos, portanto, nem sempre manifestam felicidade pura e leveza. Mas não interessa! O essencial para a atmosfera das manhãs é que haja o delírio de felicidade, não a consciência do que ele esconde. Além disso, quanto mais intenso o encanto, menos há o que esconder. O riso que dissimula o mal-estar não é o mesmo da loucura.

Em resposta (como todos os outros entrevistados) a uma pergunta introdutória abrangente, Erika evoca uma sensação global de bem-estar. Bem-estar é uma palavra que traduz uma preocupação profunda de nossa época. Seu emprego constante tende a comprometê-la, pois se trata de uma percepção complexa e evolutiva, dificilmente calculada objetivamente. Um abismo separa o bem-estar elementar (sensação física de conforto) do bem-estar existencial (estar bem), relação de si para si, segundo uma busca sem limites. Cabe, portanto, distinguir as diferentes sensações de bem-estar das primeiras manhãs. Charles-Antoine, por exemplo, achou "notável" a acolhida da "holandesa". Sua primeira sensação foi "agradável". Entretanto, parece estar descrevendo os serviços de um hotel, ou um pacote para Veneza, nos moldes consumistas. Erika, com a mesma palavra, tenta exprimir algo mais ardente. Para Tristan, ao contrário, ela significa serenidade. Seu bem-estar (no aconchego da cama) é tranquilo, praticamente zen, gerando um sentimento elevado de desapego. "Você aproveita o momento presente, você está nas nuvens." Ela simboliza a beatitude da primeira manhã. Pálida, mas profunda, inerte, e todavia vivaz. A metáfora da nuvem traduz o êxtase de Tristan, que se encontra distante, numa atmosfera flutuante, fora do mundo. Por esse motivo, é uma metáfora recorrente; Colombine acrescenta um passarinho. "Era... eu não sei... a felicidade suprema... Era como um pássaro nas nuvens." Não tinha acontecido nada de extraordinário. A imagem do passarinho surgiu no café da manhã, durante um diálogo banal ("O pão de chocolate está gostoso? Está, está ótimo"). Mas essas aparências banais não revelam a violência das perturbações interiores, inefáveis, a intensidade da situação.

Colombine sente-se envolvida por sua nova vida conjugal. "Vivia cada minuto intensa e secretamente."

"Somente o fato de tocar"

Todos nós sabemos muito bem que os casais felizes não têm história. A primeira parte deste capítulo, por certo agradável e permitindo observar como o amor funciona, não revelou questões sociológicas muito importantes. Pois o encanto diminui à medida que existe compromisso conjugal: de manhã, o parceiro só é maravilhoso porque é amado (ao contrário, a manhã é frustrante porque um dos amantes está distante). A continuação da história é (sociologicamente, claro) mais interessante, pois nos conduz ao universo insólito das banalidades pouco comuns.

A primeira parte deste livro (as cinco cenas matinais) nos mostrou uma atenuação progressiva dos sentimentos. Do aconchego da cama, simples prolongamento da noite de amor, até o distanciamento do banheiro e a encenação do café da manhã. Essa trajetória do quente ao frio, do particular ao público, é própria das primeiras manhãs normais. As autênticas manhãs encantadas levam a outra dimensão, prodigiosa porque inesperada, que pode transformar a poeira em grãos de ouro.

Começarei pelo caso mais simples, novamente com Charles-Antoine, espécie de turista conhecedor das primeiras manhãs agradáveis, em particular da que passou com a "holandesa". "Passamos um momento agradável. Seu apartamento era muito sensual e acolhedor." Ele esclarece que o melhor de tudo foi sua liberdade. "Ela não ficava atrás de mim." Estava longe do encanto do compromisso amoroso; o bem-estar, em seu caso, era criado pela distância. O ambiente particular das primeiras manhãs pode revelar seus encantos (pelo menos um pouco) àqueles que sabem apreciá-los, sem que haja necessidade de envolvimento, e até respeitando alguma distância. Mas para isso a oferta deve ser de qualidade: a pessoa agradável, delicada e atenciosa sem excesso; a decoração harmoniosa; um certo conforto e um café da manhã delicioso. Manuel, superando Charles-Antoine, tornou-se um expert, um consumidor das primeiras manhãs, um cliente exigente que sabe apreciar as ofertas fora do comum. Ele tem uma lembrança especial de Ingrid. "Ah, sua casa era um luxo! Dava para ver que ela tinha dinheiro." O banheiro era perfeito. "Muito claro, moderno, com duas pias, uma ao lado da outra. Fiquei totalmente à vontade." A decoração do quarto era refinada. "As cores, os objetos, um quarto muito feminino." Não devemos acreditar, porém, exceto quando se trata de provocar a separação (tática da amnésia), que Manuel seja um aproveitador egoísta. Ele realmente aprecia o quadro. "O quarto refletia sua delicadeza." Na cama, ele é muito carinhoso (exceto "quando há erro de percurso"). Fora dela, é movido por uma grande curiosidade, possui a cultura e o prazer da descoberta. "Talvez me sinta muito à vontade na casa das pessoas. É ótimo, você acaba descobrindo uma série de coisas." Ele é um especialista das primeiras manhãs da mesma forma que coleciona noites sem amanhãs.

Trata-se, contudo, de uma arte muito complexa, de um exercício de equilibrismo delicado que exige uma certa experiência. Porque a superficialidade da relação costuma romper o encanto, provocando uma distância sentimental (com as pessoas e os objetos) e um mal-estar devido à incerteza da situação. O charme das primeiras manhãs turísticas é limitado. Ele não possui nem a intensidade nem a qualidade dos verdadeiros encantos. Ele opera em elementos de conforto que podem ser objetivamente mensuráveis. Enquanto a magia do amor transforma qualquer objeto, sublimando os ínfimos detalhes do universo matinal.

A sublimação é o efeito do amor que se tem por alguém. A primeira manhã de Colombine ilustra bem esse ponto, embora estivesse sozinha. Ela estava submersa em perfumes exóticos e se sentiu longe, "como num filme". Os objetos eram estranhos: imagens de Buda, incensos, cartazes e emblemas de caratê. Não conhecia esse Franck, nunca sentira aquele perfume e, no entanto, era bem ele. "Senti sua presença pelo perfume que exalava do quarto." Parecia que estava descobrindo Franck, que estava mais próxima dele. "Mesmo sozinha, eu o senti a meu lado." Essa sensação lhe revelava seu amor, ou melhor, o confirmava. Ela não sabia exatamente o que Franck sentia por ela. De sua parte, o encanto da manhã não deixava qualquer dúvida. Era pura felicidade. Ela se sentia livre e leve nesse universo aconchegante. "Embora estivesse sozinha, eu me sentia maravilhosamente bem. Além disso, o sol era radiante." Colombine foi ao banheiro, onde uma surpresa a esperava (não tinha reparado na véspera). Os objetos se apresentavam de modo diferente. Não existia mais o exotismo, as cores, a desordem acolhedora: o banheiro estava impecavelmente arrumado. E havia uma quantidade impressionante de produtos de beleza bem dispostos no armário. "Não podia imaginar que um homem... parecia uma mulher!" Ela sentiu um calafrio: havia muito mais produtos de beleza ali que em sua própria casa. Será que quando Franck os visse pensaria que ela não estava à altura, como mulher? Felizmente, essa nuvem negra não demorou a se dissipar. Penetraram nesse novo universo os budas e o caratê. Era um Franck ainda mais enigmático, estranho, incompreensível, mas bem real, e os objetos eram a prova disso. Ela penetrava em seu mistério. Ao esmiuçar os produtos, surpreendeu-se mais uma vez por seu refinamento e por suas marcas. "Foi engraçado porque descobri todos os perfumes, os odores, as águas-de-colônia, a marca da pasta de dentes." Ela cheirou e tocou um a um. Sensação curiosa. Ela os tocava de modo especial. Logicamente, não era o corpo de Franck, mas uma parte dele que ali se encontrava (sobretudo em se tratando de uma parte misteriosa) transmitia elementos perceptíveis. "Somente o fato de tocar em seus objetos mexia comigo."

O paradoxo do comum

Colombine começou a penetrar no paradoxo do comum. Em relação aos objetos do quarto, compreendemos facilmente suas sensações; seu amor por Franck os havia metamorfoseado. Mas, com os objetos do banheiro, sua primeira reação foi detestá-los, visto não corresponderem à ideia que fazia do seu parceiro. O impacto dos objetos foi causado pelos segredos que revelavam. Eis aqui o paradoxo do comum: os objetos irrisórios, sem qualidades particulares, dizem muita coisa. Sua sabedoria implícita é imensa.

Na presença do parceiro, os objetos têm esse papel em comunhão com os gestos do cotidiano. O banheiro e o café da manhã anunciam um vasto universo de comportamentos que estávamos longe de imaginar na cama. Milhares de aspectos do parceiro se revelam, algumas vezes desagradáveis, quase sempre sedutoras (porque nessas manhãs somos um ótimo público). O outro oferece um corpo diferente, um corpo comum a ser descoberto. Descoberta cheia de sensações sutis e muito diferentes do sexo-amor, de ínfimos prazeres que devemos provar.

Tristan será nosso guia. Já o encontramos como teórico do aconchego da cama. Ele havia comentado os riscos que corríamos ao sair desse casulo protetor. Alguns minutos mais tarde na entrevista, ele apresenta uma visão mais positiva: nada se compara à cálida proximidade do casal na cama, mas a ruptura passa a ser secundária quando consideramos a manhã como um todo. Ora, esta última está fundamentada na força do irrisório. "É muito prazeroso, não acontece nada, não há nada de particular, é tudo muito simples, mas muito intenso. É mais como um estado de espírito, mas as pequenas coisas que você faz são agradáveis." Em outras palavras, as sensações do aconchego da cama podem ser estendidas ao conjunto da manhã. Tristan reflete, insatisfeito. Ainda não disse tudo que gostaria, procura as palavras e retoma seu raciocínio. "As primeiras manhãs permitem que você desfrute de pequenas coisas. Após três anos de vida em comum, você não presta mais atenção nisso." Chegamos ao cerne do paradoxo do comum. Os objetos e os gestos transformam a pessoa; uma graça singular emana dos elementos e gestos mais ínfimos. São mais intrigantes ainda. A banalidade mais comum, que vai rapidamente se dissolver na rotina da vida conjugal (podendo se tornar sufocante), aparece de modo confuso e acrítico durante esse breve momento. Não se trata do estranhamento do parceiro (como aconteceu com Colombine no banheiro), mas do estranhamento familiar do próprio casal, que será (rapidamente) a banalidade fundadora da relação conjugal. Entretanto, o casal ainda não existe de fato, ainda está muito no começo, e às vezes nada indica que sua história terá continuidade. A força dos gestos simples deve-se a essa ambiguidade. Compartilhar o banheiro, comer (café e torradas comuns) no recesso de seu próprio lar, gera sensações indefiníveis. Não tão fortes quanto as da noite, nem tão ternas quanto as do aconchego da cama, mas sutilmente fascinantes. O olhar é equívoco, ao mesmo tempo íntimo e destacado, como se ambos estivessem vivendo como um casal, pressentindo vagamente que esse jogo tem o poder de levar à realidade conjugal, e que essa realidade talvez até já exista um pouco. Os primeiros gestos da vida cotidiana feitos em comum representam um avanço no processo de familiarização que se inicia, uma concretização do amor cotidiano que é surpreendentemente perceptível. Daí sua graça particular. Contrariamente ao que ocorrerá no futuro, cada um continua a se sentir livre e leve, alheio à rotina; um simples jogo.

"Eu procuro não ficar"

Penetrar no comum do outro e no novo comum conjugal não é tão simples assim. É crucial para a concretização ou não da vida conjugal. Em caso negativo, ou será o fim da história, ou estará focada no amor-sexo (casais que não vivem juntos). Portanto, a relação com os gestos e objetos irrisórios da primeira manhã envolve questões complexas; o mesmo vale para o futuro conjugal. Para melhor compreendermos esse curioso paradoxo, será interessante dar um exemplo em que a magia não ocorre. Entraremos por alguns instantes em algo parecido com a atmosfera agridoce das manhãs frustrantes.

Rodolphe poderia ter figurado no capítulo anterior, já que sua manhã parecia acumular uma série de pequenos problemas. Cabe admitir que os fatores externos não ajudaram muito. O irmão de Charlotte, por exemplo, chegou em plena madrugada e entrou bruscamente no quarto (ele tinha bebido), surpreendendo-os "numa posição delicada". O que acarretou nele mal-estar e antecipou sua partida pela manhã. Quanto ao gato, não pode ser considerado exatamente como um fator externo. Para muitos, dividir a cama com um animal na primeira noite de amor pode ser problemático. Mas o paradoxo do comum, quando aplicado em alta dose, é capaz de apagar as possíveis agressões. E de criar o maravilhoso a partir do elemento mais desprezível. Basta um pouco de amor para amenizar a crueldade do cotidiano, deixar os gestos e os pensamentos mais fluidos. Ora, Rodolphe considerou imediatamente o gato um inimigo indigno de um mínimo de tolerância. "Ele ficou na cama a noite toda! Ah, isso é uma coisa que não posso suportar!" O animal lhe respondeu com a mesma hostilidade. "Arranhou-me na parte mais carnuda do meu corpo. Doeu muito!" A claridade do quarto fez com que ele acordasse mais cedo. "Ela dormia com as janelas abertas, eu detesto isso." A primeira coisa que viu ao acordar foi o gato, bem perto dele. O dia começou mal. Teve uma imagem negativa de todo o seu quarto: a televisão; achava aquilo vulgar. Mais inaceitável ainda era a desordem. "Era uma confusão total! Eu que sou tão ordeiro, ao ver aquilo...!" Ao se aproximar do corpo de sua amante, as coisas não foram melhores; o gato continuava aconchegado a Charlotte; e ela com seus olhos inchados. Sua crítica aplica-se ao que viu durante a noite. "Reparei em todos os seus hábitos noturnos. Ela não roncava, mas respirava forte. Ocupava muito espaço na cama." Enfim, sua descrição sórdida do quadro justifica a classificação de sua manhã como frustrante.

Mas, se não fosse a presença do irmão de Charlotte, Rodolphe não teria fugido. Aquela manhã não foi exatamente frustrante. Ele não teve vergonha, arrependimento, nem constrangimento em relação ao divertimento da noite. Pelo contrário, estava disposto a continuar. "Eu teria ficado o dia todo com ela." Ele gostava de Charlotte. Até o despertar ao seu lado foi um momento marcante. "Seu olhar foi muito carinhoso. Percebi que significava algo para ela. Senti-me importante. Ao ver sua reação ao acordar, percebi que nossa relação iria continuar. É muito bom saber que o outro quer continuar. Primeiro, você se sente amado. E, se há reciprocidade, é um dos melhores momentos de sua vida." Presos na cama sem poder ter relações sexuais (o irmão estava presente), eles conversaram durante muito tempo, passando das conversas banais às confidências íntimas. "Foi uma das poucas vezes que me abri com alguém." Onze meses depois, Rodolphe e Charlotte declaram viver juntos e continuam se amando.

Ao analisar "a diversidade das experiências sexuais e das combinações possíveis entre sexualidade, casal e sentimento", Michel Bozon [1993] concluiu que existem "tendências extremamente rígidas" e uma grande variedade de preferências entre os indivíduos. Ele opõe, em particular, dois tipos de "orientações sexuais" na construção de si [Bozon, 2001]. Há pessoas que tiveram uma experiência sexual precoce e uma vida amorosa intensa com um repertório diversificado de práticas sexuais. Para elas, o amor está essencialmente vinculado ao sexo. O cotidiano não faz parte do universo sentimental, podendo até chegar a destruir o amor. O outro tipo de orientação, pelo contrário, inscreve o sexo num contexto mais amplo, diversificado e estável. Trata-se de uma sexualidade mais tranquila, monótona, compensada por outras dimensões da vida conjugal. Essa classificação coloca os homens de um lado e as mulheres de outro. É notável, entretanto, que os homens sejam mais numerosos na primeira, e as mulheres, na segunda [Bozon, 1998]. Por outro lado, no ciclo da vida, a primeira é característica da juventude e a segunda da idade madura. As análises clássicas do amor (entre outros, os estudos de Francesco Alberoni [1981, 1994]) mostraram que o desencanto sentimental ocorre quando há durabilidade e institucionalização.

A rotina seria fonte de tédio e distanciamento amoroso. A crítica que formularei a respeito dessa análise não deixa de ser uma autocrítica, porque considero esse diagnóstico, em parte, incorreto. Certamente, a rotina gera tédio e frieza. O costume é a única coisa que permanece no casal. Muitas vezes, surge uma forma de amor particular, muito diferente dos transportes emocionais do sexo-amor, tão discreta e difusa que se torna quase imperceptível, mas intensa e profundamente estruturada. Um amor conjugal feito de paz, amizade, cumplicidade, dedicação e generosidade mútuas [Caradec, 1997]. E também de pequenos prazeres e do gosto pela simplicidade. Esse segundo ambiente conjugal começa a ser trabalhado desde a primeira manhã. O paradoxo do comum é a descoberta precoce da segunda forma de amor (que poderá se dissipar mais tarde). Rodolphe tem justamente uma concepção muito diferente, que ilustra os limites da "relação pura", definida por Anthony Giddens [de Singly, Chaland, 2001]: ele quer ser ele mesmo. Atraído sexualmente e apaixonado por Charlotte, parece que uma fronteira imperceptível altera seu olhar quando observa os gestos e os objetos comuns. Ele torna-se frio e oportunista. "Olho os lugares estratégicos, como o quarto e o banheiro." Um olhar crítico (a televisão, a desordem), inclusive para Charlotte, de manhã (olhos inchados, respiração forte). Rodolphe diz abertamente que esse cotidiano insípido pesa sobre ele. "Eu procuro não ficar." A frase completa é a seguinte: "Eu procuro não ficar em seu apartamento." Ele se sente, dessa forma, mais aberto e bem-disposto. De fato, a primeira manhã é decisiva para o futuro do casal. Apesar do seu desejo de mudança pessoal, ele não consegue achar a mínima graça no comum. Após onze meses, Rodolphe e Charlotte estão juntos, mas vivem em casas separadas. Charlotte se consola com seu gatinho.

Impressão

Os estudos em etologia (vulgarizados de modo esquemático pelo experimento do naturalista austríaco Konrad Lorenz com patos recém-nascidos) provaram a força e a rapidez das impressões no momento do nascimento. O animal recém-nascido incorpora o mundo exterior ao selecionar algum objeto particular que será gravado em seu sistema nervoso. A etologia humana demonstrou que essa "receptividade aos acontecimentos", máxima no nascimento, poderia manifestar-se em outros contextos [Cyrulnik, 1989]. É exatamente o que acontece em certas manhãs em que o maravilhoso invade o comum. Uma intensa receptividade pode apagar as categorias perceptivas do antigo eu, causando um novo nascimento (o indivíduo renasce com outra identidade). Tal mudança de identidade só ocorre porque há impressões e vice-versa. Sabemos que cada personalidade reage de modo diverso a esse possível renascimento sentimental. Alguns indivíduos, escravos de suas identidades, mestres absolutos de seus destinos, darão alguns passos tímidos nessa direção. Outros estarão prontos para entrar nesse novo universo, ocasionando, por um instante mágico, a dissolução de sua existência passada. Estarão prontos para o amor físico, mas também para o amor comum, mais rico em renovação de identidade que o amor da noite e do aconchego da cama, embora mais discreto. A força das impressões está no maravilhoso da primeira manhã: entre xícaras de café, lençóis sujos e objetos estranhos.

O efeito da impressão é mais forte para o convidado, pois, fora de seu contexto habitual, ele pode sofrer uma impressão total e viver "como num filme". O anfitrião deve, por sua vez, se contentar em observar o comportamento do parceiro, discreto e prudente ao tentar compreender e respeitar as regras da casa.

O convidado levou consigo apenas alguns objetos, os outros virão mais tarde, progressivamente [Alhinc-Lorenzi, 1997]. A impressão pode também operar por saltos ínfimos nas manhãs seguintes. José levou seu nécessaire para a casa de Fanny, que observava a presença desse objeto encerrado em seu mistério. Finalmente, um belo dia, ela viu uma escova de dentes no lugar que mais tarde viria a ser o dele. "Gostava de ver sua escova no banheiro."

Para o convidado, as formas de impressão são variáveis. Ela pode ser global, tão maravilhosa que revoluciona imediatamente o mundo inteiro. Foi assim a primeira manhã de Juliette na casa de Romano. Ela pode também ser mais seletiva e progressiva, menos marcante devido à realidade a transformar. Foi o caso surpreendente de Virginie. É por ela que começaremos.

Podemos considerar as primeiras manhãs de Léopold e Virginie frustrantes. Após as histórias malucas de Léopold sobre cabras e sua insuportável mania de dormir sozinho, parecia que a história do casal não iria muito longe. Mas, algumas semanas depois, a louca aventura prosseguia na casa dos pais de Léopold. Uma descrição objetiva do local poderia levar a crer que Virginie dera um passo para o inferno. Mas, em sua completa lucidez, ela faz o inventário dos objetos de repulsa e execração. "Tinha lugares muito sujos, seu pai cuspia o tempo todo." Inútil entrar em pormenores. Ela faz um esforço mental para relativizar a situação. "Algumas pessoas podem até se separar de alguém pela sujeira do local onde vive. Mas, se os pais são sujos, a culpa não é sua." Léopold não pertencia àquele contexto. Seu amor por ele havia transformado o espaço, atenuando seus aspectos mais nauseabundos. "Não tinha nojo no começo. Porque você não está nem aí. O que você pode fazer se manchou sua camiseta na mesa da cozinha? Você não liga porque está completamente apaixonada." Infelizmente, a sujeira não era o único problema. Talvez o pior fosse a falta de intimidade conjugal. "Tinha sempre muita gente em sua casa, era insuportável." Não havia um canto da casa onde pudessem ficar à vontade. Exceto (mais ou menos) o sofá-cama. E principalmente o banheiro. "Aquele mundo que nos impedia de sermos nós mesmos terminava na porta do banheiro." Era o paraíso. Embora pequeno, sem janela, nem decoração. A transmutação se produziu pela magia dos gestos comuns e dos corpos ambíguos, pela sensualidade da nudez cotidiana, pela banalidade emergente do casal. "O encanto da primeira manhã era estar no banheiro." Virginie guarda na memória uma lembrança intensa. A sujeira permanecia oculta, e o irrisório sublimado pelo olhar apaixonado do casal. Virginie se aproximava do encanto onde a poeira poderia se transformar em ouro.

"Ah! Eu estava feliz"

Juliette viveu o encanto total e intenso com Romano. Ela era jovem (dezessete anos), foi seu primeiro amor. Emoção intensa, explosão interior, verdadeira paixão. "Foi amor à primeira vista, muito louco, nunca tinha sentido aquilo. Foi tão forte que chorei." O encanto nascia da força do seu sentimento. Mas a manhã foi particularmente inebriante, ainda mais intensa que suas efusões sentimentais anteriores. "A primeira vez, a primeira manhã, ah! Eu estava feliz! Feliz de ter feito com ele. Estava completamente apaixonada! Estava na sua casa, no seu quarto! Tinha sonhado tanto com aquele momento. Além disso, foi muito divertido. Foi uma das mais belas manhãs de minha vida." Sua última frase surpreende um pouco: somente uma entre outras belas manhãs? Juliette conheceu outros momentos tão intensos? Não, esse foi o único. Na verdade, há coisas que são inconfessáveis, inclusive para si mesmo. Nesse caso, convém não reviver tão intensamente um amor perdido, apenas o suficiente para sentir uma doce nostalgia, sem hipotecar o presente. Juliette usa meias palavras (especialmente para preservar sua tranquila relação atual com Guillaume). Mas sua lembrança é repleta de emoções que explodem alguns instantes depois. "É uma lembrança maravilhosa! Senti um bem-estar completo. Nunca mais vivi algo assim tão forte."

Muitos fatores convergem para provocar essa doce explosão emocional. A longa espera, a concretização do sentimento (já intenso em si), o terno calor do aconchego da cama, a sensação de autonomia e de passagem para a vida adulta. E até o alegre delírio, que nunca perdeu o encanto. Nesse conjunto de fatores, a materialidade do espaço tem uma importância considerável. Não houve somente projeção sentimental ("Estava na sua casa, no seu quarto!"); o quarto em si também se impôs a Juliette com uma força e uma evidência insuspeitadas. Não houve o choque da surpresa, viveu um encantamento sereno. "Gostava de olhar seu quarto, era muito quente." Mas a impressão foi imediata e a introjeção total. O choque da surpresa não poderia acontecer, pois o espaço já estava internalizado. Ela só foi compreender isso depois, quando, sozinha no seu antigo quarto, percebeu que ele se tornara frio, feio, estranho, insuportável. Seu olhar crítico penetrava em cada recanto, afastando novos motivos de exaspero. Até que decidiu fechar os olhos e sonhar com o outro quarto, o quarto de Romano, o seu quarto, o quarto deles. Sonho estranhamente concreto: os objetos que haviam sub-repticiamente penetrado em sua vida se recusavam a sair. Porque Juliette não estava segura de querer afastá-los de sua mente. Ela preferia fechar os olhos e sonhar.

Manhãs comuns

> "*Sentou-se na beirada da cama como se quisesse empurrar com seu corpo a estranheza do ambiente.*
>
> *— Deveríamos talvez fazer alguma coisa trivial — disse ele.*
>
> *Com um sorriso carinhoso, tímido, confiante, ela perguntou:*
>
> *— O que você costuma fazer a esta hora?*
>
> *— Tomar banho e ir ao A&W comer um hambúrguer.*
>
> *— Então vamos. (Mas ela não saía da cama, nem parava de olhar para ele.)*
>
> *— Se você quiser, nós podemos ir a um lugar mais... mais (ele tentava encontrar a palavra certa), mais solene para a ocasião.*
>
> *— O A&W é perfeito. Além disso, é seu lugar.*"
>
> *Carol Shields*, La République de l'amour

Depois destes dois capítulos ricos em emoções fortes e variadas (do amargo ao maravilhoso), chegou o momento de viajar pelo país das primeiras manhãs calmas, com o intuito de descobrir suas tempestades interiores.

A trajetória de continuidade

Em que medida o indivíduo é livre para inventar seu presente e seu futuro? Velho debate filosófico, que foi mais tarde retomado pela sociologia. Debate conflituoso quando cada um permanece fechado numa linha de pensamento radical (liberdade contra determinismo), e ataca os incrédulos que a combatem. Enquanto a verdade se encontra na articulação fina e permanente dos dois conceitos: o indivíduo cria todos os dias os instrumentos que aju-darão a guiar seu pensamento e sua ação [Kaufmann, 2003]. O conceito de trajetória biográfica é ideal para compreender esse processo de duplo sentido [Dubar, 1998; Kaufmann, 1999]. O ego é impulsionado pelo fluxo da vida, que ele mesmo construiu por meio de um encadeamento de ínfimas decisões, sem saber que elas comprometiam seu futuro.

A história de Éric e Anna (contada por ela) nos servirá de exemplo. O pesquisador deve ser extremamente circunspecto quando recolhe histórias de vida [Bertaux, 1997]. Enquanto alguns atores tendem a racionalizar *a posteriori*, interpretando como um ato voluntário o movimento natural da vida, outros, que desejam se inscrever em trajetórias certas, tendem a ignorar (e apagar da memória) as decisões mais ínfimas, generalizando suas histórias. Como se o que unisse o casal fosse atemporal, distante de qualquer evento concreto. Anna começa assim sua história: "Não houve um primeiro encontro, nos conhecíamos de longa data." Eles se conheciam havia somente dois anos e vinham desem-penhando uma variedade de papéis sociais. Iniciaram a relação como amigos, foram "bons amigos", passaram a "sair juntos" até se tornarem amantes, tendo praticamente consciência do futuro conjugal. Anna reconhece essa evolução. Ela ressalta, contudo, que não houve escolha deliberada de mudança, as etapas foram superadas "por si mesmas". Somente depois de terem sido supe-radas, elas se tornavam perceptíveis. A descrição que nos faz da primeira manhã é, nesse ponto, reveladora. "Nós nos conhecíamos havia dois anos, éramos bons amigos. O fato de passarmos uma primeira manhã juntos significava que era mais sério. Tive a impressão de ter crescido, de ter me tornado sua esposa simbólica." Alguns minutos depois, Anna muda sua versão ligeiramente.

A afirmação de um salto na história, mesmo retrospectivo, lhe parece excessivo. Sim, claro, pensando bem, ela sentiu a passagem da fronteira simbólica. Mas não foi a primeira manhã que marcou a ruptura. Pelo contrário, ela foi banal, simples e evidente. "Não foi uma mudança brutal. Era a concretização do que já estava sendo construído." De fato, nunca houve um compromisso claro e explícito, apenas uma amizade que se tornava cada vez mais íntima, com conversas indiretas e ambíguas sobre o casal. Quando eram amigos, falavam sobre suas concepções de vida, criando progressivamente um ponto de vista comum. Eles definiram, por exemplo, uma verdadeira ética conjugal e familiar, sem precisarem dizer que estavam construindo seu próprio projeto de vida. "Mas não fazíamos planos de casamento, filhos e tudo o mais. Em nossas conversas de amigos já éramos contra o casamento. Eu não pensava nisso. Queria apenas que nossa relação continuasse." Aliás, essas conversas diminuíram quando chegou o tempo da concretização (após dez anos de vida em comum, eles esperam o primeiro filho, sem todavia falarem sobre casamento). Os fundamentos da relação foram sendo colocados naturalmente, faltava apenas se deixar levar pela evidência da continuação.

"Quero que a relação continue." Apesar de tudo, Anna fez uma escolha, mas uma escolha fraca, imposta pelo curso da vida. Seu desejo apenas acompanhava o fluxo natural da vida. Resistir a essa força vital representava uma verdadeira escolha, exigindo determinação e vontade. Anna se contentava em desfrutar do longo rio tranquilo que a levava. "Nós éramos um casal normal. Viriam muitas outras manhãs pela frente. Nossa história estava fundada na continuidade. Na confiança e na segurança de ambos." Já que havia segurança e bem-estar (os dois maiores sonhos da sociedade atual), era inútil se preocupar com a relação.

"Esse vínculo profundo"

Anna constrói sua história exatamente como sua trajetória: apresentando explicações diferentes, intuitivamente coladas umas às outras, para dar (e se dar) a ilusão de unidade. A propósito da primeira manhã, vimos que hesitou entre a transposição de uma etapa e a continuidade da véspera. Quanto à longa trajetória em comum, ela hesita novamente entre pura continuação ("Foi uma história que se fundou na continuação") e "vínculo profundo".

O vínculo profundo é aquele que mantém duas pessoas unidas, sejam quais forem as vicissitudes da vida. Visto assim, ele pode ser considerado como um agente transformador da realidade. Anna nos disse que eles se conheciam havia muito tempo. Ela brinca com o sentido do verbo conhecer (a distância é imensa entre se conhecer "de vista" e ser amantes). E mente quando fala em "muito tempo". Ela diria sem dúvida que não é mentira, pois havia dito em outros momentos "dois anos", e entende "muito tempo" como uma metáfora. O problema é justamente este: as metáforas pertencem a uma linguagem ambígua que as apresenta praticamente como a realidade. Geralmente o casal explica sua união pelo vínculo profundo *a posteriori*, para atribuir uma lógica e uma coerência à trajetória "Fomos amigos durante dois anos. Éramos tão íntimos que como amantes não... Claro que houve outra descoberta, a dos corpos, mas... Além disso, sempre existiu um vínculo profundo entre nós." Esse fator pode tornar-se abstrato e indefinível, longe da realidade: o vínculo profundo não pode ser descrito, não evolui com os acontecimentos, é inefável e eterno, beirando o divino. Serve como uma alternativa eficaz e mais moderna à antiga crença no amor-divino (estava escrito: devia ser Ele e devia ser Ela). Embora seja um sonho secreto [Kaufmann,

1999], é difícil acreditar na predestinação amorosa, pois os fatos demonstram a cada dia o caráter aleatório das uniões. O "vínculo profundo" é muito mais credível e apresentável.

Sobretudo quando há uma ligação real, concreta e forte entre duas pessoas, capaz de se prolongar ao longo da vida, independentemente da evolução da relação conjugal. O vínculo profundo exige um trabalho permanente de redefinição do acordo a cada mudança de contexto. Uma longa amizade, por exemplo, implica um trabalho considerável de redefinição mútua [Bidart, 1997]. Não mantemos uma amizade, o que fazemos é criar as condições de uma amizade renovada entre dois indivíduos que evoluíram e não são mais os mesmos. E o "vínculo profundo" muda de natureza quando os amigos tornam-se amantes. A ligação sentimental se constrói e se reconstrói a cada dia.

O vínculo profundo nasce de um trabalho de atores, embora mais tarde possa parecer uma abstração. Trata-se de uma realidade concreta, progressiva e particular: não há uma única maneira de se relacionar. Vincent, por exemplo, é insensível a todas as dificuldades que o atingem, pois acredita que poderia fazer sua vida com Aglaé. É amor? Ele não tem certeza. Talvez seja um apego intuitivo e mal definido que supera facilmente qualquer obstáculo. Sua resistência aos inconvenientes da primeira manhã não prova a verdade de sua convicção íntima? Podemos dizer que, se não houvesse uma relação profunda, ele já teria partido. De fato, ele apenas se esquiva dos acontecimentos desagradáveis, adiando sua avaliação crítica. Ele não pode evocar um vínculo profundo, se conhece Aglaé há apenas quinze dias. Mas ele finge que sim. Encena um amor-destino improvável e pouco convincente, esperando que este realize sua obra.

A força de simples ações

Geralmente, o vínculo profundo é evocado depois. O que mais ocorre é a continuação ser gerada de si mesma, por um trabalho constante de fluidez do cotidiano. Para isso, é necessário controlar as passagens delicadas, atenuar os conflitos, dissipar os mal-estares. Agir de modo que cada um acredite no não acontecimento, nas futilidades irrisórias da manhã. Enquanto todo o ser talvez esteja passando por intensas perturbações.

Milhares de pequenas astúcias serão necessárias: os beijos que dissimulam o silêncio, as brincadeiras, os risos e as conversas banais. Vincent optou pela tática do silêncio, do silêncio tranquilo que espera pelo próximo acontecimento. Mas, quando o outro é mais extrovertido, essa tática não funciona. É necessário imaginar procedimentos para facilitar as interações e estruturar a continuação. Os mais frequentes consistem, após o processo de banalização e desdramatização do contexto (é uma manhã como qualquer outra), em retomar a vida habitual, para apagar os traços e atenuar a agitação do acontecimento. "Mesmo se passamos uma ótima noite, voltamos às nossas conversas habituais. Não éramos inocentes de dizer: puxa, é incrível o que nos aconteceu! Devíamos continuar normalmente. Não foi por acaso (penso nisso agora) que decidimos ir à aula" (Boris). Certamente não foi por acaso. As ocupações de cada um, as urgências do dia, servem para fugir da incerteza da situação e dos esforços para reformular a identidade. Basta um encontro na noite seguinte para que tudo volte ao normal e o casal encontre suas referências na manhã seguinte. Não há mais nada a fazer, apenas se deixar levar. Como Fanny e José não tinham previsto sair de manhã, passaram um momento desagradável. O silêncio foi opressivo. A princípio, eles remediaram a situação com beijos, mas não podiam exagerar, pois iriam desmascarar a tática que inventavam. Eles não tinham escolha, precisavam falar. Tentaram iniciar um diálogo banal, mas este não duraria muito tempo. O *tête-à-tête* iria pesar... Foi então que surgiu uma ideia libertadora que aliviou o momento seguinte: precisavam pensar no que fariam durante o dia (ir ao cinema? ao restaurante?). Sair com amigos ou a sós? Não fazia diferença para eles, pois o que queriam era recuperar a proximidade na noite seguinte, sem terem tido a necessidade de conversar sobre a mudança que os unia. Não falaram deles, mas comentaram sobre os acontecimentos do dia. Eles estavam longe das banalidades de instantes atrás: mesmo a curto prazo, organizavam o futuro, tomavam decisões, queriam agir, ir ao cinema ou ao restaurante. Mas o importante é que essas ações ínfimas funcionavam como ferramentas para iniciar uma história em comum. Em certas situações, as escolhas ou os gestos mais ínfimos podem ter um peso colossal.

A fabricação do não acontecimento

As ocupações habituais, a urgência das ações, as pequenas decisões, enfim, todos esses elementos não são nada mais que pretextos para desviar a atenção e evitar conflitos na passagem aos episódios seguintes da vida conjugal. Geralmente um casal não se forma porque decide, mas simplesmente porque não rompe. A única decisão real é a ruptura. Para que um casal se forme, basta que o movimento de repetição dos hábitos não pare. Basta que se encontrem na noite seguinte para que a vida adquira um sabor de *déjà-vu*. Surge então este paradoxo: quando a manhã parece se desenrolar normalmente, algo está acontecendo. Alguns casais (como Fanny e José) buscam distrações e pretextos. Há também uma tática mais extrema: inventar a banalidade absoluta e o não acontecimento, que criam a simplicidade e a força do óbvio, dissimulando a intensidade das dúvidas interiores.

Alguns casos particulares, mesmo pouco representativos, conseguem apreender as características marcantes de um processo. Recorri à manhã solitária de Colombine para melhor ressaltar sua relação com os objetos. Eis outro caso peculiar: a primeira manhã de Gabrielle e André. "Nós saíamos dois anos antes de..." Eles viviam em casas separadas. Durante dois anos, se encontravam todas as manhãs, antes do trabalho, para desfrutarem de meia hora em companhia um do outro. Havia flerte, mas sobretudo vida em comum: era o cantinho deles, um mundo de hábitos regulares. O café da manhã, por exemplo, seguia um ritual elaborado. Assim como não houve mal-estar ou surpresas na primeira manhã; eles viviam segundo referências de ação e pensamento pacientemente elaboradas. "Era nossa primeira noite, mas, de certa forma, nossos hábitos matinais estavam presentes. A manhã foi normal." Somente uma ligeira diferença: tinham mais tempo para ficarem juntos. "Nossas manhãs se prolongavam." Não houve ruptura, foi uma evolução sem conflitos. Não podemos negar que viveram a primeira noite, mas a manhã foi "igual às outras".

Evidentemente, um caso como esse é raro, pois as referências das primeiras manhãs costumam ser incertas e vagas. É necessário improvisar, se adaptar mutuamente, embora ignoremos o que pensa o outro (e muitas vezes até nós mesmos não saibamos o que pensar), e sobretudo decidir o futuro, embora seja difícil pensar com clareza nesse momento preciso. A única solução que se apresenta é promover a continuidade e criar o não acontecimento, mergulhar definitivamente no comum da situação. Um leve sorriso ao lembrar a noite, mas, quanto à manhã, nada a dizer. "Não tínhamos planejado nada para aquela manhã" (Erika). Uma manhã comum no plano das ações concretas. Erika afirma, no entanto, que teve uma intuição de movimento. O não acontecimento se inscrevia no fluxo da vida que os unia. "Eu sabia que as coisas não iam ficar por ali." "Trazia algo mais à nossa relação, sem acarretar mudanças em nossas vidas." Ilusão, claro. Se a relação mudava, era porque eles mesmos tinham concretamente revolucionado seus modos de vida. Mas era necessário dissimular com a ideia de continuidade e não acontecimento para que pudessem realizar sua obra conjugal na mais perfeita serenidade.

Usar a anomia

O recurso a um antigo conceito da sociologia, a anomia, vai nos ajudar a melhor definir a peculiaridade das primeiras manhãs comuns. O termo foi popularizado pelo sociólogo Émile Durkheim, em seu estudo sobre o suicídio [1897]. A anomia caracteriza uma situação na qual o indivíduo perde suas referências de ação e pensamento. Há perda do *nomos*, esse quadro de vida que dá sentido às coisas, limitando-se a uma realidade precisa, opressiva, mas segura. As sociedades tradicionais não conhecem a anomia, pois os indivíduos definem-se por esse quadro. A anomia é uma doença da sociedade moderna, é o preço a pagar pela liberdade individual, pela escolha pessoal de sua própria verdade e de sua moral [Kaufmann, 2003]. A autodefinição de si gera o "mal do infinito" [Durkheim, 1897], ocasionando a abertura de horizontes e a perda de referências. Como consequência inelutável, surgem distúrbios mentais que podem levar ao suicídio.

Não há suicídio nas primeiras manhãs (felizmente!), mas a situação é típica da anomia, pois seu caráter ambíguo (Somos amigos ou namorados? Devemos nos distanciar novamente?), ampliado pelas dúvidas e mudanças permanentes, cruza com as discordâncias de comportamento do casal. Após a paixão da noite e o carinho do aconchego da cama, os parceiros descobrem que as regras do jogo foram abolidas. Tudo é válido e complexo. Eles se deparam com o vazio referencial. "Você passa a noite com alguém, mas, de manhã, não sabe mais como se comportar, como conversar. Você não conhece a pessoa. Há pessoas, por exemplo, com quem é melhor não falar" (Fanny). Não falar com elas ou encontrar um assunto aparentemente neutro. É difícil o casal não tentar definir a situação, mas normalmente as tentativas fracassam, e são logo abandonadas. "De manhã, é estranho, é constrangedor... Não completamente... Bom, de certo modo, sim. Não sabemos como a pessoa vai reagir, nem como nós mesmos vamos reagir" (Rodolphe).

Os que mais sofrem com o mal-estar entram em conflitos (para impor um modelo de ação) que só trazem manhãs frustrantes. Os mais apaixonados mergulham nas delícias do aconchego da cama e no encanto da descoberta do parceiro. E os mais perspicazes, pouco apaixonados, têm a possibilidade (além das brincadeiras, das ocupações do dia) de recorrer a uma verdadeira estratégia de ação: usam a anomia para transformar a manhã em algo ainda mais insignificante.

As características do lugar onde se desenrola a ação são decisivas. Vejamos o caso de Sophie. Fazia anos que vinha acumulando manhãs frustrantes, constrangimentos e fugas violentas. Até encontrar Sébastien. O encontro noturno não tinha sido marcante. Foi de manhã que tudo mudou, porque o lugar onde estavam era neutro. "Era um quarto que me dava segurança, porque não tinha história. Era como se tivéssemos apenas que passar, sem deixar vestígios." O que ela esperava do futuro? Continuar sua aventura com Sébastien? Ela não sabia e não queria pensar nisso, muito menos optar, queria "passar sem deixar vestígios", mas sem interromper o movimento. "Não queria me sentir em casa, assumir um compromisso. Mas, como era um lugar neutro, me senti segura. Tinha assim menos vontade de ir embora, porque poderia deixar um pouco de mim. Se tivesse sido em outro lugar, as coisas teriam tomado outro rumo."

Outros fatores permitem o uso da anomia. Por exemplo, quando a cena (de manhã) não acontece no *tête-à-tête*, mas sim com um grupo de amigos. Outra situação (o dinamismo do grupo, as brincadeiras) se impõe e favorece a distração. O contexto é, porém, muito diferente do que vimos com Fanny e José. A distração do casal era organizar o dia. Eram pequenas decisões, mas se tratava do início de uma vida conjugal. O grupo de amigos, por sua vez, traduz uma realidade provisória. Além disso, a formação do casal implica a reformulação dos vínculos de amizade [Berger, Kellner, 1988]. Portanto, a socialização em grupo tem algo de artificial, que não engana os parceiros: eles fingem participar do jogo coletivo, lançam breves olhares cúmplices ou pensam na continuação da história. Eles abandonaram suas identidades pessoais, mas ainda não adotaram a nova identidade conjugal. Não estão completamente envolvidos com o grupo, estão fora da realidade. "Como num filme", disse Colombine. Praticar a anomia significa fugir das contingências normais para perturbar as fronteiras do eu. A diferença é que nesse caso não há perfumes exóticos nem decoração suntuosa, o filme é um lugar indefinido e incerto, um descentramento de si mesmo suplementar, agravando ainda mais a precariedade da situação.

O jogo duplo

Praticar a anomia tem, contudo, certos limites. Um mínimo de referências é necessário. É difícil resistir à vontade de saber ou adivinhar quem é o outro e o que vai acontecer. É impossível evitar olhar (dando a impressão de não olhar), analisar superficialmente, por meio de um gesto ou de uma simples pergunta. "O clima é tenso, você não sabe muito bem o que dizer. Você se levanta e pergunta: 'Quer um café?' Mas o que está fazendo é observar o outro" (Fanny). Os parceiros vivem um jogo duplo.

Cabe definir bem essa expressão. Ela significa que mostramos uma falsa aparência para melhor dissimular nossas opiniões secretas. Aqui não se trata disso, a anomia é utilizada sinceramente. Apenas não é a única a guiar a situação: os parceiros necessitam de um tempo para a perturbação anômica, e outro para a tentativa de definição das regras de interação. Vejamos o caso de Rodolphe. Ele acordou várias vezes durante a noite que passou com Charlotte, com uma ideia na cabeça: "Você não sabe muito o que pensar." O caráter obsessivo da reflexão não permitiu que seu raciocínio avançasse. Ele decidiu, portanto, repetir o mesmo comportamento que adotava todas as primeiras manhãs com uma nova companheira. "Você espera um pouco e começa a conversar. Primeiro você fala de coisas sem importância... E logo depois, tenta encontrar um pretexto, ou para ficar, ou para ir embora." Devemos seguir atentamente o que diz Rodolphe. Numa leitura rápida do seu método pode parecer que está praticando um duplo jogo clássico (falo de coisas banais, enquanto estou pensando no que vou dizer em seguida). Entretanto, ele é totalmente sincero em sua estratégia. Ele espera e inicia uma conversa trivial. Nesse momento, suas tentativas de reflexão fracassam. Ele continua

confuso, não consegue adotar uma posição comprometedora ou indiferente. Ele se mantém na estrita neutralidade de frases banais. De fato, ele continua esperado por um sinal exterior, um "pretexto" que lhe dirá se é sim ou não. Sem dúvida, ele deve ter calculado esse pretexto, captando somente aquele que lhe convém. Mas ele não tem consciência desse trabalho cognitivo. "Não adianta ficar nervoso, chega um momento em que as coisas acontecem por si só."

Para Fanny e Gilberto, as coisas não aconteceram por si sós. Dissimularam o silêncio com conversas banais e beijos. A simples manhã anunciava uma anomia tranquila, mas o que ocorreu foi diferente. As ocupações previstas para a manhã os separaram rapidamente. Nada de problemático nisso. Pelo contrário, vimos que poderia representar uma estratégia de continuidade da relação amorosa. Fanny e Gilberto, porém, ficaram nas banalidades até a separação. Foi uma despedida carinhosa, mas sem comentários a respeito do próximo encontro. "Não sabia se ele ia me ligar." O que os mantinha unidos era a bicicleta que Gilberto havia esquecido. Mas não constituía de modo algum um indício, ela poderia devolvê-la tanto a um amigo como a um parceiro. A anomia talvez tenha ido longe demais.

"Na lógica das coisas"

Escolhi terminar este capítulo com a história de Isa, modelo perfeito que reúne todas as características de uma manhã irrisória: a trajetória de continuidade, o descentramento anômico, o não acontecimento.

Antes de iniciar o relato, Isa nos adverte que sua história com Tristan é a de um "relacionamento estranho". Ela não foi a única a ressaltar esse fato. É muito difundida a ideia de que existem regras de formação conjugal, marcadas por um encontro amoroso ou por uma paixão instantânea. Ora, a realidade está a anos-luz de tal representação. Praticamente todos os casais nascem de histórias um pouco "estranhas", onde os protagonistas brincaram com as ambiguidades, usaram pretextos curiosos, participaram de situações absurdas, deixaram-se levar por ações ínfimas. A história de Tristan e Isa é somente um pouco mais estranha. Em primeiro lugar, porque adotaram, desde o início da relação, o costume de dormir na mesma cama "como amigos". Inútil comentar a facilidade de Isa em viver sua primeira manhã como um não acontecimento, sem rupturas, nem surpresas. "Estava acostumada com sua companhia. Tínhamos nosso universo íntimo." Sua manhã não foi diferente das outras. Como para Erika, essa estabilidade de referências não impediu que se sentisse levada pela correnteza. "Pertencia à lógica das coisas, acontecia porque devia acontecer. Eu me dizia que iria durar o tempo que fosse. É isso, não me preocupei, deixei rolar." A lógica das coisas que era puro movimento, sem "vínculo profundo", ao menos para ela. Ela gostava de Tristan, mas como amigo: em certos momentos, ela declara abertamente que não estava apaixonada na primeira manhã. Ele, por sua vez, estava completamente apaixonado, e vivia a transposição de cada etapa como um sonho que estava se realizando. Tristan: "Foi uma longa conquista, mas, como as coisas evoluíam, pensei: isso vai levar a algum lugar." Isa: "Eu via o quanto ele estava contente (por ter conseguido o que queria). É muito bom saber que podemos fazer o outro feliz." Ela gostava de vê-lo feliz, mas, por amizade e pelo prazer compartilhado, o movimento impunha-se a ela insensivelmente. "E depois eu não podia recusar, já que ele vinha me pressionando há algum tempo." Tristan havia acelerado a "lógica das coisas" em segredo.

Não teria existido noite de amor sem um acontecimento decisivo: a viagem da melhor amiga de Isa para os Estados Unidos. Sua ausência repentina a desestabilizou. Era necessário alguém para preencher o vazio deixado por sua amiga: Tristan era o substituto ideal. "É verdade que ele substituiu Ursula. Eu precisava ter alguém por perto, e Tristan estava lá." Visivelmente, ele não queria se limitar ao papel de Ursula. Tristan estava enganado em pensar que o fato de ter dividido a mesma cama com Isa era um passo determinante em sua conquista. A progressiva intimidade entre amigos pode, paradoxalmente, dificultar o início de uma relação amorosa. Com um desconhecido, é possível enamorar-se sem dificuldades; com um amigo, é necessário romper com a antiga relação. O amor não se soma à amizade. Felizmente para Tristan, a viagem de Ursula gerou uma perturbação anômica em Isa: ela não sabia mais exatamente em que tipo de relação estava. Aliás (o que aumentou a perturbação anômica), ela continuou a se sentir próxima de Ursula, mantendo o vínculo de confidência com a amiga a despeito da distância, de maneira virtual. Imaginava o que diria à Ursula e o que esta lhe responderia. Queria dizer algo sobre ele que pudesse surpreendê-la. E era justamente o que estava acontecendo. Como Ursula reagiria? Isa tentava imaginar a cena e decidiu finalmente o que faria. "A única coisa que pensei (sei que é tolice) foi em minha amiga. Pensei comigo mesma: puxa, ela vai achar engraçado quando voltar." A relação amorosa nasce muitas vezes do nada. "De fato, é uma coisa compensatória que se transformou."

Na primeira manhã, ela acreditou que sua relação com Ursula fosse primordial. A perturbação anômica era total. Ela cedera a Tristan para ter uma boa história para contar a sua amiga. A amizade de Ursula estava em primeiro lugar. Depois vinha Tristan.

Mas, naquela noite, ela havia se tornado sua amante, sem reformulação da relação. "A princípio, não me entreguei completamente. Gostava muito dele, mas apaixonada, não sei. Era porque passávamos ao ato que me sentia apaixonada." Ela achou que, quando Ursula voltasse, a vida voltaria ao normal. Curiosa normalidade (a relação privilegiada com Ursula; a simples amizade com Tristan) que deveria ser retomada tranquilamente, enquanto a diferente "lógica das coisas" (a formação do casal) a levara, de fato, tranquilamente. "Eu pensava que, quando Ursula voltasse, iríamos recomeçar esse jogo." Mas, quando Ursula voltou de viagem, o casal, impulsionado pela "lógica das coisas", havia introjetado pouco a pouco suas primeiras referências. "Lógico que depois vêm os hábitos conjugais." E Isa precisou retomar o curso da história de outro jeito, diferente do esperado. "Quando Ursula voltou, não teve jeito, eu já estava apaixonada."

Durante a entrevista, Isa levanta o tom de voz quando passamos a falar de sua primeira manhã. Uma pesquisa sobre esse assunto a perturba, pois, segundo ela, a primeira manhã é e deve ser um não acontecimento absoluto. Ela busca palavras para expressar o extremo vazio existencial da cena. "Não houve um rompimento brusco. Foi porque fizemos amor que as coisas mudaram. Ele continuava o mesmo. Não foi mais atencioso! Não houve gestos particulares!" Em quem acreditar? Tristan ou Isa? Tristan havia falado sobre a intensidade da intimidade que marcava o início da relação amorosa, sobre a felicidade de passar o dia inteiro na cama. Tristan e Isa nos contam duas versões opostas dos mesmos fatos. As descrições concretas são idênticas (a televisão, o macarrão) ou parecidas (um pouco mais tarde, Isa retificou seus propósitos confessando que Tristan fora carinhoso na cama). Mas suas interpretações são diametralmente opostas. O que nos leva a uma questão interessante: o não acontecimento existe realmente ou é um produto da imaginação? Ele é antes de tudo um efeito da representação. Como Isa poderia explicar que o não aconteci-mento unira o casal, contrariando as perspectivas que tinha em mente? Houve realmente gestos particulares, assim como a pri-meira manhã marcou realmente uma ruptura. Simplesmente, ela não queria assumir, confiando (e confia até hoje) a união do casal à "lógica das coisas". Não se passou nada de extraordinário. E o dia que passaram na cama? Porque Tristan é preguiçoso!

O não acontecimento não pode ser considerado como um único efeito de percepção: as manhãs triviais, de um ponto de vista objetivo, não são idênticas às manhãs encantadas. Teria sido necessário que eu estivesse presente na primeira manhã de Tristan e Isa para detalhar suas considerações: portanto, o que relato são simples hipóteses. Do meu ponto de vista, essa primeira manhã não se desenrolou de modo tão tranquilo e feliz. Pelo contrário, o conflito interior se manifestou durante todo o dia. Tentavam expressar em cada gesto concepções diferentes quanto ao futuro e à primeira manhã. Por que Tristan ganhou? Porque conseguiu impor a "lógica das coisas", prolongando o aconchego da cama, imaginando pequenas loucuras, esticando o dia à noite seguinte. Ele criara as condições da continuação, vivendo pessoalmente a ruptura.

Entretanto, não podemos construir uma imagem falsa da for-mação desse casal: Isa aceitava passivamente as iniciativas de Tristan. Na realidade, os dois trabalharam intensamente, sobretudo quando suas concepções da primeira manhã não correspondiam. Quando os dois parceiros se inscrevem na continuidade e no comum da história, basta se deixarem levar pela "lógica das coisas". No entanto, Tristan e Isa precisaram negociar discretamente, adequar constantemente detalhes ínfimos, para encontrar uma justa medida onde os dois associados-adversários pudessem fundamentar suas histórias tão diferentes. Isa não teria podido continuar na "lógica das coisas", se as mudanças e os encantos da manhã tivessem sido intensos. Felizmente, as "atitudes simples" de Tristan eram discretas, conferindo ao casal uma sensação de plenitude vazia. Onde Tristan via a plenitude (a emoção silenciosa do casal que se formava), Isa via o vazio (a banalidade de um dia como outro qualquer, apenas um pouco mais lânguido).

Há três anos, Tristan e Isa vivem um amor sem conflitos. É curioso como ainda hoje eles acreditam em duas histórias diferentes. Tristan sempre esteve apaixonado. O desejo sexual foi apenas a força que o impulsionou à conquista. A noite de amor não fora prevista, mas ele sabia que faria sua vida com Isa. Para ela, o amor foi progressivo. No início, era somente a "continuidade das coisas". Em seu discurso, esses dois termos são recorrentes: deixou-se levar pela "correnteza" ou pela "lógica" das "coisas". Enquanto a "continuidade" traduz o movimento natural da vida, onde as "coisas" simplesmente seguem seu rumo, sem rupturas ou choques. "As coisas aconteceram naturalmente, nada me marcou." Em sua trajetória com Tristan, ela se lembra apenas de duas decisões pessoais, duas rupturas. A primeira foi quando eles se distinguiram dos amigos pela amizade especial que tinham um pelo outro. A segunda foi quando Isa decidiu viver com Tristan, seis ou sete meses após a primeira manhã. Ele teria preferido que fosse antes. Mas a "continuidade" precisava de tempo, Isa não queria precipitar as "coisas", ainda mais não sabendo ao certo o que queria com Tristan. Ficou decidido, portanto, que não morariam juntos. "Eu vivia entre dois apartamentos." Esse ritmo de vida começou a ficar cansativo. "É verdade, é complicado você se perguntar todos os dias: o que vou levar para vestir amanhã?" Isa não saberia como voltar atrás. Era necessário, portanto, que oficializasse o avanço de sua vida conjugal. "Fui eu que tomei a decisão", diz ela, orgulhosa desse seu repentino acesso de voluntarismo. Entretanto, foi uma escolha bem ao seu estilo, marcada por um certo comedimento, para evitar uma ruptura insuportável. "Um dia decidi que levaria a metade de minhas coisas para a casa dele."

Terceira Parte

O Casal Está em Jogo na Primeira Manhã

Boas maneiras

"Quando me levantei, horas mais tarde, Tanya já não estava mais na cama. Eram apenas nove horas da manhã. Fui encontrá-la sentada no sofá, com um copo de uísque na mão.

— Puxa, você começa cedo.

— Acordo todos os dias às seis da manhã.

— E eu, sempre ao meio-dia. Acho que vamos ter problemas."

Charles Bukowski, Mulheres

"Ah é, ele é assim?"

O sentimento de estranheza ao acordar causa surpresa. "Ah! O papel de parede marrom e laranja era horrível! Fiquei chocada!" (Juliette na casa de Guillaume). É preciso viver uma manhã fascinante, ou muito comum, para que os objetos fiquem apagados e não entrem repentinamente em cena, como se tivessem pressa em revelar seus segredos. Enigmáticos, mal ou bem-arrumados, feios ou bonitos, são eles que guiarão a dança dos pensamentos, nos brancos de uma conversa.

Geralmente um elemento se destaca do conjunto, podendo obcecar pelos problemas que encerra. Assim que Agathe viu a foto, não pensou em outra coisa. "Ele tinha guardado a foto de uma ex-namorada de três anos. Enquanto a fitava, me perguntei: Quem é essa? Bem, sabia quem era, mas o que ainda fazia ali? Embora não soubesse nada sobre o futuro de nossa relação, fiquei mordida de ciúmes." A foto impediu Agathe de se deixar levar tranquilamente pelos acontecimentos como gostaria. No fundo, estava muito indecisa. "Não sabia se nossa relação iria durar muito tempo." Então, por que aquele ciúme todo? Sua reação diante da foto (não tinha comentado com John) exigia uma maior clareza de suas ideias e projetos. Mas infelizmente seus pensamentos partiam em todos os sentidos (Sou melhor que ela? Por que eles se separaram? Por que não consigo parar de pensar nessa garota?), sem que ela pudesse desviar seu olhar da problemática foto. Um só objeto pode tomar proporções enormes na primeira manhã.

Porém, ele nunca será tão interessante quanto o conjunto dos objetos comuns. Móveis, quadros, tapetes, escovas de dentes, livros, panelas: um mundo de uma estranheza singular, desconhecido sem ser frio nem hostil, mas que apresenta uma certa ambiguidade. O universo silencioso dos objetos familiares revela quem é a pessoa. "Bom, era um quarto repleto de objetos masculinos. Era de estilo inglês, tipicamente masculino, cheio de objetos ecléticos. Dando uma olhada por alto, percebi logo que era uma pessoa que gostava de sair e que estava antenada em tudo" (Agathe). Não se trata de um simples acréscimo de informações secundárias; muitas vezes, os objetos da manhã reformulam profundamente a percepção da véspera. "Não o conhecia muito bem, era a primeira vez que o via em seu contexto habitual. Descobri outra pessoa e por isso tudo mudou para mim" (Agathe). Mas o impacto da surpresa é raro, porque a intimidade dos amantes aproxima os objetos estranhos. O amor (ou a receptividade ao outro) convida a simpatizar com esse mundo insólito. Gostamos dos objetos estranhos antes de compreendê-los.

É mais fácil amar sem compreender que viver sem problemas a divisão da personalidade na primeira manhã. O eu apaixonado é livre, capaz de não se chocar e ser imediatamente outro (mais tarde ele prestará contas com seu eu habitual). Colombine sentiu-se levar "como num filme", totalmente envolta (o eu apaixonado) em cores e fragrâncias exóticas. Logo depois, enquanto seu eu habitual ressurgia lentamente, novas questões invadiam sua mente. A propósito de Franck. Quem era ele realmente, o que os objetos da manhã revelavam a seu respeito? Essa nova faceta de sua personalidade merecia seu amor? Colombine vasculhou o quarto de seu amante. "Os objetos refletem a personalidade de seu dono. Ah é, ele é assim? Tinha estátuas de caratê, monges Shao-Yong, sei lá mais o quê. Eu não conhecia nada daquele mundo. Pensei: mas que bobagem todas essas estátuas!" A princípio, Colombine teve vontade de rir, porque detestava a submissão e os fetiches – grotescos aos seus olhos – dos rituais religiosos. "Não tenho nada contra as pessoas que têm fé, mas acho ridículo venerar alguma coisa." Voltou a observar as estatuetas, mas, desta vez, com um olhar menos crítico. "E, refletindo sobre elas, disse a mim mesma: elas se parecem com ele." Se ela quisesse amar Franck, deveria não apenas aceitar, mas amar essa outra faceta de sua personalidade. Assim como o fio biográfico, a descoberta do outro, por meio dos seus objetos, implica recompor a história pessoal num momento de perturbação e recuperar o que faz sentido. Colombine encontrou o argumento decisivo para operar a ligação entre ela e esse novo universo: a força. "O que mais me atraiu em sua casa foi justamente a força das esculturas asiáticas, dos sabres, de todos aqueles objetos." Com o essencial de sua percepção estabelecido,

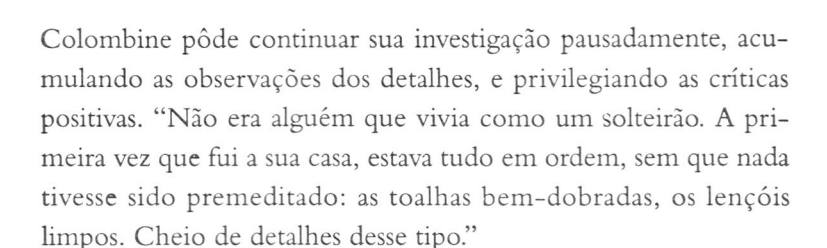

Colombine pôde continuar sua investigação pausadamente, acumulando as observações dos detalhes, e privilegiando as críticas positivas. "Não era alguém que vivia como um solteirão. A primeira vez que fui a sua casa, estava tudo em ordem, sem que nada tivesse sido premeditado: as toalhas bem-dobradas, os lençóis limpos. Cheio de detalhes desse tipo."

"Fiquei um pouco sem jeito"

Colombine estava sozinha na sua primeira manhã, o que facilitou sua inspeção tranquila. "Era uma casa desconhecida, com móveis desconhecidos, com uma comida a que a pessoa não está acostumada. Foi uma descoberta total!" A presença do outro, contudo, acelera o processo de descoberta, exigindo adaptação e subordinação às regras da casa, sem ter muito tempo para observar e refletir. "Fiquei um pouco sem jeito, deixei que abrisse os armários, pegasse as coisas, não queria me servir" (Boris). A ação é prudente, reservada e desajeitada. Por causa da memória dos objetos, o convidado desempenha um papel discreto de figurante. Ainda mais se a família está presente. "Eu me senti mal com toda aquela gente." Mesmo com o calor da família e o conforto da casa, Anna não se sentia à vontade, não sabia como se comportar, preocupada em cometer algum erro. Pois cada objeto é uma armadilha potencial, sua funcionalidade aparente esconde uma cultura precisa e complexa. Somente após três manhãs Vincent compreendeu seu erro. "Eu tinha usado a pia da esquerda, mas soube mais tarde que era a de seu pai. Nós só podíamos usar a da direita: ela, seu irmão e sua mãe. Achei isso estranho, não entendi muito bem."

Sem entrar em reflexões profundas, é preciso, na primeira manhã, desvendar parcialmente os mistérios do lugar e se adaptar aos hábitos do parceiro. Mais uma vez, é o desdobramento que permite essa flexibilidade. Assim como a identidade comum está enraizada em seus hábitos, a ruptura da primeira manhã pode transformar o indivíduo em camaleão. Embora ele esteja inserido no contexto (não é mais "como num filme"), este é paralelo a suas referências habituais que, por algum tempo, permanecem entre parênteses. Anna não estava acostumada com um banho rápido, porém seguiu o ritmo determinado por Éric. Charles-Antoine, que não gosta muito de falar antes do banho, adapta-se a todas as situações. "O que é engraçado é que nessas manhãs pode acontecer de eu tomar café antes do banho. Enquanto em minha casa faço o contrário." Sozinho em casa, Charles-Antoine retoma seus hábitos, que formam sua identidade elementar. Isa também conseguiu desenvolver uma flexibilidade de adaptação graças à divisão. Durante seis ou sete meses, ela não parou de "viajar entre as duas casas" (de Tristan e de seus pais). Duas casas completamente diferentes. "Nunca me senti realmente em casa. E, ainda por cima, ele dizia toda hora 'meu apartamento'. Quando me perguntavam onde eu morava, dizia que era na casa de meus pais." Na casa de Tristan, ela não era a Isa habitual, organizada com suas coisas pessoais. O que a ajudou a aceitar muitas coisas: o ritmo lento de Tristan e o da manhã, os cafés da manhã com macarrão e queijo. Meses depois, quando se mudou para a casa de Tristan, seu olhar havia mudado profundamente. "Quando abri minha mala, quis arrumar as coisas do meu jeito." Mas inúmeros hábitos já haviam sido contraídos no novo espaço conjugal. O desdobramento é um processo ambíguo. Ele opera com flexibilidade porque a descontextualização aparenta ser uma realidade efêmera, externa ao verdadeiro eu. Na realidade, não existe um verdadeiro eu, definitivamente estruturado e armazenado num estoque de identidade. Um novo eu começa a despontar desde os primeiros instantes da primeira manhã. Quanto mais ligeiro, objetivo e frívolo é o acontecimento, mais rápida é a reformulação. É preciso desconfiar da indolência das manhãs de amor.

O *conflito de hábitos*

A forte impressão das manhãs fascinantes, a continuidade das manhãs comuns, ou a divisão de identidade, são elementos que amenizam as dificuldades do cotidiano, evitando o confronto ou o choque entre hábitos diferentes. Fanny descobriu mais tarde o quanto José era diferente dela. Na primeira manhã, nenhum gesto a surpreendera. "José tem uma maneira de viver completamente diferente da minha, mas eu não tinha percebido nada." É difícil, no entanto, analisar *a posteriori*, mergulhar na sutileza contraditória dos pensamentos. Porque muitas vezes, sem que nada surpreenda realmente, percebemos os sinais e anotamos as curiosidades, de passagem. Nada surpreendeu, mas as coisas foram vistas, gravadas e poderão voltar a qualquer momento à consciência. Quando o olhar está mais atento, a reflexão pode agir desde a primeira manhã a propósito de uma atitude ou de um gesto particular. "Não podemos ignorar que acontece muita coisa estranha de manhã. Por exemplo, o número de vezes que fui preparar o café da manhã na casa de alguém. Isso me surpreendeu bastante" (Rodolphe). A ordem ou a desordem, a participação nas atividades domésticas, são um dos motivos mais frequentes que causam surpresa e reflexão instantânea. "Eu não me apaixonei por ele, mas o que ele disse interferiu: eu não poderia viver com uma mulher que precisa ser servida" (Sophie).

O conflito de hábitos causa, de maneira difusa, sensações pouco perceptíveis. Irritação para aquele com hábitos mais rígidos; mau humor para aquele que não se sente à altura. Às vezes, uma tensão, mas que tende a ser episódica e pontual, exceto nas manhãs frustrantes. "Às vezes, nas primeiras manhãs, a gente se atém a determinadas coisas, um pouco ridículas. Todos nós temos defeitos, pequenas exigências e manias." Tristan exemplifica com coisas irrelevantes. Ele não sabe, porém, que Isa ficou chocada ao vê-lo assoar o nariz no banheiro com papel higiênico, um velho hábito seu. Ela não lhe disse nada porque achou um exagero se irritar por uma besteira. Quando as asperezas do cotidiano se manifestam, os parceiros fazem de tudo para ignorá-las e seguir em frente. A verdadeira descoberta das diferenças virá mais tarde, progressivamente, manhã após manhã. O que havia sido visto de soslaio, ou havia provocado uma pequena irritação, pouco a pouco se instala nas relações, cristalizando todos os rancores. "Eu não tinha percebido nada nas primeiras manhãs, é só depois que você nota essas pequenas coisas que irritam." Tristan ressalta que no começo da relação essa descoberta se aparenta mais a um jogo, provocações de natureza lúdica que favorecem as críticas. "Você percebe os defeitos, mas é um jogo, uma provocação." Finalmente, quando o casal está formado, as insatisfações mútuas, exceto em caso de explosão nervosa, são cada vez mais abafadas. Torna-se arriscado e inútil se expressar. Arriscado porque o nervosismo explosivo é comunicativo. Inútil porque o gesto que irrita, de início ignorado, depois considerado como um gracejo, torna-se com o tempo fixação ritual dos desacordos conjugais. Por sua doce e feliz insignificância, as primeiras manhãs escondem o que guardam em segredo.

Em geral, apenas quando as manhãs são frustrantes, existe uma confrontação mais violenta dos hábitos, em outras palavras, a falta de envolvimento favorece uma visão crítica. "Não prestei atenção nas coisas que me irritavam, pois estava completamente apaixonado por ela. Com as outras garotas, foi diferente, me incomodou" (Tristan). Ou em casos bem particulares, como o método desenvolvido por Gildas: ele exagera propositalmente para evitar desavenças futuras. "É bom que a pessoa saiba desde o início que tenho meus costumes. Como estimo que para viver com alguém é preciso ter os mesmos hábitos e os mesmos princípios, tento acentuá-los na primeira manhã." Ou quando as manhãs encerram forças contrárias, como foi o caso para Boris. "É uma manhã feliz, mas apreensiva. Você é autocrítico, mas gosta de estar ali." Angustiado, incomodado, mas feliz e ansioso para viver com Prudence. A divisão de identidade abre brechas ao olhar crítico, às sequências de sensações contrastantes, que se alteram entre tolerância amorosa e irritação. Apesar da franqueza de seus sentimentos, Boris faz uma lista impressionante de todos os detalhes que o tinham incomodado naquela manhã. O rádio. "Não tínhamos o mesmo gosto musical. Era irritante!" E os gatos? "Os gatos! Mesmo numa manhã como essa, ela passou um tempão acariciando os bichos. Nunca pude entender como se pode perder tanto tempo com animais. Isso me deixou muito nervoso." Boris e Prudence ficaram juntos um ano e meio. O choque de hábitos da primeira manhã nunca chegou a ser solucionado.

Entretanto, não devemos concluir que todo conflito inicial seja negativo para o futuro do casal. O resultado depende da dinâmica de evolução do casal e da posição de cada um dos atores.

Embora quisesse assumir sua relação com Prudence, Boris não estava disposto a ceder, e assim seus desacordos apenas se agravaram. Mas esse triste desfecho não é inelutável. Às vezes, o desacordo inicial nasce da grande diferença de hábitos que não pode ser atenuada, como nas primeiras manhãs clássicas. O desejo de transformação pessoal com o intuito de salvar o casal pode produzir milagres. As diferenças são trabalhadas corpo a corpo, numa luta contra si mesmo, contra seu antigo eu. Se o combate pessoal vence, o casal inicia uma trajetória atípica que apaga pouco a pouco o gesto inicial. É o caso da bela história de Franck e Colombine, que, após três anos de vida em comum, sentem que suas irritações se atenuaram. A primeira manhã (primeira manhã juntos, Colombine estava sozinha na manhã precedente), começou, porém, de modo abrupto, com um confronto imediato. Não podemos esquecer que seus sistemas de valores e suas referências de ação eram bem diferentes. Mil coisas passaram pela cabeça de Colombine após a vistoria minuciosa da primeira manhã. Chegou a solucionar o problema delicado das estatuetas religiosas. Mas já com o banheiro foi mais difícil. "O que me surpreendeu foi a quantidade de produtos de beleza que ele tinha. Não acreditei. Havia produtos para tratamento de pele, para cabelos, e, além do mais, eram todos de marca. Na hora pensei que ele morasse com alguém. Porque sua aparência rude não combinava com aqueles produtos. Fiquei apavorada, não sabia o que fazer. Eu passo um creme no rosto e olhe lá, não sou nem um pouco vaidosa. Realmente aquilo tudo me assustou." Mas ela conseguiu amenizar sua perturbação, ao tocar os produtos. Na manhã seguinte (verdadeira primeira manhã conjugal), a descoberta das diferenças foi mais marcante: o confronto foi repentino e brutal. "Ele se levantou, disso me lembro bem! Ele me olhou e disse: 'Nunca vi meu apartamento tão desarrumado!' Eu disse: 'Ah é?', brincando. Mas ele continuou: 'Como você faz para deixar essa zona, roupas para todos os lados...' Fiquei louca! Tive vontade de dizer: 'Abra, respire, viva, solte-se!' Ele encontrou num canto qualquer o que queria, enquanto eu continuava a desfrutar daquela bagunça. Pensei: como vamos fazer, se não consigo arrumar minhas coisas?" Seu destino conjugal definia-se naquele instante, quando Colombine decidiu, por amor, lutar contra si mesma, discretamente amparada por Franck. "Pensei: mesmo assim, preciso agir, dar o primeiro passo, fazer um sacrifício (já começava?). Que saco! Não tínhamos nada em comum! Não sei como pude, é isso que é fantástico. Durante um mês, fui muito desordeira, sem me dar conta. Ele foi reticente, mas me deixou viver, ele seguia meu caminho."

"Isso significa trabalho"

A primeira manhã não tem a simplicidade que aparenta, é apenas uma ilusão. A anomia, por exemplo, dá uma impressão de vazio, enquanto resulta de um excesso, de um conflito de definições incoerentes. O que é o outro: amigo de passagem ou futuro companheiro? Como lidar com o choque de hábitos, ocultando as contradições? Privilegiando o antigo eu (como Gildas ou Boris)? Entregando-se de corpo e alma à nova identidade conjugal (como Colombine)? Todas essas reflexões e adequações implícitas são estabelecidas sem consciência do considerável impacto que terão no futuro conjugal, e na urgência da ação imediata. O que não impede que as observações sejam precisas; tal gesto flagrado, tal frase gravada com precisão. É puro engano. Porque esse trabalho minucioso aplica-se a comportamentos e expressões calculadas e artificiais. Enquanto a observação mútua dos menores detalhes pode ser crucial para o futuro, os dois atores-observadores encenam atitudes falsas que enganam um ao outro a respeito de suas verdadeiras motivações. Nada é simples na primeira manhã.

Por que tal falsidade, se a primeira manhã é apenas sonho de inocência e naturalidade? Por milhares de razões legítimas.

Quando a primeira manhã não é frustrante, ela está envolta em amor, ternura e delicadeza. Seria no mínimo paradoxal querer ser você mesmo, com seus defeitos habituais, enquanto a única vontade é ser amável e agradar ao outro. Há um esforço mútuo em não ser rude e mal-educado. Rodolphe, que inventa a desculpa dos croissants para fugir, sabe do que está falando: "Se não foi bom, vou ser apenas mais frio. Se gostei, vou fazer de tudo para agradecer a pessoa com quem passei um momento especial." Ele é bem capaz de se mostrar atencioso, generoso e sedutor. "No início, você procura se esmerar, evitar certos hábitos, provocar um efeito de surpresa. Tudo é uma questão de sedução." Porque seduzir pode levar a estratégias artificiais e falsas, raramente apropriadas à primeira manhã. Mas, nesse momento, a sedução é mais honesta, pois o desejo é ser atencioso e agradável com o parceiro. Colombine, sem dúvida impressionada com a quantidade de produtos de beleza de Franck, ficou muito tempo no banheiro (ela que se veste num piscar de olhos) para escolher a camisa ideal. "Eu quis ficar bonita para ele." Virginie explica como o desejo de seduzir quando se está apaixonado pode causar embaraços. Ao contrário, como ela não queria se envolver com Raoul, ficou à vontade, foi mais sincera do que quando estava com Léopold. O que não a impediu de se mostrar sob uma luz favorável em alguns momentos. "Fiz algumas coisas para agradar."

A primeira manhã, colocando de lado o amor, é um *tête-à-tête* (muito próximo) entre dois seres que seguem as regras de todo *tête-à-tête*, cujo princípio essencial é passar uma boa imagem de si mesmo [Goffman, 1974], principalmente quando se está com um desconhecido. Em toda interação, cada um procura mostrar uma aparência que corresponda à expectativa, e o melhor de si quando o outro tem uma certa importância em sua vida. "Você está atento a tudo o que faz" (Rodolphe). "Você se esforça" (Virginie). "Você não quer decepcionar, procura mostrar o melhor de si" (Tristan). "Não costumo falar de manhã. Porém, nessa ocasião, me esforço um pouco. Prendo-me à imagem que dou" (Gildas). Uma atenção particular é dada à arrumação da casa. "Não quis deixar nada fora do lugar" (Fanny). Se arrumamos a casa para uma visita comum, como não imaginar uma grande faxina para o convidado que vai penetrar nos recantos mais íntimos de nossa casa? Charles-Antoine é um daqueles que limpam de cabo a rabo sua casa quando prevê alguma noite de amor. Quanto a Aglaé, ela calculou mal com Vincent. "Como ela sabia que eu viria, tinha deixado tudo arrumado. Mas, quando nosso encontro não estava previsto, eu encontrava sua casa de pernas para o ar."

Mesmo quando a noite é improvisada e impera a desordem habitual, é impossível ser você mesmo. Porque a particularidade da situação leva a inventar respostas adaptadas, nesse ambiente diferente, estranho-familiar, sob o olhar do outro. "Mesmo se nos sentimos bem, não somos exatamente os mesmos, nem fazemos as mesmas coisas" (Virginie). "Você acorda, mas não está sozinha: isso significa trabalho" (Fanny). É preciso (sem ter muita consciência) tomar inúmeras decisões: encontrar uma adequação entre hábitos diferentes, estabelecer um *modus vivendi* a dois que permita que cada um seja ele mesmo. Enfim, como bem coloca Fanny, organizar os elementos que estão em jogo. Uma empresa delicada quando as questões conjugais são importantes, pois a intensidade emocional nesse caso costuma levar a ações impulsivas.

O caso de Colombine é exemplar. Chocada por Franck ter chamado sua atenção, decidiu se esforçar para evitar uma separação precoce e desastrosa. Era evidente que o *modus vivendi* entre ela e Franck deveria passar por uma reforma rápida e radical dos conceitos de limpeza. Movida por um impulso irresistível, ela começou a lavar a louça do café da manhã. Mas se sentiu estranha em seu próprio corpo, como se quisesse ir além de suas possibilidades. "É uma coisa que acontece naturalmente e nos leva a reagir. Por exemplo, fui lavar a louça, mas, com a emoção daquela manhã, deixei cair tudo. Cada gesto revela o que sentimos, a maneira de tomarmos café, andarmos, nos expressarmos." Ela não se reconheceria em seus movimentos descontínuos, eles pertenciam a outra Colombine.

"Meu Deus, o que vou fazer?"

A angústia amorosa havia perturbado sua personalidade em sua base mais elementar. É o medo novamente. O que causa embaraço na primeira manhã. O que leva a se inventar outra pessoa para não decepcionar. Quanto maior a angústia matinal, mais artificial é o comportamento.

Diversos motivos geram angústia. O medo de não estar à altura, de se sentir incompetente ou intimidado pela outra pessoa (por sua desinibição, seus hábitos de limpeza, sua cultura). Gildas é particularmente sensível a essa angústia. "A maioria das minhas primeiras manhãs foi marcada pela descoberta da pessoa, com toda a angústia que isso traz. Geralmente, na primeira manhã, eu sou outra pessoa." Sobretudo quando ele se sente em posição inferior. Quando o convidado é reprovado no teste do café da manhã, Gildas retoma suas referências habituais (ele volta a ser ele mesmo), e inventa táticas para expulsar o inoportuno, movido por uma irritação que toma conta de seu ser. Quando, pelo contrário, o candidato é brilhante, a angústia substitui a irritação, incitando-o a criar um personagem. Felizmente, ele tornou-se mestre na arte de sua própria representação. "Mesmo quando estou impressionado com a pessoa, sou um ótimo ator, represento muito bem o papel de estar seguro de mim."

Um segundo motivo de angústia é ainda mais surpreendente: o amor. Quanto maior o desejo de compromisso amoroso, mais o medo se faz presente, o que é compreensível. Mas as consequências são mais complexas: o apaixonado tímido é mais propenso a criar uma falsa aparência; ele pode se salvar desse paradoxo apenas se o amor for mútuo. À menor diferença de posição, ou à menor dúvida, o apaixonado, que normalmente aspira aos mais puros sentimentos, mergulha em cálculos infindos para construir uma imagem de si que corresponda às expectativas. Boris apresenta um defeito logo de início: o medo o perturba, seja como for sua manhã. "Tenho vergonha de meu corpo... sou o primeiro a levantar para poder solucionar esse problema." Ele "soluciona" o problema avaliando e calculando seu comportamento. Principalmente quando está apaixonado e deseja assumir um compromisso sério. "Se você quer que dure, é pior ainda. Porque sabe que falta um longo caminho para completar o processo de sedução. Há coisas que não devem ser mostradas." Com Prudence, por exemplo, apesar dos inconvenientes (os odores, o rádio, os gatos), o que estava em jogo era o seu amor. O controle minucioso de cada gesto não lhe deixou um minuto em paz. "Dormi pouco aquela noite, tinha medo de roncar, sendo que normalmente eu não ronco."

A angústia que provoca a encenação é ainda maior quando a manhã é compartilhada com a família. Novamente é preciso estar à altura. "Pensei que, se eles me vissem pela primeira vez no estado em que estava, ia ser um desastre. Porque para mim é a primeira imagem que fica. Se eu tivesse me encontrado com eles, não teria voltado nunca mais" (Vincent). É preciso não só estar à altura e passar uma boa imagem, mas também passar aquela que corresponda à imagem esperada. Tal exercício se aparenta à quadratura do círculo. Já era impossível definir um papel claro no *tête-à-tête* (hesitações sobre a natureza da relação, conflitos de comportamento), e evitar a indecisão anômica. Ser apresentado à família implica não somente súbitos esclarecimentos de sua vida, como também a encenação de um novo papel (educação e compostura) pouco compatível com a atmosfera mais solta do *tête-à-tête*. "Estava com medo. Meu Deus, o que vou dizer? O que vou fazer?" (Anna). Em realidade, é com a visão prévia da representação que a angústia chega ao extremo. Porque, durante a ação, os problemas são logo dissipados. "Pelo contrário, foi agradável, eu não era o centro das atenções. Eles conversavam normalmente. Eu estava um pouco ansiosa, mas ao mesmo tempo aliviada! Parece simples na hora, mas foi muito complicado antes" (Anna).

"Você representa um papel"

De manhã portanto, cada um dos parceiros, mesmo que esteja realmente apaixonado (principalmente se está realmente apaixonado), mesmo que tenha se entregado de corpo e alma no aconchego da cama, desempenha um papel previamente calculado. Torna-se ator e roteirista de sua própria vida, que começa a apresentar as deformações que foram gravadas. "É evidente, não é natural, você representa um papel" (Gildas).

As encenações do início se limitam a evitar erros e embaraços, a controlar os gestos. "Eu prestava mais atenção no que fazia" (Fanny). "Na primeira manhã, você procura ter tato. Porque, se você faz algum gesto que desagrada, dois anos depois, você nem percebe mais" (Tristan). Os protagonistas sabem que estão sendo observados. Eles examinam os prós e os contras, pensam antes de dizer algo, dando a impressão de sentirem o que está em jogo. "Não somos espontâneos. Eu falo sozinha, por exemplo. Mas não vou fazer isso com alguém, presto atenção no que vou dizer" (Virginie). Não estamos diante de uma nova contradição? Vimos que o ambiente das primeiras manhãs era marcado por uma alegria desenfreada. Os parceiros, leves e despreocupados, brincam como crianças. Com efeito, os dois elementos – o natural e a encenação – estão presentes e intimamente ligados. Colombine é ao mesmo tempo aquela que com a maior naturalidade convence Franck a sair nu pela rua e aquela que, por insegurança, não consegue lavar a louça sem deixar cair um copo. A primeira manhã é um emaranhado de contradições. "É estranho porque... você desatina completamente... Bom, às vezes é para acabar com o mal-estar. Mas, às vezes, você desatina sem intenção alguma, como uma criança: você se sente livre, tolo e feliz, sem pensar em nada. E, ao mesmo tempo, é engraçado, porque você está atento, faz pose, não age com naturalidade. Você está sob sua própria vigilância" (Gérard).

Mas o papel de cada um não se limita a evitar erros ou a se controlar. É preciso também desenvolver estratégias delicadas, imaginar um enredo preciso. Colocar em prática a organização da qual fala Fanny, adivinhar as expectativas do outro para tentar corresponder, definir atitudes suscetíveis de agradá-lo. "O que poderia fazer para impressioná-lo? Para passarmos um dia maravilhoso?

Como devo me comportar? Devo ser calma? Agitada? Devo falar a meu respeito? Devo fazer perguntas?" (Agathe). Dessa forma, é difícil manter a espontaneidade por muito tempo. As brincadeiras contínuas esmorecem após um determinado tempo. Outros momentos implicam uma reflexão preliminar, inclusive para os gestos corriqueiros. É necessário tempo para elaboração do papel a ser representado, principalmente nas cenas menos íntimas, como a do café da manhã ou do primeiro contato com a família. "O que iria dizer aos seus pais saindo do quarto? Como deveria cumprimentá-los? Dando-lhes a mão ou um beijo?" (Anna). É comum que ações mais íntimas sejam também objeto de definições predeterminadas. "Pensei: Que farei depois? Vou segurar suas mãos? Vou poder beijá-la na boca quando for me despedir?" (Boris). Tais pensamentos (que se manifestam por impulsos momentâneos) são inevitáveis em razão da anomia que proíbe que o comportamento pertença a um contexto estável. O futuro não está escrito, ele está em jogo justamente na hora das decisões mais ínfimas. Surge, portanto, um novo estranhamento dessas manhãs tão lúdicas e doces, uma impressão de cansaço mental (agravada pela insônia). Agathe fala desse cansaço referindo-se ao momento da conversa: "Como falar de coisas que não sejam banais? É muito cansativo!"

Colombine não tinha pensado antes de se lançar com impetuosidade à cozinha para lavar a louça. Ou melhor, ela tinha pensado sobre a questão da diferença entre ela e seu parceiro em relação aos assuntos domésticos, e da necessidade de mudar seu comportamento. O impulso em direção à pia não tinha sido premeditado. Ela fora movida por uma evidência, apenas seu corpo guiando seus passos. "É algo mais forte que você, sem pensar, você já está agindo." Somente nesse estado ela pôde perceber que desempenhava um papel diferente do habitual. O papel habitual perde sua exterioridade, criando a facilidade e a liberdade de ação [Kaufmann, 1995]. Colombine, ao contrário, sentia-se distante desse novo papel, embora não o tivesse elaborado antes. A divisão de identidade, tão característica da primeira manhã, colabora para o processo de encenação, reformulando a identidade de cada um. Sem ter elaborado previamente, sem ter escrito tal parte do roteiro, o indivíduo desempenha novos papéis, que se tornarão familiares, e nos quais pode se sentir bem ou mal (mal para Colombine). "Se estivesse sozinho, teria lavado minha xícara. Mas, naquele dia, deixei para depois" (Pierre). Desvio de hábito sem consequências? Pelo contrário. Uma nova regra de ação pode se impor rapidamente a partir do momento em que o encadeamento dos gestos é fluido e inevitável. "Naquela manhã, tirei a mesa e lavei a louça. Achei normal. Mas, em minha casa, espero mais ou menos uma hora." Sua antiga referência foi se limitando ao longo do tempo. Há três anos, ele vive com Aglaé. O que havia considerado normal na primeira manhã tornou-se um hábito.

"Podemos peidar na primeira manhã?"

A reflexão permanente, a elaboração dos papéis e a importância das aparências têm algo de insuportável na primeira manhã. Tristan nos explicou (a respeito do aconchego da cama) que talvez em nenhum outro momento da manhã a comunhão íntima seja tão intensa e sincera. Nesse intervalo insólito, entre o ardor do sexo e a frieza da vida cotidiana, os dois personagens se veem mais nus que nunca, em suas existências mais despojadas. Que importância tem o silêncio ou a banalidade das palavras pronunciadas?

Há mensagens mais fortes que revelam o desejo de ser o mais sincero possível com o outro. Os dois tiram suas máscaras. Não é possível alcançar estado de graça nem encantamento, sem essa sensação de franqueza profunda. É por isso que nesse momento a sedução é mais honesta que de costume. Mas também vimos (sobretudo quando o medo aflige) que esse desejo de sedução pode levar o indivíduo a multiplicar os artifícios e inventar outro ser. Pode nascer, portanto, uma reação contra a prudência, o controle exagerado e a falsa aparência. Para o inferno os cálculos e as reservas! O desejo é ser verdadeiro e natural.

Mas até onde vai a naturalidade e a franqueza do ser humano? Não há certos limites? Assunto polêmico que já foi tratado neste livro, a propósito do banheiro. Estamos diante de uma questão semelhante, mas dessa vez limitada à expulsão de gases, que pode ocorrer em qualquer parte da casa, inclusive na cama. Daí o alcance dessa questão mais precisa. "Podemos peidar na primeira manhã? Eis a questão." Walter parece não levar a sério o que disse. Mas ele sabe muito bem que essa questão, a princípio engraçada, esconde um tema concreto e importante. O peido que deu ao acordar foi claro e sonoro. Diana pulou da cama, enfurecida. "Ela me xingou de todos os nomes: 'Isso não é possível! Você é completamente louco!' Eu comecei a rir, pois não havia motivos para tanto drama." Na primeira manhã de Walter, o futuro do casal estava em aberto. Não sabiam se voltariam a se ver. Esse contexto explica a grande liberdade que tiveram na discussão. Uma polêmica violenta, cada um defendendo sua opinião. "Poderia ter sido muito engraçado, era um verdadeiro debate filosófico, sobre a liberdade, e tudo o mais... pelados em volta da cama. Mas ela não achava a mínima graça. Mais tarde, percebi a gravidade da questão.

Se você me perguntasse hoje, não saberia o que responder. Acho que o melhor é não ter vontade de peidar."

Discussões como essa são muito raras. Normalmente, o assunto em questão limita-se a frases breves e embaraçosas ou a silêncios carregados de subentendidos. Trata-se também de um acontecimento excepcional, que se produz mais por inadvertência. Pois, em regra geral, evitam-se licenças desse tipo na primeira manhã. "Os homens arrotam e tudo o mais, sem problema. Sei que ele se controlava e isso era muito bom. Ele era muito atento a esse tipo de coisas. Bom, não digo que depois de cinco meses..." (Colombine). Não é tanto o fato em si (raro), mas a hipótese de sua manifestação que é interessante do ponto de vista do direito matinal. O desejo de liberdade e naturalidade, que dificilmente se liberta das obrigações do contexto anômico (menos nas cenas mais carnavalescas), encontra mais rapidamente seus limites.

O problema será visto mais tarde, na continuação da história conjugal. Tristan elaborou (como para o aconchego da cama) uma teoria sólida. "No começo, você toma alguns cuidados porque deseja manter uma certa beleza na relação. Mas não pode durar muito tempo. Caso contrário, não há cumplicidade. Você não vai ficar à vontade, se estiver sempre atento a isso. Agora sou espontâneo, damos risada se tenho vontade de soltar na cama..." Tristan resolveu o problema radicalmente: peidar à vontade indica autenticidade conjugal. Ele até se queixa das privações iniciais da primeira manhã. "O ideal seria ignorar desde o começo." Ele defende o casal que busca a plenitude e o conforto pessoais, o que representa uma forte tendência na evolução do comportamento atual. Mas existe uma tendência contraditória, que foi totalmente inculcada no homem: a vontade de respeitar o parceiro, a recusa de abandonar as atitudes sedutoras, até mesmo a educação elementar [de Singly, 2000]. Contrariamente ao que Tristan afirma, a questão do peido é uma das mais espinhosas nos casais estabelecidos (parece, aliás, que Isa não é uma adepta entusiasta da teoria da liberdade natural). Mesmo que seja um debate raro, os conflitos de opinião operam em segredo. Basta que abusem dos peidos para que haja indignação. "Depende do motivo. Mas Fernand exagerou naquela manhã" (Marlène). Na primeira manhã, o olhar crítico e o auto-controle estão em seu auge. As efusões encantadoras ou os delírios carnavalescos não devem enganar: estamos em alerta nas primeiras manhãs.

"Descobrir outra pessoa"

Ser você mesmo, livre e natural? Quem somos realmente na primeira manhã? A discussão sobre as falsas aparências e a verdade biográfica é falseada pelo desdobramento da identidade, que muda a situação ao alterar as referências habituais: identificamo-nos mais com o antigo ou com o novo eu? O ideal de autenticidade pode causar danos ou benefícios. Vamos tentar esclarecer essa questão complexa.

Para tal fim, é preciso ressaltar desde o início a diversidade de compromissos na trajetória conjugal após a primeira manhã: há diversos modos de engrenar uma vida a dois. Somente um elemento permanece constante: a mudança de identidade pessoal. Em compensação, os procedimentos que permitem essa transformação de identidade são múltiplos. Vimos, por exemplo, nas manhãs encantadas, o método da impressão. Pela força da nova forma de socialização, a pessoa se esquece imediatamente do seu antigo eu (talvez ela se contente em deixá-lo provisoriamente entre parênteses, graças à divisão) para apegar-se às novas referências com uma desenvoltura "natural" que a encanta. Nem todos conhecem manhãs encantadas. Ao que outras pessoas dirão "graças a Deus", pois preferem ter o futuro em suas próprias mãos. Entretanto, existe outro procedimento para todos os excluídos ou adversários da magia matinal, ou para aqueles que a utilizam em doses homeopáticas. Consiste em procurar ser outra pessoa, correndo o risco de produzir efeitos superficiais, multiplicar as poses e entrar em cálculos minuciosos de encenação. O paradoxo está no fato de que toda essa mentira pode gerar uma nova verdade individual que penetra na vida do casal. Pela magia da divisão, o falso transforma-se em verdadeiro, sem que a pessoa tenha sempre consciência.

As fases elementares do processo ajudam a compreendê-lo melhor, apesar de seu aspecto surpreendente para quem está habituado a pensar que a identidade é um bloco. O esforço sobre si próprio significa ser mais atento e gentil do que de costume, atencioso, afetuoso, generoso. Evitar o mau humor matinal. Estar disponível para tirar a mesa. Escolher palavras carinhosas. Guardar para si as críticas. Ser alegre. "Tentei fazê-la rir, falar bastante, ficar à vontade" (Tristan). Ora, essa disposição (que não corresponde às atitudes comuns) tende a ser contagiante, a desencadear comportamentos análogos de ambas as partes, a introduzir os parceiros num círculo virtuoso. Tristan conclui: "Você procura mostrar o melhor de si." Embora sejam eles mesmos, cada um dos parceiros esconde sua face obscura para oferecer o mais estimável de si mesmo. Em teoria sem mentir, pois esse lado positivo é verdadeiro, embora não seja tudo.

Antes de continuar, Tristan reflete com grande honestidade e precisão de análise. "Você procura mostrar o melhor... o melhor daquilo que agrada à pessoa." A pequena variante linguística introduz uma dimensão totalmente nova: o desvio de identidade. A pessoa não mostra o melhor de si de modo abstrato e universal. Ela investiga para saber o que poderia agradar e ser apreciado, mas nem sempre tem êxito em suas buscas. Ela recorrerá, portanto, a mentiras, ou melhor, à invenção de aparências, nem falsas nem verdadeiras: ela exagera, reformulando identidades que guarda em si mesma. Mas também aventura-se em representações novas, em puras invenções de si mesma, encontrando nelas familiaridade e uma nova realidade. A mentira, se existe, vai durar o tempo de transição entre duas verdades.

Instantes depois, Tristan detalha um pouco mais sua frase, colocando os pingos nos is. "Você tenta mostrar o que mais agrada à pessoa. Você sabe perfeitamente o que lhe agradou, portanto sua vontade é passar essa imagem, mesmo que não corresponda a você." Essa imagem acaba por se imprimir na realidade. Primeiro pelo exterior, pelos hábitos expostos, enquanto o indivíduo esconde outra realidade em seu âmago. Tristan encontra-se exatamente nesse ponto no que diz respeito aos seus hábitos de lazer. Ao constatar que ele e Isa não tinham a mesma opinião sobre o assunto, ele lutou contra a parte mais indócil de si mesmo, não somente para sair, mas para dar a impressão de que o fazia naturalmente. Ainda hoje, ele "continua do mesmo jeito, embora, às vezes, não tenha a mínima vontade de sair. Eu me esforçava porque sabia que ela gostava desse estilo de vida". Após três anos de luta, o antigo eu não desapareceu por completo, apenas adormeceu, podendo, a qualquer momento, despertar em outro contexto. Mas, por enquanto, Tristan adquiriu o hábito de sair bastante, sem muito sacrifício. O que no começo não passava de uma aparência transformou-se num fundamento quase natural de sua ação.

A imagem que se mostra, mesmo que pareça artificial, pode ser uma proteção em forma de máscara, ou um instrumento de renovação de identidade, permitindo que o antigo eu entre na aventura conjugal. As referências habituais são arriscadas nessas manhãs. Podemos constatar esse fato com Tristan e Isa a respeito da desinibição. A desinibição é um fator essencial de êxito nas manhãs amorosas. O mal-estar nasce da inadequação entre o eu e o contexto, da falta de adesão a uma situação [Kaufmann, 1995]. Portanto, é necessário que os gestos sejam mais espontâneos, para evitar manhãs frustrantes. É o que, aliás, explica os risos frequentes e as brincadeiras: quando não se podem eliminar os motivos de irritação e angústia, é aconselhável relaxar por alguns momentos. Cada um, segundo seu passado familiar, traz consigo qualidades ou defeitos nesse campo. Antes da noite de amor, Tristan pensou que Isa fosse uma pessoa mais tímida. "Eu a conhecia, sabia que era tímida e que eu precisava me esforçar muito para deixá-la à vontade." Ele mesmo se sentia mais nervoso que de costume. Ele reconhece seu estresse. "Na primeira manhã, fiquei muito nervoso. Sexualmente não foi uma das melhores vezes, mas procurei compensar no dia seguinte de outra forma." Alguns dias depois, preparando-se para o pior, previu multiplicar seus esforços para falar e rir. Hoje em dia, ele percebe o quanto exagerou em suas precauções. Tinha se enganado a respeito de Isa. "De fato me enganei: as manhãs revelam uma pessoa diferente daquela que imaginamos. Isa não era aquela pessoa que eu tinha imaginado. Principalmente em relação a seu lado desinibido e dinâmico."

Não ficaremos surpresos em saber que Isa, mais uma vez, conta uma história totalmente diferente: Tristan não havia se enganado. Ela ficou nervosa e com medo somente à ideia de não se sentir bem (porque eram amigos há muito tempo). Mas Tristan não a deixou exprimir sua angústia interior. Ele dominava a cena, falando e brincando sem parar (nesse ponto os dois relatos coincidem), mostrando um desembaraço natural (sabemos que era uma encenação). Para estar à altura, Isa entrou em cena, representando ser natural em seus novos gestos forçados. Como não estava segura em seu papel, receou ser pega em flagrante delito de simulação. Ela também se enganava. Tanto um quanto outro acreditaram em suas encenações. A primeira manhã revela uma pessoa diferente, como diz Tristan. Mas não como se imagina. Ela não a revela como verdade profunda, enfim livre de máscaras. Ela a fabrica durante a própria manhã com os instrumentos disponíveis. Pelo trabalho intenso e sutil dos dois protagonistas que podem transformar as aparências provisórias em nova realidade. A futura identidade pessoal, que talvez amadureça com o casal, não é predefinida; o futuro não está escrito, e a identidade é particularmente maleável em tais circunstâncias. As representações da primeira manhã, inclusive quando são mais ou menos falsas, são decisivas.

A boa distância

Se os parceiros soubessem tudo o que se decide e como eles comprometem seu futuro nessa manhã! Sem parecer refletir, eles fazem um número de escolhas extraordinárias, segundo parâmetros variados: o modo de se comportar, o grau de compromisso conjugal, e ainda milhares de outras coisas. Vejamos, para terminar, mais um ajuste que realizam: o acerto da boa distância.

A dúvida existe, de modo epidérmico, desde o aconchego da cama: até onde podemos ir com beijos e abraços? A pessoa que é carinhosa nunca se questiona. Além disso, não percebe que está exagerando. "Precisava acariciar, beijar, tocar seu corpo. Estava até me sentindo um grude" (Erika). O problema surge quando o outro começa a se sentir sufocado. "Eu me sentia encurralado, preso. Nessa hora você pensa: Mas o que é isso, o que eu fiz para chegar aqui? O pior é que você não pode dizer que não gosta, não tem coragem de sair dessa" (Walter). Ele é obrigado, portanto, a inventar uma desculpa para se distanciar: necessidade urgente de ir ao banheiro, ou, para o esbelto galã, buscar croissants para sua bela. Às vezes, bastam pequenos gestos para indicar a vontade de se separar por alguns instantes. Mas são de uma sutileza extrema. Porque, por menores que sejam, podem ser considerados como uma marca de rejeição, e até mesmo como um sinal de que é inútil esperar uma segunda manhã. Vivemos na ilusão de que os apaixonados se entendem nesse campo. Isso é falso. "Você não sabe muito bem se deve abraçá-la, se ela vai gostar ou não. Você não sabe mesmo, não sabe o quanto aquele momento é importante para ela" (Boris). O acordo sobre a boa distância intervém apenas em alguns momentos, por tentativas ou simples acasos. Mas, a maior parte do tempo, os parceiros devem controlar uma discordância mais ou menos importante, que muda constantemente.

A distância ideal varia de um indivíduo para outro; o encontro entre um indivíduo grudento e outro independente costuma gerar um combate silencioso e implacável. Mas o importante a ressaltar inicialmente é a extrema variação dessa referência para cada um, que evolui num ritmo equilibrado e molda-se aos mais diversos espaços. "É engraçado esse negócio de distância, porque você está ali para ficar colado a ela. E, de repente, você percebe que está exagerando" (Walter). Colombine desde o começo foi muito agarrada com Franck. Ela sofreu com sua frieza quando o encheu de beijos pela manhã. Entretanto, ela mesma (em outro momento) sentiu um ritmo alternativo. "Nossa tendência é nos distanciarmos quando as carícias são mais íntimas." Ela continua: "porque penetram em você", frase que não deve deixar ambiguidades: ela não está se referindo ao sexo, mas à sua própria personalidade, à sua vida em plena agitação. A necessidade de distância é uma reação legítima de reconstituição de identidade. Mas esse retorno a si provocou remorsos em Colombine. "Você teve o que queria e de repente não quer mais. É difícil, você fica na dúvida." Não seria um sinal revelador das falhas de seu amor por Franck? As variações da boa distância, delicadas para o novo casal, também o são em nível estritamente individual. Na cama, devemos agir com precisão, cautela e diplomacia. Saber ficar colado quando se pensa em liberdade, ou se distanciar quando a excitação é incontrolável. Logo ao sair da cama, os espaços do apartamento oferecem mais liberdade, principalmente o banheiro. Os caminhos aparentemente funcionais permitem ajustar as variações do desejo de distância. "Foi por isso que fui tomar um banho. Foi uma ótima ideia! Mas logo tive vontade de voltar para a cama para ficar com ele." Uma grande confusão na cabeça de Agathe: a exigência de isolamento lhe pareceu inevitável, mas alguns momentos de solidão foram o bastante para que sentisse falta de John. Claro que o banheiro não era muito atrativo (simplicidade, chuveiro muito curto, água fria, toalha suja). Sem dúvida a razão era outra: seu breve afastamento permitiu-lhe calcular melhor seu desejo de proximidade. Esses momentos também ajudam o outro a retomar sua respiração pessoal. "Enquanto ele vai tomar banho, tenho tempo para arrumar as coisas, fumar meu cigarro tranquilamente. Preciso desse momento de calma" (Gildas). Os significados da distância, entretanto, são muitos: nova complexidade.

Gildas precisa estar tranquilo para arrumar a casa à sua moda, sem a presença de olhares estranhos, precisa libertar-se do peso da vigilância mútua, como uma descompressão após o esforço físico e mental. Aproveita igualmente para refletir sobre a experiência do momento e o hipotético futuro da nova relação. E assim, após um breve solilóquio no banheiro sobre a horrenda cueca de Julien, decidiu romper imediatamente o relacionamento. Ele sentiu mais do que nunca a necessidade de se isolar; as sensações mais concretas e físicas estão intimamente relacionadas ao grau de comprometimento desejado. A recusa do contato físico, a vontade de distância desde o aconchego da cama são com frequência sinais de reserva. Todavia, não existe nenhuma correlação mecânica. E muitas vezes a reserva é apenas pontual, concreta e provisória. Uma pequena distância momentânea pode ser a respiração necessária para um envolvimento posterior mais significativo. Forçar a proximidade pode ocasionar efeito contrário ao que se procura: a respiração individual será mais forte e descompassada, mesclada de certa insatisfação.

"Estava colada a ele"

Decifrar o significado exato da distância na primeira manhã é um exercício bastante difícil, embora esteja intimamente ligada ao desejo de compromisso. A maior dificuldade provém de sua relação com um elemento de natureza muito diferente: a estrutura da personalidade. Há pessoas grudentas, expansivas, absorvedoras, e não apenas no campo das relações amorosas. Elas se exprimem e vivem bem apenas interagindo de modo íntimo e permanente com o meio social. Em particular, numa experiência tão íntima como a da primeira manhã. Há pessoas mais independentes, fechadas, seletivas, que se entregam somente quando sua intimidade é preservada. De acordo com o tipo de pessoa, a distância não tem o mesmo significado. Enquanto para uns ela é sinal de frieza e fracasso amoroso, para outros ela é recolhimento. Coro de vozes dos grudentos. "Ficar sozinha, nem pensar! Eu só estava bem com ele. Era até um exagero; estávamos sempre juntos" (Gabrielle); "Não tinha vontade de ficar sozinha, queria ficar com Éric" (Anna); "Eu estava colada a ele, não o deixava nunca" (Erika). Resposta dos independentes: "O importante é manter uma certa independência. Não quero uma relação que sufoca" (Pierre); "Devemos dar o mínimo de liberdade ao outro. Não gosto de gente grudenta. Com a holandesa era ótimo, tínhamos a distância ideal ao acordar" (Charles-Antoine). Aliás, o relacionamento com ela durou mais que com suas outras parceiras justamente porque ela respeitava seu espaço íntimo. A distância nem sempre significa uma recusa de envolvimento.

É impossível esclarecer essa confusão no fogo (brando) da ação. Cada um interpreta os fatos como melhor lhe parece, aproveitando sua complexidade para escolher os argumentos que lhe convêm, com reviravoltas mentais surpreendentes. Pierre ficou surpreso por se sentir tão bem ao lado de Marinette, no aconchego da cama. Pensou furtivamente numa futura ligação conjugal. "Tinha duas coisas na cabeça: o prazer do momento e o medo de ela se apegar demais." Ele não queria que a relação fosse sufocante, impedindo que ele desse seus passos sozinho. Com o passar do tempo, a proximidade do casal foi se tornando cada vez mais desagradável. Pode acontecer de longas trajetórias biográficas serem perturbadas por microacontecimentos. A primeira manhã faz parte de um encadeamento no qual grandes tendências estruturais e pequenos fragmentos de vida, ao acaso de seu encontro, podem ter o mesmo peso no que será decidido. Às vezes, um só fragmento pode perturbar toda uma existência.

A sequência dos acontecimentos

"Depois ficaram deitados lado a lado no sofá, nus e exaustos. Já tinha escurecido. Ele perguntou onde ela morava, pois queria levá-la de carro. Ela respondeu sem graça que iria procurar um hotel e que havia deixado sua mala num depósito de bagagem.

Ainda na véspera, ele temia que ela viesse lhe oferecer toda a sua vida, se a convidasse para viver em Praga. Agora, ao ouvi-la anunciando-lhe que sua mala estava num depósito de bagagem, ele pensou que ela havia colocado sua vida nessa mala e que a tinha depositado na estação antes de lhe oferecer.

Entrou com ela no carro estacionado em frente ao prédio, foi à estação, retirou a mala (ela era grande e terrivelmente pesada) e levou-a para sua casa junto com Tereza.

Como é possível que ele tenha decidido tão rápido, quando havia hesitado durante quinze dias, sem nem mesmo lhe haver mandado um cartão-postal?

Até ele estava surpreso. Agia contra seus princípios."

Milan Kundera, A insustentável leveza do ser

"Era apenas uma etapa"

Como nasce uma história de amor, como se forma um casal? Todos nós temos nossa ideia formada (praticamente a mesma), uma espécie de modelo de referência que oferece uma leitura de nossas experiências e um filtro de percepção do nosso eventual futuro. Ora, esse modelo está distante da realidade dos fatos, e, historicamente, essa distância tende a aumentar. Portanto, chegou a hora de rasgar o véu para não perder alguns antigos encantamentos. Porque o sofrimento causado pela ilusão é infinitamente mais cruel que a renúncia daquilo que em parte era apenas quimera. A vida, porém, nos ensina dia após dia como os relacionamentos são aleatórios e caóticos; nunca sabemos realmente quem é o outro e se somos felizes com ele. Além disso, temos uma consciência íntima de ajustarmos nossas convenções pessoais ao modelo ideal do encontro amoroso e do perfeito desenrolar conjugal. Ora, apesar dessa experiência cotidiana, o antigo modelo resiste, enraizado no mais profundo de nossas mentalidades. Continuaremos a nos enganar a respeito do amor.

Meu papel não pode ser mais ingrato após essa constatação: afirmar com todas as letras que o amor está muito longe das belas histórias que inventamos. No entanto, no fim deste livro, veremos que tal conclusão não deve causar desespero algum, pois uma nova forma de amor está despontando. Não é porque os velhos sentimentos estão morrendo que o amor está morto: surge uma outra maneira de escrever a vida e vibrar de emoção.

O antigo modelo amoroso, que dominou muito tempo a literatura e conseguiu entrar parcialmente na história, foi tratado com precisão (e paixão) por Francesco Alberoni [1981, 1994]. Voltaremos a esse assunto no último capítulo. Limitemo-nos, por ora, a destacar que ele se articula em torno de um momento fundador, de uma certeza inicial que cria o sentimento decisivo do compromisso. Todos os acontecimentos ulteriores serão relegados a uma sucessão de etapas numa trajetória sentimental que vai do impacto amoroso inicial ao desenlace mesclado de felicidade e desencanto: o casal formado. Em muitos pontos suas análises são legítimas, principalmente no que diz respeito ao processo de institucionalização conjugal. Todavia, o que é dito sobre o início do amor corresponde mais a um modelo (decadente). Ele está presente apenas em certos grupos (adolescentes) e em pessoas que o inseriram em sua ética pessoal, como Anna e Pierre. Como muitos, eles preferem ser discretos em relação ao "impacto amoroso" original. "Alguma coisa aconteceu entre nós", diz Anna. Mesmo para os adeptos do antigo modelo, o desenrolar intenso e regular da trajetória conjugal, inelutável como o destino, parece ser mais importante que os *élans* passionais. Nesse caminho fatalista, a noite de amor é uma etapa. "Eu tive a impressão de ter vencido uma etapa importante na minha vida. Era algo concreto, a impressão de que seria sério." Seriedade, constância e estabilidade do relacionamento são palavras recorrentes: a primeira manhã não é uma brincadeira. Embora independente e preocupado em não se sentir sufocado no seu futuro relacionamento, Pierre não brinca com essas coisas. "Minhas relações sempre foram sérias. Nunca foi apenas por uma noite. Se dormia com alguém era porque já havia uma história, um caminho percorrido a dois. Era apenas uma etapa."

Colombine é menos séria, e extremamente atenta ao mínimo detalhe suscetível de influenciar seu julgamento; ela se nega a seguir por impulso uma trajetória amorosa. No entanto, ela também está muito próxima do modelo antigo, talvez por causa do seu isolamento afetivo. Ela teve poucas experiências amorosas antes de conhecer Franck, o que a levou durante muito tempo a sonhar com belas histórias. Quando ele cruzou seu caminho, foi um momento intenso, mágico; não poderia ser de outra forma. "Acho maravilhoso gostar de alguém que goste de você! Porque foi tão raro isso acontecer comigo." O que houve exatamente nesse instante mágico? O amor puro? A concretização do modelo de amor tão sonhado? O antídoto repentino para essa longa espera angustiante? A resposta à pressão das amigas que já tinham namorado? Que importância tinha tudo isso, ao lado da emoção que estava sentindo? Colombine não duvidou um só instante: "Eu queria de qualquer jeito aquele amor." A estrutura dessa última frase é reveladora: apesar da emoção, era uma decisão deliberada, um projeto de vida estabelecido desde o primeiro olhar. Ela ficou fascinada com a rápida intimidade que se instalou entre eles; em poucos segundos, parecia que nada poderia separá-los, pertenciam ao mesmo mundo. "Eu me apaixonei. E logo o senti próximo, familiar, totalmente à vontade."

"É o amor"

Durante um mês, a bela história foi escrita com uma surpreendente facilidade; quem sabe finalmente o amor fosse muito simples. Mas Colombine sentiu chegar a hora decisiva; não estava tudo certo ainda. Aquela noite, a emoção foi intensa, muito maior que no primeiro encontro. Ela viveu uma verdadeira tempestade interior, sem conseguir controlar suas palavras e seus gestos. Talvez o amor, o medo com certeza. "Na noite em que saímos, senti medo e timidez quando ele se aproximou de mim, era inacreditável! Eu disse num tom agressivo: 'O que você quer?', superagressiva. Ele não escutou, ainda bem, senão teria ido embora, é óbvio. Como eu não estava à vontade, precisava dizer alguma bobagem. É curioso que você tenha uma reação contrária à que realmente quer ter." A noite foi longa, beberam muito, ficaram esgotados. As lembranças também não resistiram. "Eu não me lembrava muito bem da noite." De manhã, ela acordou sozinha, num cenário de encantamento asiático que já nos é familiar. Depois vieram as dúvidas (passageiras) a respeito das estátuas, dos produtos de beleza, mas finalmente seu tour pelo apartamento deixou uma impressão extremamente positiva, um sentimento maravilhoso de concretização de um sonho. "Você pensa: meu pequeno ninho de amor está aqui." Foi quando seu coração explodiu de alegria. "Eram três chaves. Finalmente aquele chaveiro que tinha visto tantas vezes na mesa de um bar era meu! Era o máximo! Estava contente em poder entrar ali, mesmo sozinha. Estava dando mais um passo. É o amor. Penetrava cada vez mais naquele amor."

Sua trajetória de vida conjugal poderia ter continuado na mesma linha, lisa e regular, à moda antiga. Foi então que ela mergulhou no amor moderno, feito de intrigas cruciais, de ideias e sentimentos controversos e de cenas decisivas. Enquanto ela voltava alegre e distraída ao trabalho de Franck para lhe devolver as chaves, Colombine não imaginava que fosse viver uma cena semelhante. Um ruído ao longe era o sinal. Uma risada. Ou melhor, uma zombaria, que logo soube de quem era: "Big Max", colega e "amigo" de Franck. Ela sempre detestara esse rapaz. Desconfiava que sua obesidade fosse a causa de sua ruindade e estupidez; ele devia sofrer intimamente. Mas isso não era motivo para inventar tantas artimanhas: ele sempre chamava Franck de lado para zombar secretamente das histórias que lhe contava, sem conhecer a real versão dos fatos. A risada de Big Max a tirou das nuvens para deixá-la em cólera. Como Franck reagiria? Só isso contava para ela. Sua vida estaria em jogo em poucos minutos. De que lado ele estaria? Do lado de quem se dizia seu amigo ou do seu? Antes de chegar, Colombine havia escutado a risada de Franck. "Eles me viram chegar e começaram a rir. Eu dei as chaves como se não fosse mais vê-lo, mas meu olhar era fulminante. Eu me perguntei se íamos continuar juntos depois daquela cena. Ele ficou parado com as chaves na mão e eu fui embora. Depois me arrependi e pensei: droga, estraguei tudo, como sempre." Se o caso terminou foi somente por sua causa, por ter se precipitado. Por raiva e desespero. Logo depois veio a bonança. "De repente, me desliguei completamente. Eu não o conhecia, esse era o problema." Compreendeu que todos os seus sonhos não passavam de contos de fadas; ela tinha vivido de ilusões. Era preciso voltar à realidade. A aterrissagem era dura, mas sem dúvida salutar. Logo depois que voltou à calma, uma imagem lhe veio à cabeça: o olhar de Franck. Ela tentou analisar a cena objetivamente. Era curioso ver até que ponto ela era contraditória. O comportamento de Franck tinha sido odioso; mas ela mesma tinha sido brutal e desagradável. Entretanto, seus olhares não diziam outra coisa? Ela queria fulminá-lo com seu olhar. Franck teria visto? Sim! Revendo mil vezes a cena, ela se convenceu: ele tinha visto e respondido. "Foi um olhar extremamente importante para mim. Ainda me lembro." E houve outras manhãs.

O poder do acontecimento

Colombine foi levada pelo turbilhão. Hoje em dia é assim. Os acontecimentos, grandes ou pequenos, nos surpreendem e nos arrastam porque rompem com os hábitos. Há acontecimentos de todos os tipos. Alegrias ou, mais comumente, dramas, midiatizados a ponto de emocionar o mundo inteiro; ou então, ínfimas e secretas subversões. A primeira manhã é um gênero aparentemente menor, privado, discreto. Mas não para aquele que a considera um episódio normal, sem dúvida até mais intenso que muitos outros em suas consequências a longo prazo.

O princípio do acontecimento é arrastar o indivíduo, produzindo uma divisão da personalidade. Enquanto o antigo eu permanece escravo de seus hábitos, uma descarga informacional, uma mudança de contexto, uma surpresa na interação levam de maneira inesperada a uma nova direção. Geralmente, para os acontecimentos midiatizados, ou dos quais somos meros espectadores, o processo de divisão dura pouco, como um parêntese, e o antigo eu retoma seu lugar com a mesma rapidez com que havia sido abandonado. A descontextualização e a divisão de identidade vividas do interior têm, pelo contrário, o poder de impulsionar mudanças duráveis. Não há necessidade de explosão, escândalo, violência; a simples mudança de lugar de uma mala ou de uma escova de dentes já é um início de perda referencial. Todavia, é raro que apenas uma escova de dentes crie o acontecimento. Apesar da doçura e do despojamento das primeiras manhãs, são precisos alguns elementos picantes, que marquem a ruptura e indiquem que estamos realmente vivendo um episódio de vida muito particular, diferente da vida comum.

Vejamos Agathe. Sua primeira manhã com John fez com que entrasse num universo diferente. Banho frio, cachorro-quente, ela estava imersa num mundo um pouco incoerente, no papel de um personagem inesperado. Outros detalhes acentuaram o efeito de ruptura: a presença de outro inquilino perturbou sua encenação. "Ao mesmo tempo era engraçado. Mas não dava para continuar sendo a mesma pessoa, rir, essas coisas." A música violenta. "Ele não escolheu uma música calma, colocou tecno!" É mais fácil compor um personagem desconcertante nesse tipo de manhã.

Porque, levado pelos acontecimentos, assim como numa festa comum, o antigo eu rompe suas amarras. Com uma única diferença, porém: ele corre o risco de não poder voltar atrás.

O acontecimento pode ser ainda mais ínfimo ou aleatório. Um simples grão de areia que provoca revoluções, ou um encadeamento estreito de situações e sensações que acabam criando um enredo. Por causa da viagem de sua melhor amiga para os Estados Unidos, Isa cedeu às pressões de Tristan; e, pensando na bela história que teria para contar à sua amiga quando voltasse, ela quis dar continuidade ao relacionamento. Porém, estava muito dividida. Não havia apenas seu apego à casa dos pais; seu antigo eu também resistia. Portanto, ela se comprometeu apenas superficialmente. Tristan, ao contrário, pulava de excitação e impaciência. Nesse entusiasmo, cometeu um erro que poderia ser fatal. Perguntou à Isa e voltou a perguntar com seriedade e insistência se ela gostava dele. Finalmente, ela lhe respondeu seca e igualmente séria que não. "Talvez eu me sentisse um pouco desonesta. Porque ele estava apaixonado, e eu não. Talvez ele estivesse pensando que eu gostava dele pelo simples fato de termos passado ao ato." Ele foi carinhoso, comovente em sua perseverança e estava tão à vontade que ela se sentiu mais solta. Teve remorso de lhe ter respondido com tanta determinação e violência. Também teve pena, talvez até apego. E, assim, passou o dia inteiro na cama para se redimir. Isa e Tristan viveram muitas outras manhãs.

O encadeamento das manhãs

A primeira manhã não é um acontecimento isolado. Pode começar bruscamente, mas pertence sempre a uma continuidade. Por outro lado, é um pouco redutor (é necessário para explicar as coisas de modo simples) falar da primeira manhã no singular. Na maioria das vezes, o casal está em jogo durante várias manhãs, conservando de modo atenuado as peculiaridades da primeira manhã. Naturalmente, nas manhãs seguintes, as surpresas são bem menores. Mas as dúvidas e os ajustes são os mesmos. A variação de residência (a descoberta da casa do outro) pode provocar uma primeira manhã que ainda surpreende, mesmo várias semanas depois da noite de amor inicial. Apenas Gildas parece pensar que tudo pode se resolver no único teste do café da manhã.

Toda primeira manhã é marcada pela ruptura do sistema de hábitos, pela entrada num universo mal definido, que foi abalado pelo acontecimento (sobretudo, como diz Pierre, quando não houve uma história). As manhãs seguintes são matizes da primeira, tentando voltar à normalidade. Mas é um retorno ilusório, pois só acontece em caso de recolhimento, característico das manhãs frustrantes. Quando a experiência conjugal segue seu curso, o retorno às referências mais estáveis da vida cotidiana ocorre simultaneamente à profunda mudança de identidade. Ao retomar seus traços pessoais, o eu descobre que eles mudaram.

Curiosamente, essa repentina revolução da identidade causa pouca resistência. É a força do acontecimento, a magia da divisão de identidade: o indivíduo tem a impressão de estar "num filme", representando um papel paralelo à sua existência real. Uma vez pego na engrenagem, basta que as peripécias se sucedam para que ele seja irremediavelmente levado. O casal nasce de uma coincidência de circunstâncias que provoca o encontro, e, mais tarde, da recusa de uma decisão negativa. No encantamento das manhãs, há sempre altos e baixos, exaltações e dúvidas. É justamente nesses entremeios que se decide o futuro da relação.

"Eu disse: 'A gente se liga.' Mas de repente você se vê num daqueles casos em que 'A gente se liga' quer dizer 'A gente não se liga.'" Gérard não sabia o que pensar de sua manhã com Monique. Ela telefonou. Eles se encontraram novamente. Vivem juntos há três anos. "Eu não sei, acho que não teria telefonado para ela. Quando você está sozinho em casa, não tem vontade de se esforçar." Quando se é surpreendido pelo acontecimento, ao contrário, não há tempo para pensar, a simples sucessão de gestos, sentimentos e episódios imprevistos cria uma espécie de movimento contínuo: a vida é uma corrente que leva consigo tudo o que encontra pelo caminho.

A solidão abre brechas para a reflexão crítica que a qualquer momento pode parar o movimento. O exemplo de Vincent é impressionante. Ele foi vítima de uma série de inconvenientes naquela manhã, primeiro os animais maléficos, em seguida, o silêncio emburrado de Aglaé. Não havia sinal algum de alegria. No entanto, tudo parecia cair sobre ele sem deixar marcas, pois ele mantinha uma calma imperturbável, esperando a vinda dos acontecimentos e outros pequenos dramas, e persistindo em vencer as provas. Sua história poderia ser escrita seguindo a continuidade lógica dos episódios, apesar das inúmeras desilusões. Vincent propôs alguns programas durante o dia para preencher a delicada transição com a noite. Aglaé recusou. "Mas numa boa. Ela disse apenas que me ligaria à noite." Se fossem situações concretas, ele teria se deixado levar. Mas, entrando em sua casa, Vincent foi invadido pela dúvida. Tudo de negativo que havia deixado passar pela manhã voltava a seus pensamentos, de modo confuso: Van Gogh e o leite de vaca, o mutismo mal-humorado de Aglaé e as aranhas. Aliás, será que ela iria ligar? Ele não telefonaria! Ela telefonou. Ele se desculpou, mas gostaria de ficar sozinho aquela noite. Precisava dar um tempo. Mas não conseguiu. E da guerra intelectual cansativa, voltou a ver Aglaé dois dias depois, para uma noite e uma manhã maravilhosas. Eles vivem juntos há três anos, após Vincent ter chegado perto da ruptura.

O sentimento, sobretudo quando é *a priori*, abstrato e anterior à experiência, ajuda muito a não abandonar à primeira dificuldade. Sem dúvida esse fator estava presente em sua teimosia obstinada. Mas o sentimento torna-se impotente diante do pensamento crítico, quando este último não é massacrado pela correnteza dos acontecimentos. Nas três manhãs seguintes, Colombine não parou de oscilar entre altos e baixos: o estresse da noite, o encanto da primeira manhã, a angústia com os produtos de beleza, a cena dramática com Big Max, as pazes da noite e a explosão de alegria delirante de madrugada (o passeio que deram nus pela cidade). Na segunda manhã, um observador qualquer poderia pensar que depois dessas emoções contrastantes a euforia e os risos da noite anterior iriam levar a uma manhã mais serena, e a uma estabilização da nova referência conjugal. Era o que pensava Colombine. Mas Franck pareceu frio e distante. Justamente porque sentia o processo em andamento, procurou refletir. "Ele não mostrava nenhum sentimento por mim. Eu me dizia: 'Isso acontece, é apenas por uma noite.' Mas fiquei na dúvida." Sem conter sua surpresa e impaciência, Colombine entrou em crise, como vimos. Saiu do quarto nua, desceu a escada correndo, abriu a porta da cozinha e se deparou com a família de Franck. Ela se sentiu arrasada. Nesse preciso instante, quis desaparecer da casa e da vida de seu amante. Mas não ousou. Pelo contrário, precisou tomar o café da manhã com os pais de Franck, que fingiram não ter visto nada. O dia foi péssimo, mas seguiu seu curso penosamente até a noite seguinte. A calma e o desfecho feliz tão esperados vieram no terceiro dia, no comum das mudanças ínfimas onde se instauram as evidências profundas: "Está gostoso o pão de chocolate? Está, está ótimo."

Como Vincent, Colombine teve a ajuda do fio da história em que queria acreditar. Exceto nos piores momentos, ela se agarrava a esse fio. Mas não é sempre assim. A narração da história pessoal tende cada vez mais a ser subordinada à experiência. Por que se agarrar a fios que podem se enroscar em armadilhas mais dolorosas? Mais vale saber onde colocamos os pés; esse é um dos princípios da modernidade. Mas, na primeira manhã, as referências são mais incertas, e o encadeamento das situações mais decisivo. Virginie, por exemplo, não tinha motivos para se iludir a respeito de Léopold, o mal-humorado matinal que recusou compartilhar seu saco de dormir. Aceitou continuar a relação somente porque seus amigos estavam acompanhados. Queria passar uma boa impressão. Aparentemente Léopold não havia progredido (a cena do saco ocorreu na segunda noite). Mas alguns detalhes merecem ser citados: ele já não estava acordando tão mal-humorado assim no fim das férias, e ela começava a conhecê-lo um pouco melhor. No início das aulas, num universo completamente diferente, teve a oportunidade de revê-lo. Após alguma hesitação, esses pequenos pontos positivos (além do indefectível medo de ficar sozinha) sobrepujaram suas dúvidas. Os acontecimentos haviam sido desconexos, e agora por um nada tornavam a se iniciar. Eles viveram, então, uma experiência muito diferente das cenas de verão; sua verdadeira primeira manhã (como ela, aliás, muitas vezes a chama durante seu relato). Se durante as férias alguém tivesse anunciado à Virginie que faria um longo caminho com o lamentável personagem que contava histórias absurdas de cabras, ela jamais teria acreditado. Foi aceitando pacientemente as manhãs seguintes que ela se deixou levar pela trajetória conjugal.

Histórias paralelas

Na primeira manhã, a divisão da identidade opera em vários planos. Há inicialmente uma divisão simples entre a antiga e a nova identidade em experimentação. Esta última, por sua vez, divide-se em dois componentes: a força de socialização do acontecimento e a escritura mais subjetiva da história de vida. Em outras palavras, a exterioridade dos fatos que se impõe em um movimento animado e o trabalho interior de reflexão permanente sobre o que é sua vida e que rumo tomará. Esses dois elementos ocorrem simultaneamente, às vezes com uma intensidade oscilatória (a mudança de identidade como simples efeito do contexto, ou como resultado de nossa ilusão), sem deixarem de estabelecer trocas frequentes entre si. Vimos a força que pode ter o próprio acontecimento. Para manter um bom equilíbrio, é necessário falar um pouco do trabalho reflexivo e narrativo de construção de si mesmo.

A história de vida amorosa é um relato reconstruído *a posteriori* (com muita liberdade em relação aos episódios precisos). No momento da ação, contudo, os atores têm uma necessidade absoluta de referências narrativas. Portanto, eles escrevem e reescrevem fragmentos de histórias, que na maioria das vezes serão esquecidos. Eles não retomam o fio biográfico somente quando acordam, mas após cada microacontecimento, ou uma reflexão imprevista, ou uma dúvida. Aliás, retomar o fio é uma expressão um pouco óbvia demais, e, por esse motivo, enganosa. Pois a narração toma de preferência a forma de uma trama, cujos milhares de fios (ou pedaços de fios) se entrelaçam, cada um possuindo sua especificidade e remetendo a um aspecto biográfico particular. Algumas histórias, pertencentes à história global, são contadas por sequências entre as quais podem se estender longas faixas de sonolência cognitiva; outras, pelo contrário, têm apenas um episódio.

Voltemos à primeira manhã de Vincent com Aglaé. Basicamente, ele estava preocupado em restabelecer a ligação, após a brusca mudança de contexto entre o rural e o urbano: foi-lhe necessário assimilar o mugido das vacas e o gosto de leite fresco, extrair um novo sentido desse mundo estranho. Mas outros detalhes chamaram sua atenção. Em primeiro lugar, ele foi ao banheiro vestindo apenas uma cueca, como faz em sua casa. Ao reproduzir seus gestos habituais, ele penetrou espontaneamente na familiaridade do lugar, e assim se desenrolou uma história sem obstáculos. Mas, ao ver a janela, foi obrigado a voltar para recomeçar o percurso de outra maneira. "Foi aí que pensei nos pais de Aglaé, se eles estavam lá ou não. Coloquei então uma calça e uma camiseta, pensando na eventualidade de cruzar com eles." Novos personagens entraram em cena, portanto foi preciso considerá-los para elaborar os esboços da sequência narrativa. Se não fosse a janela, esses personagens teriam inevitavelmente aparecido em outra ocasião. Outros, em contrapartida, surgem de coincidências surpreendentes e podem levar a divagações muito distantes dos problemas concretos do momento. Nesse caso, os fios da trama narrativa se desfazem. Sua babá, por exemplo: por que ela veio ocupar seus pensamentos na primeira manhã? O retorno à infância se produziu no instante em que viu as aranhas no teto. "Tinha vigas no teto do quarto. Como tenho um medo terrível de aranhas, fiquei olhando para cima. Quando íamos com nossa babá à casa de campo, via muitas aranhas nas vigas do meu quarto. Então foi a primeira coisa que vi." Ele achou que tivesse se esquecido desse episódio de sua infância, do medo das aranhas, da casa de campo e das vacas. Curiosamente, o flashback lhe deu a impressão de retomar um longo fio de vida familiar e coerente. Sua história tinha sentido. Ele permaneceu em seu sonho por muito tempo. A única ligação com o passado se referia ao campo e às aranhas. A cena da infância não lhe forneceu nenhum instrumento válido para saber como ia costurar a sequência de seu fio narrativo naquela manhã. Ele não conseguia pensar claramente, suas ideias se perdiam em seus sonhos. Na noite seguinte, preferiu ficar sozinho em sua casa para tentar esclarecer suas dúvidas. "Pensei muito. Queria saber se valia a pena, se estava fazendo a escolha certa." Mas os pedaços de histórias e de reflexão iam em todos os sentidos. Acreditou iniciar uma trama narrativa, enquanto de fato era apenas um vago novelo se desfazendo.

Trajetórias repentinas

Havia na antiga relação conjugal algo de mentalmente tranquilizante: dado o impulso inicial, bastava o casal se deixar levar pela lógica do amor. A primeira manhã era apenas uma etapa. Hoje, ela se transformou num abismo de questões. Tal é a evolução principal. Mas existe outra, ligada à primeira: as trajetórias de vida conjugal podem começar brutalmente, sem terem passado por uma longa preparação. Nem sempre: às vezes, os dois parceiros já se conheciam. Mas a história reescrita omite que o amor não havia sido declarado. O que é mais raro é que o casal viva a primeira manhã como um teste, confirmando o compromisso formal predefinido e o incontestável início da relação amorosa. Inclusive nessa modalidade, a primeira manhã é decisiva.

Entre a diversidade de formas de aproximação da primeira manhã, destaca-se uma espécie de modelo puro para trajetórias repentinas que, se não é aplicado por todos e não tem vocação para se generalizar a todos os candidatos à vida conjugal, ilustra uma maneira radicalmente nova de entrar na vida a dois. Agathe adotou esse modelo: "Minhas primeiras manhãs nunca foram premeditadas." Tudo começa com o acaso de um encontro e o desejo sexual, que podem levar tanto a um fim imediato como a inúmeras outras manhãs. O sexo guiaria tudo? Seria ele mais importante que o próprio sentimento? Em parte sim, pois ele provoca o início da experiência. Mas sozinho é pouco operante, apenas quando integra um acontecimento novo torna-se realmente eficaz. O desejo manifesta-se somente em contextos favoráveis à sua expressão. Incitador de experiências conjugais, ele próprio tem necessidade de um incitador. Vários entrevistados nos falaram de um "*élan*". *Élan* sentimental? *Élan* sexual? Não exatamente. Mais uma ruptura dos hábitos e uma dinâmica do acontecimento. É impossível fazer estatísticas com uma pequena amostra de metodologia qualitativa. Não podemos ignorar, no entanto, que uma maioria de entrevistados (cerca de três quartos) mencionou ter passado uma noite animada entre amigos ou a dois, a que não faltaram bebidas alcoólicas e outros estimulantes. A divisão de identidade começa ali, na véspera, em ritmo de festa. Estamos bem longe da imagem romântica do início do amor.

A festa não é o substituto de um encontro que não ocorreu por falta de meios mais legítimos. Ela constitui um elemento essencial na formação conjugal: pela divisão que instaura, a manhã é mais verdadeira. "Como tínhamos nos divertido muito à noite, poderia ter rolado uma atmosfera falsa de manhã. Mas foi o contrário, foi revelador" (Vincent). Às vezes, uma música mais animada ou algumas gotas de álcool bastam para o indivíduo se sentir levado pelo espírito festivo. Porém, outras formas de descontextualização ajudam a intensificar a ruptura, como o ambiente descontraído das férias. "Ficamos juntos nas férias, o clima era de festa" (Isa). O camping, com a vantagem de oferecer um cenário residencial neutro, foi citado muitas vezes. Sophie atribui sua melhor manhã com Sébastien ao ambiente lúdico (jantar árabe em barracas), fora do espaço habitual. "Foi engraçado, parecia uma brincadeira." Alban adotou o camping como princípio. "É o lugar ideal para viver uma primeira manhã." E a história de Virginie e Léopold nasceu ali. "É bom porque é um lugar neutro. A gente não tem compromisso com nada." Justamente por não se pensar em compromisso (durável), ele nasce com mais facilidade.

"Na visão dos outros"

Festas, férias e amigos. São elementos praticamente inevitáveis no início de uma relação amorosa (uma festa a dois é mais difícil de se organizar). Pode acontecer que os amigos ainda estejam presentes de manhã. O que não é sempre problemático, como é o caso da família. Pois o dinamismo contagiante dos amigos pode pôr fim às dificuldades do *tête-à-tête* e à redefinição de si mesmo. "O café da manhã foi muito divertido." Alban lembra-se de sua primeira manhã com Yasmine: a companhia dos amigos os liberou de tensões e desconfortos. "Passamos uma manhã agradável com os amigos." O casal deixou de lado seus problemas conjugais. "O café da manhã com os amigos não nos permitiu falar sobre nós." Além disso, a presença dos amigos reforça a ruptura referencial. "Um fim de semana entre amigos nos tira da rotina. Precisa ser desestabilizante" (Alban). Além de o grupo adiar a reformulação do novo eu, ele pode reforçar a atração pela norma conjugal que impõe [Le Gall, 1997]: Virginie nunca teria conhecido Léopold se não fossem suas amigas. Na primeira manhã, na caravana que dividiam com mais um casal de amigos, ela considerou o olhar do amigo mais importante que o do próprio parceiro. "Para que ele não fosse dizer a Léopold que estava saindo com uma qualquer." O grupo age, portanto, como uma espécie de catalisador do encontro amoroso. Mas desempenha esse papel incitante somente no início da relação. Logo depois, ele transforma-se em fator de complexidade na redefinição de si mesmo. É preciso romper ou reformular as antigas relações amicais para iniciar a trajetória conjugal [Berger, Kellner, 1988]. Quando a manhã acontece no *tête-à-tête*, o que é mais comum, essa dificuldade surge rapidamente. Se o jovem casal consegue controlá-la, o grupo continua a desempenhar seu papel propiciatório. "O que vamos dizer aos outros? Conversamos sobre isso durante o café da manhã. Não tínhamos escolha; deixamos as pessoas que íamos encontrar no dia seguinte" (Boris). Mas é raro que uma redefinição das identidades e das relações casais-grupo seja tão clara e rápida. Geralmente os dois parceiros buscam manter seus laços de amizade, nos quais a antiga identidade resiste. O que no início havia favorecido o encontro se transforma em obstáculo à estabilidade conjugal. "Eu me perguntei como ia conciliar minha vida de casal com os amigos. Eu não iria mais ser visto como um homem solteiro. Era a primeira barreira na visão dos outros. Você perde uma parte de sua individualidade quando está com alguém. Você não tem tanta força, tanto impacto." Tristan não precisou do dinamismo do grupo para começar sua relação, seu percurso foi solitário. Só depois os amigos ocuparam seu espírito (negativamente). "Como ia fazer para que eles não me achassem tão diferente? Foi minha primeira preocupação."

Os pequenos ajustes do amor

O modelo puro das trajetórias repentinas, que começa no improviso da festa ou da bebida, é pouco recomendável; não corresponde às ideias românticas do amor. Nas narrativas reescritas posteriormente, ele é envolto numa história mais próxima do código dominante; a noite de amor limita-se a um episódio entre outros.

Geralmente, a primeira manhã introduz uma série de outras manhãs, em que os sentimentos evoluem. Um método comum de reescritura biográfica consiste portanto em valorizar os episódios posteriores. O evento fundador (festa-noite-manhã) se dissolve num conjunto de episódios que lhe confere *a posteriori* um sentido de anedota. Virginie, por exemplo, fixa o verdadeiro início da relação com Léopold no outono, estabelecendo sua "primeira manhã" semanas depois das primeiras manhãs frustrantes. Assim como Virginie, Charles-Antoine divide em dois momentos sua aventura com a holandesa. O verão tem uma conotação lúdica e insignificante. "Foi muito superficial. No início, levamos na brincadeira." De tal modo que o apagou de sua memória. Quando fala da "primeira manhã", ele evoca a que passou na Holanda, alguns meses depois. Ele conta a sua história como se tudo tivesse começado no outono, por meio de sua correspondência amorosa. "Ficamos surpresos, pois descobrimos com a distância que estávamos interessados um no outro e que tínhamos vontade de nos encontrar." De fato, a atração mútua reativou-se na distância. Mas nada teria sido possível sem a festa, o camping, o verão, logo esquecidos.

É mais fácil dissimular a importância do acontecimento quando é possível deslocá-lo para um tempo mais remoto. O que é o caso mais frequente; as trajetórias repentinas entre dois desconhecidos são raras. Portanto, as histórias de amor que nos contam são mais fáceis de serem adaptadas ao código dominante. Duas astúcias principais são utilizadas. Em primeiro lugar, a relação anterior à primeira manhã é vista como pura amizade, quando muito havia desejos sexuais ou hipóteses secretas mais amorosas. Mais tarde, as hipóteses transformam-se em certezas; a familiaridade, em cumplicidade. E até sem mentir sobre o passado é possível manipular a indeterminação e a ambiguidade da generalização. "A gente se conhecia há muito tempo" (Alban). Em segundo lugar, o acontecimento fundador é relegado ao campo do epifenômeno, de uma etapa praticamente inelutável no desenrolar dos acontecimentos. Isso não é nada. A amizade favorece as condições de união conjugal, mas não as cria de modo determinante. É necessário um real compromisso amoroso explícito e mútuo para que o sexo se torne uma simples etapa. Ora, esse modelo de formação do casal é hoje em dia minoritário. Sem dúvida até menos frequente que as trajetórias repentinas, as noites improvisadas.

A paixão de Boris era evidente. Porém, ele começa seu relato com uma mentira. "A gente se via muito antes; aquela manhã confirmou nossos sentimentos." Realmente eles saíam havia três meses, mas aquela manhã não confirmava nada para Prudence, pois não estava apaixonada. Ela nunca havia tocado nesse assunto, esboçado o mínimo gesto evocatório, jamais haviam sequer se beijado. Boris, que tampouco havia se aberto a respeito, estava sozinho na consciência de seu sentimento. Ele era seu confidente e a consolou após o fim de seu namoro. "Na verdade, eu esperava que seu namoro fosse acabar." Boris é lacônico ao evocar a festa. "E, depois de uma festa, terminamos a noite juntos em sua casa." É muito reveladora a sua discrição ao falar da festa apenas quando menciona sua história de amor (em outros momentos da entrevista, ele fala sobre a bebida). Nada prova, no entanto, que sua história teria se concretizado (para usar seu termo) sem essa ocasião. "A história já existia, faltava somente concretizá-la." Ele é honesto em dizer "a história" no singular. De fato, ele estava vivendo sozinho essa história, uma história que nunca passou de um sonho.

A história varia segundo o ângulo de apresentação; Boris fala da bebida ao evocar a manhã, mas não faz menção dela ao contar sua história de amor. Vincent é culpado pela mesma omissão.

Ele, que fora tão preciso e perspicaz ao relatar sua manhã, é vago e manipulador quando fala de sua longa história de amor. "Longa" nesse caso é muito relativo e se refere apenas a uma manhã: eles se conheciam havia quinze dias. "Se conheciam" pode levar à confusão. Vincent mesmo admite: "Pensando bem, a gente não se conhecia muito." Ele é muito menos honesto quando conclui: "Em certo sentido, era um compromisso." Não havia compromisso algum, tampouco declaração clara. Somente indícios de aproximação e uma provável intensificação da relação (eventualmente limitada ao sexo). Na véspera, eles continuavam amigos. Precisavam também de uma festa para começar, uma festa que deixou Aglaé de ressaca. Como Boris, Vincent tinha "sua história". E, como ele, tentou lhe dar mais importância e clareza que no momento preciso de seu desenrolar.

Último exemplo de pequenos ajustes das histórias de amor: Alban. Sua história permite compreender melhor a questão da deformação, ou antes, do velamento dos acontecimentos. O entrevistado desenvolve linhas argumentativas heterogêneas, sem que possa ser pego em flagrante delito de mentira. Ele consegue realizar essa proeza cruzando níveis de análise diferentes. Normalmente é assim que as histórias de amor conseguem criar a ilusão sem trair a realidade. Primeiro ajuste, sua teoria: não há sexo sem amor. Ele é contra noites de aventura (aconteceu com ele, mas foi um deslize de sua parte, estava "sob efeito do álcool"). Ele defende a necessidade de deixar o sentimento amadurecer, e somente de ter algum tipo de experiência sexual quando houver desejo de compromisso. Ele é tão prolixo sobre a questão que parece estar representando um comportamento bastante difundido na sociedade. Segundo ajuste, Lisa: ele reconhece e tenta minimizar a ligeira distância entre a prática e a teoria. Ele brinca com a ambiguidade: "A gente se conhecia havia muito tempo, havia uns dez anos." Ele afirma, contudo, que a amizade se tornou mais íntima com o tempo, até o início do flerte, quatro meses antes da primeira manhã. Ele confessa: "Era apegado a ela, mas mantinha certa distância." Terceiro ajuste, suas outras primeiras manhãs: eram sempre durante o verão, num cenário alegre e improvisado, sem compromisso amoroso. Um interlocutor perspicaz poderia ressaltar que ele não aplica sua teoria. Mas é somente após um longo trabalho de análise da entrevista que o pesquisador consegue encontrar tais contradições. Durante uma conversa banal, elas passam despercebidas. Mas, quando excepcionalmente alguém as ressalta, o interlocutor sempre encontra uma astúcia para contornar o assunto. Alban, por exemplo, poderia ser franco: é verdade, sua vida não corresponde às suas ideias, mas estas não são as únicas válidas. Ou então: é verdade, mas eram histórias que não deram certo, a única que contou realmente foi a com Lisa. De todo modo, ele teria contado certas verdades e ao mesmo tempo histórias de amor como o público deseja ouvir – que marcam e incitam outras pessoas a contarem histórias de amor da mesma maneira. Portanto, as grandes mentiras são inúteis. Basta ajustar os acontecimentos para repercutir ao longe um fundo de verdade.

Atração e projeto

Os fragmentos de história são revistos para criar um fio narrativo coerente, que dê a impressão de uma progressão inelutável, na qual noite-manhã seria no melhor dos casos um acelerador do processo, não alterando em nada o sentido do movimento. Na maioria das vezes, pela força do acontecimento, é o presente que guia

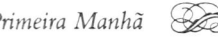

o passado. O estoque disponível de uma pessoa raramente limita-se a um único fragmento de história. Pelo contrário, ela possui uma quantidade infinita de histórias, de importância variada, de todas as formas e cores. A noite-manhã tira do anonimato aquele que talvez entrará para a grande história. Há uma infinidade de histórias comuns que alcançam a glória conjugal simplesmente porque o acontecimento surgiu no momento certo; por outro lado, existem histórias longas e sérias que morrem por nunca terem se encontrado com ele.

A sociedade é uma realidade mutante, movida por contradições. Por essa razão, as análises estáticas que classificam racionalmente as suas explicações em categorias isoladas são enganosas. Tomemos como exemplo a reflexão, a autoanálise, o questionamento dos mais variados detalhes da vida. Eles constituem um fator central de mudança social, que inclui o casal e o amor. Veremos mais adiante como refletimos e decidimos quando se ama. Mas não devemos concluir que tudo é calculado mentalmente. Pelo contrário, o início do relacionamento conjugal é muito menos racionalizado e programado que há duas gerações, quando o início da relação entrava em vigor ao se estabelecer um contrato moral e social a longo prazo: namoro, noivado, casamento e união até a morte. A importância do relacionamento implicava uma reflexão profunda. Hoje em dia, os primeiros passos no amor são como um jogo (aparentemente), onde nada está em jogo. O pensamento, além de se limitar ao presente, é abafado pelas sensações. Nesse caso, a atração (sexual ou sentimental, tanto faz) que leva progressivamente ao envolvimento amoroso substitui o projeto a longo prazo. A pessoa sente-se, portanto, prisioneira de uma trajetória que traça o seu destino, sem que ela tenha interferido. Nesse sentido, é verdade, um único episódio basta para anunciar um futuro vivido como inelutável. "Vi nossa relação evoluir, achei isso ótimo, me senti segura" (Fanny). Portanto, o acontecimento marca uma etapa, um marco, uma passagem. O futuro do casal ainda está em jogo nos primeiros instantes do encontro inicial, pois estes conduzem discretamente os parceiros numa trajetória evolutiva. Mas é raro que evoquem logo no início um projeto a longo prazo, inclusive em casos extremos, onde a violência do sentimento predomina desde o primeiro olhar. Os jogos amorosos estão atualmente separados da questão da formação conjugal, que geralmente só aparece, por acaso e por meio de ínfimas anedotas, na primeira manhã.

Somente a reescritura da história pode levar a pensar que houve um compromisso explícito. É fácil transformar uma trajetória involuntária em projeto deliberado. Muitos dirão para se defender: "Mas eu estava apaixonado!" O amor, em sua flexibilidade e multiplicidade, é um argumento bem cômodo. Vejamos o caso de Tristan: ele gostava de Isa e havia um passado em comum. Mas não era um amor recíproco, Isa era honesta em lhe dizer. Foi necessária uma série de circunstâncias para dar início ao evento fundador. Quanto ao seu amor, é preciso analisá-lo com mais precisão. Em primeiro lugar, devemos arrancar o véu de ilusões que se manifesta nessas frases genéricas. "Estava apaixonado, só isso." Isa (pela primeira vez!) parece responder em eco. "Com ele foi diferente, ele estava realmente muito apaixonado." Mas, tão logo as questões se tornam mais precisas, Tristan encontra sua franqueza e seu rigor analítico. Em primeiro lugar, ele não tinha uma visão clara do futuro nem queria pensar nisso, o que realmente contava para ele eram a autenticidade e a intensidade do momento, com uma leve esperança de continuação indefinida. "Você não tem planos, mas quer continuar." Em segundo lugar, seu amor era físico, queria sobretudo dormir com Isa. "Claro que você é sentimental para agradar. Mas não podemos negar que os desejos de um homem são mais elementares. Quando gostamos de uma mulher, não pensamos no futuro." Foi somente na primeira manhã, ainda na cama, que sentiu um desejo de envolvimento mais sério, de um amor simples e profundo. Sem pensar, contudo, na questão do futuro do casal. "Os projetos servem para consolidar o casal. Mas, no início da relação, não precisamos deles, porque estamos felizes com os momentos que passamos. Na primeira manhã, nunca pensei em construir uma vida ao lado dela. Aproveitamos o presente."

Não há um projeto definido no início da relação. Não se deve confundir amor e desejo. Para os homens, sobretudo, o sexo é decisivo nas fases iniciais. O que não é necessariamente negativo; o que seria do amor sem desejo físico? Mas o sexo é envolto nos mais nobres sentimentos; podemos concluir, assim, que poucas histórias começaram realmente como nos contam: o simples encadeamento dos fatos é marcado por sentimentos fortes, o sexo é atenuado e a noite impudica esquecida num canto da memória. O amor, palavra mágica, reúne esses elementos disparates, dando uma resposta maravilhosa a quem procura conhecer a história. O amor não é uma ilusão, ele está presente e encerra significados múltiplos. Mas também pode surgir pouco a pouco, evoluindo com a relação, quando o casal já estabelecido consegue evitar as crises conjugais, descobrir a paz e a cumplicidade do carinho. Em contrapartida, ele perde as surpresas e as fortes emoções do início [Alberoni, 1981]. Tal evolução leva a pensar que o amor diminui de intensidade; simplesmente não se trata do mesmo amor. O início é marcado por uma forte agitação emocional e um significado surpreendente. Há muita eletricidade e *frisson*, mas nem sempre pelo motivo que imaginamos. Acabei de falar sobre sexo, e, em outro momento, ressaltei a presença do medo nos *frissons* amorosos. Muitos outros elementos exógenos intervêm nos episódios iniciais da relação: a pressão do grupo e das normas sociais (é melhor se declarar apaixonado que sentimentalmente seco), assim como o puro espírito competitivo que invade a sociedade atual. Lembram-se de Agathe, do seu banho gelado e do cachorro-quente? Como ela tinha chegado àquele ponto? Havia sucumbido ao charme de John? Seu coração batia de paixão ou de desejo carnal? Na realidade, nada disso. "Foi mais um desafio." Ela acabava de sair de uma aventura decepcionante. "Namorava um cara completamente diferente do meu estilo, muito delicado, magro e jovem." Ela precisava afrontar o sólido, seguramente para provar algo a si mesma. "Ele não, ele era forte, tinha muita personalidade." De manhã, perturbada pelo estranhamento do lugar, sua primeira sensação foi a de ter realizado a proeza desejada. "Pensei: Está feito! Estava contente de minha conquista, se posso falar assim." Tristan também sentiu algo parecido com Isa; a palavra "vitória" escapou de sua boca. "Não gosto de usar essa palavra, mas não encontro outra."

A paixão, em suas formas múltiplas, não se encaixa bem em algo duradouro, e muito menos em projetos. Ela aparece quando deve aparecer, por rupturas sucessivas, imprevisíveis e variadas. Uma energia que rompe com os hábitos, libertando do antigo eu. Na primeira manhã, com os *élans* amenizados, podemos pensar melhor. Aliás, a urgência da situação o exige, e de forma até brutal; é necessário decidir nos momentos seguintes. Mas será que o amor que acaba de irromper necessita desse exercício intelectual? Como é difícil pensar! "Estava apaixonada, mas não tinha ainda pensado se ele era o homem da minha vida. No início, é difícil fazer planos, não sei prever as coisas assim" (Erika).

Como decidimos no amor?

"O início de uma ligação amorosa é a parte mais fácil. Logo depois, as máscaras caem uma a uma, sem parar. Mesmo assim, pensava em me casar. Pensava em ter uma casa, um cachorro e um gato, ir ao supermercado. Henry Chinaski perdia seu lado dominante. E não estava nem aí.

Finalmente peguei no sono. No dia seguinte, quando acordei, Katherine estava sentada na cama, penteando seus longos cabelos ruivos. Seus olhos sombrios me olhavam.

— Ei, Katherine, você quer se casar comigo?

— Não me venha com essas perguntas, por favor. Não gosto disso.

— Estou falando sério.

— Oh, merda, Hank!

— O quê?!

— Eu disse "merda" e, se você continuar, pego o primeiro avião que aparecer.

— Tudo bem.

— Hank?

— O quê?

Olhei Katherine. Ela continuava penteando seus cabelos. Seus olhos castanho-escuros me fitaram, sorrindo. "É só sexo, Hank, nada mais." Ela riu. Não era um riso sarcástico, era alegre. Ela se penteava ainda, abracei-a e repousei minha cabeça no seu colo. Não tinha mais certeza de nada."

Charles Bukowski, Mulheres

"Vou entrar nessa, custe o que custar"

Todos os tipos de histórias antecedem a primeira manhã. O amor tal como os filmes nos mostram, o amor à primeira vista que enlouquece, o ardor sentimental imediato, os mais diversos interesses e sentimentos e as mais loucas estratégias de sedução. Os dois parceiros encontram-se lado a lado sem saber se (e como) devem continuar. É nesse instante que o acontecimento entra em cena e parece acelerar o passo. Se o amor fosse declarado antes, ou se houvesse desejo explícito de compromisso, a noite seria a confirmação e uma etapa. Se o início da história fosse mais incerto, as coisas seriam mais complicadas. Pois, nessa hora, percebemos que o que era um simples jogo está se transformando em compromisso, talvez para a vida inteira. Cada um dos parceiros sente vagamente, por meio do contexto conjugal que está se instaurando, que o antigo eu pode se perder. Nesses instantes curiosos, onde aparentemente nada acontece, a vida está tomando outro rumo. Portanto, é preciso pensar a todo custo, mesmo que seja difícil: é isso mesmo o que queremos?

Anna e Éric não precisaram pensar, pois estão entre aqueles que vêm de uma relação sólida. "Ele estava saindo de uma história complicada e dolorosa. Eu também estava cansada desse tipo de experiência. Fizemos um pacto: só sairíamos juntos se fosse algo sério." Não tiveram o que pensar, mas a história do casal é um pouco mais complicada do que deixam transparecer as belas palavras de Anna. Eles já haviam conversado sobre a vida e a ética. Mas o "pacto" foi assinado em vão. A primeira manhã possibilitou sua aplicação, mas não tocaram no assunto. Aliás, no tempo da amizade, eles eram contra o casamento precipitado e a elaboração de um projeto familiar. Na primeira manhã, portanto, a linha de conduta do casal foi guiada por essa dupla referência: compromisso sério e durável, mas não inscrito num projeto passível de ser submetido a reflexões e discussões. Não havia o que pensar, simplesmente sentir a confirmação da seriedade do compromisso. "Não foi passional, amor à primeira vista... Era sério, logo senti que ia durar." Tal é o ideal do modelo da continuidade: pensar o menos possível, deixar-se levar pela evidência do encadeamento. Naquela manhã, algumas ideias passaram pela cabeça de Anna: o medo de decepcionar Éric e sua família, mas também a intuição difusa da mudança que se operava em sua vida. "Essa história vai durar, tenho certeza."

É raro que a primeira manhã consiga chegar tão perto da não reflexão. Só seria possível se houvesse um compromisso formal à moda antiga (que não existe mais), ou uma relação perfeitamente controlada pela continuidade (difícil de colocar em prática), ou então um amor que não deixasse dúvidas. Era esse o amor de Colombine. Rigorosa em sua análise, ela faz questão de separar seu sentimento do compromisso. "Eu queria estar com ele, estava apaixonada." Na primeira manhã, ela se conscientizou da ligação entre esses dois fenômenos. Embora não tivesse dúvida de seu sentimento, foi necessário pensar, transformar seu amor puro em compromisso conjugal. "O que devo fazer? Estou apaixonada, vou entrar nessa, custe o que custar, depois veremos." Sabemos o que aconteceu depois: as estátuas do quarto, os produtos de beleza, a cena das chaves, o tormento de seus pensamentos. Mas o importante é notar que, mesmo antes desses pequenos dramas, o amor puro já implicava uma atividade cognitiva na primeira manhã. Principalmente quando o amor é incerto, a história ambígua, a manhã angustiante.

São muitas as questões que vêm à cabeça: reflexões existenciais mais abstratas, ou irritações em relação a um comportamento particular. Elas se entrelaçam sem conseguir formar um conjunto bem ordenado, cujo detalhe poderia acelerar a tomada de decisão; a "cueca horrorosa" foi suficiente para que Gildas tomasse uma decisão. Também seria inútil tentar usar unicamente o raciocínio crítico. Este apenas tem sentido quando comparado à força dos acontecimentos. Embora Agathe tivesse dúvidas na primeira manhã, queria ser levada pelo desenrolar dos acontecimentos. Lembremo-nos do início de sua história: sua noite com John tinha sido apenas um "desafio". E o que ela esperava era uma manhã triste e fria como tantas outras que conhecera. Ressaltei alguns problemas técnicos que precisou afrontar (banho frio, toalha suja) e alguns objetos que a perturbaram (foto de uma possível rival). Mas, para Agathe, que estava surpresa e encantada com a atitude de John, eles foram imediatamente relegados ao segundo plano. "Quando acordei, ele foi supercarinhoso comigo: me perguntou o que eu queria comer, se eu queria ler o jornal, tomar banho." Os obstáculos concretos (banho frio e cahorro-quente) não importavam, o essencial estava nessa atenção particular de John. "Logo senti que nossa relação não ficaria por aí." Agathe decidiu antes mesmo de pensar: talvez fosse uma mudança no rumo de sua vida, não poderia perder essa oportunidade. "Em relação à minha experiência anterior, foi bem diferente. Precisei mudar meu comportamento, não ser tão fria. Vou precisar me soltar mais! Acho que é a pessoa certa. Será que vai durar? Mostre a ele que você quer que dure." Ela reprimiu suas dúvidas, suas angústias e suas críticas, para mergulhar no instante presente. Como Colombine, ela queria se entregar completamente e depois ver o que aconteceria. Os mais variados artifícios, reforçando a quebra no cotidiano, a ajudaram em sua nova empreitada. "De manhã não foi nada calmo, a gente estava ainda no clima da noite. Tinha música... baseado... Foi apenas para desencanar um pouco, porque alguma coisa estava acontecendo."

A força do acontecimento, até a simples capacidade de impulso do movimento contínuo, apaga as dúvidas, enviando as questões para uma memória longínqua: basta deixar-se levar pelo fluxo das coisas. Manuel, acreditando amar Déborah, surpreendeu-se ao acordar com pensamentos negativos. Felizmente, assim como vieram se dissiparam. "Depois passou, me deixei levar pelos acontecimentos." O poder de impulso da realidade concreta e a atividade cognitiva situam-se em dois planos diferentes, podendo ora entrar em conflito, ora operar de modo relativamente independente. Vincent conseguiu abstrair-se de suas reflexões, embora uma avalanche de inconvenientes o oprimissem. Mas logo vieram os pensamentos críticos. Forçado a pensar, ele tentou fixar-se no próprio fluxo das coisas: como fazer para que tudo corra naturalmente? "Pensei: seria tão bom se pudéssemos continuar." Mas as dúvidas acabaram predominando. "Por outro lado, achava que não seria possível." De manhã, cada um é escravo de um duplo processo que pode ou não interromper a experiência. Mas não como acreditamos, unicamente pelo intelecto. A imersão no fluxo das coisas também é ativa. Ao participar do acontecimento ou da continuidade, o protagonista da ação marginaliza o pensamento crítico e adere quase intuitivamente ao casal que está sendo construído. Porém, ao abrir novos espaços mentais de análise e interrogação, ele bloqueia o movimento concreto de socialização. É por isso que as decisões negativas são as únicas reais. A formação do casal, como já disse, só ocorre porque ele não se separa. Os poucos casos de decisões positivas, como vimos com Colombine e Agathe, apenas acompanham a trajetória ou reforçam o fluxo dos acontecimentos. Colombine foi obrigada a se questionar quando passou por um momento mais difícil; e Agathe pensou num instante, mesmo que tenha sido crucial para unir sua vida a de John.

"Deixei rolar"

Como fazer para pensar no que está acontecendo sem romper a dinâmica que constrói a vida a dois? Um método bastante difundido consiste em evitar projetos a longo prazo que poderiam ser complexos e dissuasivos. O melhor é fixar-se no presente. "É melhor viver o dia a dia" (Charles-Antoine). Com essa convicção íntima, a avaliação positiva do presente garante o futuro; se tudo vai bem hoje, o amanhã também irá. Mas esta outra certeza é totalmente falsa: podemos decidir mais tarde. "Não me preocupei, deixei rolar" (Juliette). Pois, à medida que o tempo passa, a vida conjugal estabelece suas bases. E os pensamentos, que no início têm o poder de transformar o mundo a seu bel-prazer, perdem sua força operacional à medida que o peso do cotidiano aumenta. Eis por que é necessário refletir desde a primeira manhã. "É difícil pensar numa situação em que tudo acontece rápido demais" (Manuel). Ora, isso é justamente a coisa mais difícil de se fazer: esclarecer imediatamente o problema.

Ao contrário, porém, a tendência geral é deixar para depois as questões mais complexas; "temos tempo, depois a gente vê". O parceiro indeciso nem sempre consegue deixar de pensar de manhã. "Pois é, não parava de pensar sobre a nossa relação, sobre o que ele poderia pensar de mim" (Fanny). Mas ele o faz de modo especial: seus pensamentos não desembocam numa decisão. Fanny, que afirma ter pensado muito, é um exemplo curioso: ela deixou-se levar pelo fluxo das coisas. É precisamente o plano da decisão que é deixado para depois. Dessa forma, o pensamento pode desenrolar-se fluida e rapidamente, em paralelo à ação. Vejamos o caso de Rodolphe. Ele listou tudo o que o incomodava: o gato, a televisão, a desordem, os olhos inchados de Charlotte. Tentou equilibrar esses inconvenientes com a satisfação extrema da noite. "Vi o lado positivo e negativo das coisas." Tentou fazer um balanço, mas foi em vão. "Estava preocupado com o futuro, claro. Cheguei a me perguntar se não estava fazendo uma besteira." Havia, no entanto, um abismo entre sua apreensão e uma eventual ruptura com Charlotte. Tanto a apreensão poderia ficar (secretamente) de lado como a decisão de ruptura era irremediável naquele momento. Ele adiou, portanto, essa escolha difícil. Onze meses depois, parece que o problema não foi totalmente solucionado. Eles estão juntos, mas vivem separados e não sabem como será o amanhã. A ausência de vida em comum permitiu deixar a decisão em aberto, sem, contudo, facilitá-la.

A fuga do tempo arma uma emboscada para aquele que não se decide na primeira manhã; tudo parece ir rápido demais, enquanto ele sente vagamente uma redução nas suas capacidades intelectuais. Se não pensar com rapidez, clareza e eficiência, terminará mergulhando em meditações heteróclitas e confusas. Ele sente intuitivamente que o encadeamento dos fatos não lhe permite se concentrar; ele precisaria reunir as condições necessárias para obter um pensamento mais distanciado, abstrair-se do acontecimento, estar só para pensar. Ele tenta isolar-se indo ao banheiro ou à padaria. Sua cabeça continua desesperadamente estéril; embora se esforce, suas ideias seguem em todas as direções. Com suas táticas (banheiro e padaria) fracassadas, resta-lhe apenas uma solução: refugiar-se em sua casa (ou convidar a pessoa a se retirar). Distância provisória necessária? É o que diz ao parceiro para não chocá-lo. Na realidade, tudo depende da decisão que será tomada. O encontro de Charlotte e Rodolphe não estava previsto.

No café da manhã, ele inventou uma desculpa para se ausentar durante o dia. Com um tom de voz nada convincente, percebeu a decepção estampada no rosto de Charlotte. Na despedida, encenou melhor sua comédia, embora não soubesse se voltaria de noite. Em sua casa, porém, houve uma reviravolta em sua cabeça. "Quando você está sozinho, pensa com mais calma." Pensar? O termo em questão é sem dúvida exagerado. O retorno solitário para casa teve sobretudo o efeito de incitar seu desejo por Charlotte: ele pensava em mais uma noite com ela. "Queria apenas uma coisa, que chegasse a noite." Mas, como ele havia pensado no café da manhã, a noite não seria a concretização do compromisso? Ele remoeu tanto a questão que acabou adiando para depois. "Só queria que continuasse a ser bom para os dois, não pensava em mais nada." E as dúvidas mais acentuadas acabaram se dissipando. "Se você vê que as coisas estão indo bem, não precisa se preocupar." Não é necessário pensar, a prova dos fatos é a única decisiva.

A eficácia cognitiva da solidão varia muito. Rodolphe não chegou realmente a pensar, e a distância deu-lhe vontade de rever Charlotte. Mesmo a distância, o acontecimento pode manter sua influência sobre o indivíduo, impedindo-o de se concentrar. Às vezes, é impossível romper com a mudança da nova vida. De volta a sua casa, Rodolphe não conseguiu se encontrar em suas referências pessoais. Ficou ausente, no corpo a corpo da noite, e se imaginou com Charlotte. Sophie, ao contrário, conseguiu organizar suas ideias. "Só quando ficava sozinha parecia me compreender melhor." Charles-Antoine é mais flexível, ele explica como o processo pode tomar rumos diferentes, segundo as circunstâncias de sua vida. Primeiro caso (ele generaliza suas experiências pessoais): "Às vezes, nós dizemos: 'A gente se liga', mas alguns dias depois, quando você para para pensar, percebe que o melhor a fazer é terminar." Segundo ele, sempre foi sincero ao dizer às mulheres: "A gente se liga." É somente mais tarde, sozinho em seu canto, que não se sente mais envolvido. Segundo caso: "Se você encontra com ela uma segunda vez, foi porque sua imaginação trabalhou positivamente, incitando-o a um novo encontro."

"Você logo vê"

Os pensamentos não estão inativos na primeira manhã. Diante de um futuro incerto, eles chegam até a ser obsessivos. Mas também podem ser confusos, ineficazes, descontínuos e contraditórios, misturando-se numa aluvião caótica. Isso não impede que haja momentos de análise e reflexão ponderada. Mas também não fornecem instrumentos de compreensão. As palavras de Charles-Antoine são reveladoras. "Imaginação" e "vontade": o lado intuitivo e sensível desempenha um papel mais determinante que o racional na hora da decisão.

Exceto quando a escolha (positiva ou negativa) é evidente na primeira manhã, os pensamentos são dispersos e confusos. Mas as sensações não enganam. Elas permitem que os pensamentos se organizem com uma certa eficiência. É inútil refletir demais quando as manhãs são frustrantes, pois a irritação guia tanto a mente como o corpo para o fim da experiência. Também é inútil refletir quando as manhãs são maravilhosas: quem teria a ideia absurda de recusar um momento mágico? Em situações mais delicadas, quando o pensamento agita-se e esgota-se em movimentos caóticos, os parceiros ficam mais atentos às suas sensações para tentar decodificar o que lhes diz a experiência pela qual estão passando. Como eles estão consigo mesmos? Sentem um bem-estar simples e profundo? Ou os exasperos e constrangimentos murmuram que estariam melhor no papel do antigo eu? Cada cena da primeira manhã tem sua devida importância nesse exercício interior de inteligência sensível. A cena do aconchego da cama, evidentemente, o desejo de proximidade ou distância, de mais ou menos beijinhos e carícias. Mas também a cena do café da manhã, com seus gestos curiosos e diferentes, onde penetramos com o prazer empático da descoberta, ou que choca por sua estranheza. "Você logo vê se quer continuar. Você vai aceitar melhor, e até apreciar os gestos do outro" (Charles-Antoine). O menor detalhe é motivo para contabilizar o positivo e o negativo de maneira muito mais simples do que com o pensamento lógico. O mundo sensível é regido por uma única medida, separando o bem e o mal, o bom e o ruim, o agradável e o desagradável. Tudo pode subtrair-se ou somar-se, o carinho e os olhos inchados, o arranhão de um gato e a caixa de doces. A cada instante a percepção global abrange os mais diversos elementos, que, por sua vez, retificam sua evolução com pequenas pinceladas. Basta que ela seja positiva para que o parceiro indeciso se deixe levar pelo fluxo das coisas. Mas, quando é negativa, a reflexão pode entrar subitamente em cena de modo mais pragmático, impulsionando uma decisão em poucos instantes; é a ruptura.

O predomínio do sensível sobre o reflexivo provoca um tipo de pensamento binário: uma dominante, positiva ou negativa, opera a cada instante, podendo gerar a cada dúvida uma sucessão de sequências opostas. Portanto, em certos casos, as sensações podem acarretar a mesma indecisão provocada pelo pensamento. A pessoa também deve aprender a lidar com elas: ser receptiva ao que segue dizendo a experiência do momento, privilegiando ao mesmo tempo uma leitura global a partir do instante em que uma linha diretriz começa a dominar. É bastante delicado manter o equilíbrio entre essas duas lógicas contrárias. Erika opta por uma linha extrema. "Ah sim, comigo é rápido! Gosto ou não gosto; não tenho meio-termo. Sou assim! Não dou uma segunda oportunidade." Ela chega a ser mais rápida que Gildas, adepto do teste do café da manhã. Uma decisão tão imediata como a sua só é possível quando a relação se limita ao sexo [Bozon, 2001]. Fora da cama, nada mais desperta o interesse de Erika. "Quando vejo que não deu certo, não há mais nada a fazer. Não sou intransigente, mas é assim: se não rolou, não rolou!" Ela admite, no entanto, autorizar uma última sessãozinha de recuperação pela manhã, no aconchego da cama. Durante a noite, o que estava sendo avaliado era o outro, de maneira mais técnica, com base em seu desempenho sexual. De manhã, Erika está mais à escuta de suas próprias sensações: tem atração por ele? O que sente ao contato de sua pele? "É uma questão de química, de contato físico." Mas é raro que as percepções matinais sejam contrárias ao que revelara a noite: o essencial estava em jogo antes.

A instauração precoce de uma leitura global guiando as percepções confere toda a sua importância à primeira impressão da manhã. "Você logo vê se está bem ou não" (Marlène). Muitos incidentes podem perturbá-la. A saída da cama, o banheiro e o café da manhã trazem consigo muitas surpresas e armadilhas. Mas, como a primeira sensação da manhã predomina, os inconvenientes ulteriores devem ser realmente graves para mudar o rumo das coisas. Colombine, pensando em suas manhãs sem Franck, guarda na memória essa primeira impressão que, aliás, nunca a enganou em relação aos episódios seguintes. "Se você e seu parceiro estão ou não de bom humor, se você tem vontade de tomar café com ele." Quanto a Franck, a primeira impressão (em sua ausência) foi um verdadeiro encantamento.

O pensamento ambíguo

Quando as sensações são positivas desde o início, o pensamento pode descansar e seguir o fluxo das coisas. O que é mais fácil quando o acontecimento é interessante; erva e música tinham adormecido as últimas dúvidas de Agathe. Infelizmente, por pouco tempo. Pois, de repente, ela começou a pensar na Inglaterra. Se era realmente sério, viveria com ele? Mas a união conjugal traria uma série de problemas para os quais ela não via solução. "Não sabia o que fazer porque eu precisava deixar a Inglaterra dois dias depois. Será que realmente quero ir embora? Será que quero que ele goste de mim para que eu volte?" Agathe resolveu, portanto, mudar sua estratégia de ação. Deixar-se levar pela agitação do momento era muito mais fácil e agradável, mas aonde isso a levaria? Outra questão: John estava realmente apaixonado por ela? Era necessário esclarecer essa dúvida. "Eu me perguntei: será que sou especial para ele, ou sou uma mulher que vem e vai? Estava tão bem que disse a mim mesma: falo com ele e aproveito para tentar saber o que ele pensa!" John se mostrou evasivo, brincalhão, e, quando ela tentava abordar a questão, refugiava-se no silêncio. Sem dúvida, estava tão indeciso quanto ela. Tudo aquilo era muito importante e complexo para se enunciar uma resposta simples em tão pouco tempo. Eles se observaram, tentando adivinhar o que o outro estava pensando sobre o futuro da relação, como se a magia da contemplação mútua pudesse dissipar o mistério que imperava entre eles. "Ele também tinha dúvidas, me olhava sem parar! Eu também. Foi assim durante todo o dia: nos olhávamos o tempo todo."

O vai e vem do pensamento entre integração na nova trajetória e interrupção da experiência define logicamente duas modalidades de comportamento e exposição de si mesmo. O timbre de voz muda, assim como o linguajar, o gestual e o repertório das cenas a serem interpretadas. "Às vezes, parecíamos realmente um casal, tentava não contrariá-lo, mas, de vez em quando, aquilo me deixava nervosa. Tomamos banho juntos, mas depois falei para nos separarmos" (Virginie). Pois, sob o embalo da trajetória conjugal, o pensamento crítico diminui; manter certa reserva na ação é uma forma de poder continuar pensando. Normalmente, essa reserva limita-se aos momentos solitários (banheiro, padaria). Nas cenas íntimas ocorre o inverso, ambos os parceiros entram no jogo conjugal ou fazem com que o outro acredite nisso. Toda a arte consiste, portanto, em dividir o pensamento de modo que o presente conjugal possa ser vivido praticamente sem reservas, sem se perder de vista a avaliação crítica necessária. "É um olhar analítico, mas um olhar cheio de amor." Pierre reconhece que observou muitos detalhes. "Mas sem ficar na espreita." Considerou-os um pouco ao acaso, quando chamavam sua atenção. Ele não disse nada a Marinette, tampouco mudou seu comportamento. O pensamento crítico foi distanciando-se de sua consciência para ser gravado numa memória distante, que é, no entanto, parcialmente reativada durante a entrevista. É interessante ressaltar que esta última ocorre somente quinze dias após o acontecimento. Em compensação, Anna evoca uma manhã vivida há nove anos e meio. Vimos que ela havia recusado uma visão crítica, optando por seguir o caminho fluido da continuidade. "Não quis pensar em nada, estava em outro astral." No entanto, ela havia notado alguns detalhes dos quais, anos depois, se lembra. Por exemplo: "Não era sempre que ele escovava os dentes." Se tal falha não tivesse sido corrigida com o tempo, o pensamento crítico poderia ter se manifestado com mais intensidade, e, eventualmente, ter se ligado a outros. A acumulação crítica cria as condições de mudança de opinião. Para Vincent, o processo foi muito rápido, no espaço de uma manhã. No início, ele parecia insensível a todos os inconvenientes, como se nada pudesse frear seu caminho. O pensamento crítico tinha permanecido tão longe em sua mente, que uma camada mental mais importante e otimista conseguia recobri-lo a cada tentativa de emersão. Mas, em algum momento, a vaca, os ratos, as aranhas, Van Gogh, o silêncio irritante de Aglaé, acabaram revertendo a situação cognitiva. Em primeiro lugar, Vincent discerniu o compromisso no qual se recusava a pensar. "Não pensei em mim de manhã. Via aquilo mais como uma aventura. Mas, mesmo assim, não pude deixar de pensar se ia ou não rolar com Aglaé." O exercício não durou muito tempo. Se realmente não "rolava" com Aglaé, o que poderia significar uma continuação da aventura? "Eu me perguntava se tinha feito a escolha certa. Não por causa de sua reação, mas por motivos pessoais." Não se tratava mais de certos inconvenientes anedóticos, mas dele mesmo, de seu futuro. Ele precisava pensar melhor; voltou para casa. "Na noite seguinte, queria ficar sozinho. Porque eu não tinha entendido muito bem sua atitude no café da manhã. Talvez eu quisesse me autoanalisar."

"Eu era uma espectadora"

A divisão é uma característica central da primeira manhã, mas suas manifestações são multiformes. Vimos como o indivíduo está dividido entre a força do acontecimento, que o carrega pelo simples encadeamento dos fatos, e a capacidade reflexiva, que lhe diz que talvez esteja prestes a cometer um erro. Vimos que a reflexão podia acompanhar a ação ou atuar de modo solitário. Seria possível ainda descrever muitas outras modalidades. Por exemplo, a pressão normativa que impõe uma identidade socialmente construída, enquanto o indivíduo concreto talvez seja mais propenso à reserva. De mau humor, Boris levantou várias questões e críticas sobre sua experiência. Quando Prudence estava no banheiro, ele explodiu: esperara horas, ela não saía nunca! Quando finalmente chegou sua vez, ficou nervoso ao ver que o banheiro parecia-se mais com uma sauna. "Precisei enxugar todo o banheiro. É muito bom ser limpo, mas ser limpo demais é muito para minha cabeça! Não dá!" No banheiro, Boris só pensava em uma coisa: terminar com Prudence. Depois, pensou nos amigos que iam encontrar em menos de uma hora. O que dizer se eles não lhes anunciassem a notícia esperada? Boris acabou esquecendo sua irritação. "O que me preocupou foi pensar no que íamos dizer aos outros."

Multiforme, a divisão possui, no entanto, um núcleo que explica a existência das mais diversas modalidades: o indivíduo divide-se na primeira manhã porque existe um combate entre suas duas identidades. Como ele poderia unir seus pensamentos, se nunca sabe qual de suas identidades está atuando, a antiga ou a nova, ainda em experimentação? Isso também explica as variações súbitas de opinião, e as inúmeras contradições que foram destacadas durante as entrevistas. Sophie sentiu com uma particular acuidade a divisão que se operou nela; aliás, foram o poder dessa divisão e sua natureza estranha que favoreceram seu comprometimento. Até então, ela só conhecera manhãs frustrantes que terminavam em fugas violentas, movidas por uma vergonha insuportável. Aquela noite foi especial, porque, paradoxalmente, não a levara a sério. "Eu o conhecia, mas não me via com ele. Não me entreguei logo de cara." No dia seguinte, não teve vergonha nem vontade de fugir. Tampouco sentiu aquela felicidade simples. A situação foi muito estranha: ela não era ela mesma, nem se sentia existindo concretamente nesse papel insólito, ela era um personagem fictício, fora do espaço e do tempo, e, principalmente, fora de si mesma. "Não acreditei. Fiquei dois ou três dias em estado de choque. Eu era uma simples espectadora." Já vimos Colombine e outros entrevistados se perceberem "como num filme", enquanto a divisão estava se operando. A particularidade de Sophie é que sua vida ficcional durou muito tempo. "Durante meses, vivi com a certeza de que iria embora no dia seguinte." Pois estava ligada ao seu antigo eu, e não podia realizar plenamente a transição biográfica. Ela desempenhava um papel no qual não acreditava, pois continuava a ser decididamente a outra Sophie. Habitualmente, os protagonistas, salvo em caso de manhãs frustrantes, entram com mais ênfase em seus novos papéis, aprendendo a se adaptar aos novos gestos que se tornam familiares. Mas não totalmente. Uma parte deles permanece no antigo eu, lembrando de seus princípios e lançando suas críticas, sobretudo quando o entusiasmo diminui no casal emergente. O indivíduo, na ilusão de sua unidade e de sua continuidade, não sabe nunca qual dos dois "eus" lhe insufla suas ideias.

Essa realidade constitui um importante fator explicativo da ineficiência do trabalho de reflexão matinal. O arsenal sofisticado dos meios usados (observações difusas ou mais analíticas, predomínio das sensações, espaços de isolamento para o exercício do raciocínio mais crítico, conservação das dissonâncias em memória dormente) levaria a crer que essa experiência sensível, normalmente não limitada a uma só manhã, garantiria a escolha certa do parceiro. Seria esquecer, contudo, a infinidade de variantes que devem ser levadas em conta: a sede de tranquilidade mental

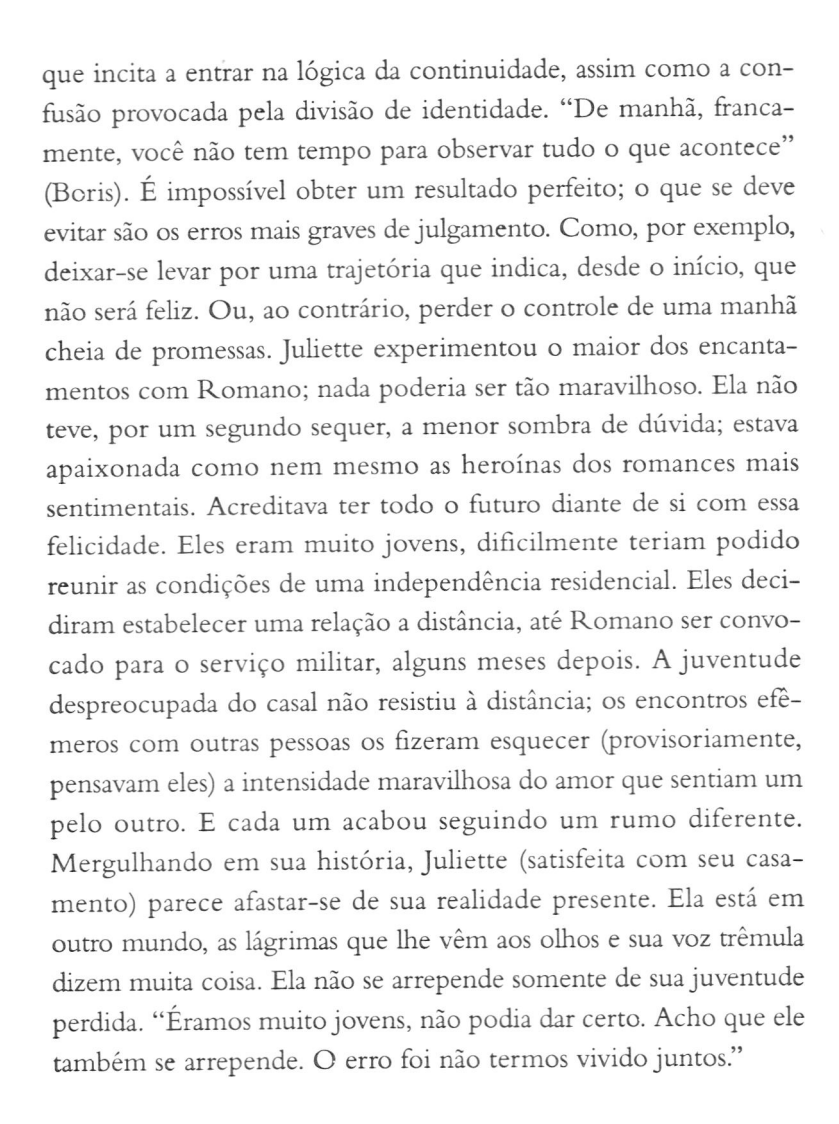

que incita a entrar na lógica da continuidade, assim como a confusão provocada pela divisão de identidade. "De manhã, francamente, você não tem tempo para observar tudo o que acontece" (Boris). É impossível obter um resultado perfeito; o que se deve evitar são os erros mais graves de julgamento. Como, por exemplo, deixar-se levar por uma trajetória que indica, desde o início, que não será feliz. Ou, ao contrário, perder o controle de uma manhã cheia de promessas. Juliette experimentou o maior dos encantamentos com Romano; nada poderia ser tão maravilhoso. Ela não teve, por um segundo sequer, a menor sombra de dúvida; estava apaixonada como nem mesmo as heroínas dos romances mais sentimentais. Acreditava ter todo o futuro diante de si com essa felicidade. Eles eram muito jovens, dificilmente teriam podido reunir as condições de uma independência residencial. Eles decidiram estabelecer uma relação a distância, até Romano ser convocado para o serviço militar, alguns meses depois. A juventude despreocupada do casal não resistiu à distância; os encontros efêmeros com outras pessoas os fizeram esquecer (provisoriamente, pensavam eles) a intensidade maravilhosa do amor que sentiam um pelo outro. E cada um acabou seguindo um rumo diferente. Mergulhando em sua história, Juliette (satisfeita com seu casamento) parece afastar-se de sua realidade presente. Ela está em outro mundo, as lágrimas que lhe vêm aos olhos e sua voz trêmula dizem muita coisa. Ela não se arrepende somente de sua juventude perdida. "Éramos muito jovens, não podia dar certo. Acho que ele também se arrepende. O erro foi não termos vivido juntos."

A caminho de um novo modelo amoroso

"Para ela, minha realidade era o Gengé que ela mesma havia criado, insuflando-lhe pensamentos, sentimentos e gostos que não se pareciam em nada com os meus, e que eu não poderia modificar, sem correr o risco de me tornar outro que ela não reconheceria, um estrangeiro que ela não teria compreendido, nem amado.

[...] Ela o amava tanto!

No momento em que tudo tinha ficado claro para mim, tornei-me uma pessoa terrivelmente enciumada, não de mim mesmo, acreditem, mas de outro ser que não era eu, de um imbecil que vivia entre mim e minha mulher, mas não como uma sombra vã; era ele que me havia reduzido à dimensão de sombra vã, tomando conta de meu corpo para que ela o amasse...

Pensando bem, minha mulher não beijava em meus lábios alguém que não era eu?"

Luigi Pirandello, Um, ninguém e cem mil

"A vida era assim"

O sentimento não se deixa encerrar em modelos: seria muito redutor descrever em algumas linhas a vida conjugal em tal ou tal época. Felizmente, cada indivíduo sempre foi único, e cada história de amor, uma invenção a dois. Mas os tempos mudaram, e o amor não é mais o mesmo. Com o risco de ser esquemático, é necessário traçar as grandes linhas dessa mutação.

Nas primeiras sociedades humanas, a troca de mulheres era realizada segundo regras estritas de aliança. O amor, quando existia, não podia ser expresso nem deixado ao acaso. O casamento não era uma questão tratada entre quatro paredes, mas um negócio público da mais alta importância, um dos alicerces das comunidades sociais em construção. Durante séculos e mais séculos, passando por inúmeras variações, o casamento conservou algo dessa dimensão institucional. Além de dois indivíduos que se uniam, a sociedade inteira, mediada pelos pais, seguia controlando e organizando o acontecimento.

Em nome do amor, pelas armas do teatro e do romance, uma nova visão sentimental e individualista foi se afirmando pouco a pouco contra a moral estabelecida. Mas, na primeira metade do século XX, embora estivesse presente na literatura e no cinema emergente, não conseguiu transformar o comportamento da grande massa da população. O ideal amoroso tinha ainda pouca influência na formação dos casais.

Não há exemplo melhor para compreender essa mutação que a bela história de Georgette e Léon, que se casaram num dia radiante do imediato pós-guerra. "Eu era uma moça muito bonita. Muitos homens pediram minha mão em casamento. Vinham inclusive de outras cidades." Até alcançar o recorde que se espalhou pela cidade inteira: oito pedidos em uma semana! As propostas de casamento eram discutidas em família. "Entrei em conflito com meus pais, porque preferiam outro rapaz." Mas Georgette, rebelde e moderna nesse ponto, começou a "frequentar" Léon em segredo. "Precisei enfrentar meus pais. Porque, naquela época, sair com alguém era para a vida inteira!" Georgette tinha apenas quinze anos. Seus pais terminaram por ceder, já que o pretendente era aceitável, mas com a condição de que a "frequentação" fosse conforme os costumes da época. "Meu pai me dizia sempre: você pode sair com ele, mas não me apareça grávida por aqui. Porque sabe o que vai acontecer! Era muito severo. Era inimaginável! Aliás, nem pensávamos nisso. Tirando estar junto, se beijar e coisas desse gênero, ninguém pensava em ir mais longe. A vida era assim." Com vinte anos, um antes do casamento, havia sempre alguém que a acompanhava (muito simbólico) em suas saídas com Léon. "Quem nos acompanhava sempre era minha irmã. Ela zombava um pouco da situação, mas não tinha como evitar. Era terrível." O casamento foi um grande acontecimento, tanto por seu aspecto cerimonial, como pela espera emocionante da noite. "Éramos jovens e inocentes, não conhecíamos nada da vida, portanto o que fazíamos era mergulhar em algo extraordinário que temíamos." A impressão ao acordar também foi intensa. "Foi uma surpresa acordar com alguém ao meu lado, até estranhei um pouco, mas estava feliz." Esqueceram-se rapidamente dos inconvenientes da noite (em particular do pudor). "O primeiro passo tinha sido dado. Vestimos nossos robes e fomos tomar café." Foi nesse momento que ela teve consciência de sua nova vida, da felicidade, da independência. "Era como se tivesse vencido um obstáculo, sentia-me livre por ter uma casa, por poder cozinhar só para nós dois." A felicidade do casal mesclava-se à felicidade da emancipação pessoal. "Estava em minha própria casa! Minha vida começava naquele momento." Naquela manhã, ela não precisou pensar, não viu nada que pudesse ser criticado. "Estávamos tão felizes que, se houvesse algo errado, não teríamos percebido. Deixei a vida passar assim." E, no entanto, ela estava passando por uma profunda e repentina mudança. "Era uma vida completamente diferente da anterior, incomparável." Mas a única coisa que havia a fazer era aceitar o novo rumo das coisas. "A vida era assim e era preciso continuar assim."

"Já estávamos inseridos na história"

A história de Georgette não pretende representar uma época. Em alguns aspectos, suas raízes camponesas correspondem mais ao início do século que aos anos 1940, período em que de fato se desenrolou a história. O importante é o que ela ilustra: o peso das instituições sociais sobre o indivíduo, e o início da revolta individual contra esse tipo de dominação. Georgette não fala muito sobre esse amor, nem o sublima. Sua vida conjugal não segue completamente o modelo do romance sentimental. No entanto, foi movida por seu desejo secreto que ela impôs sua escolha íntima.

Todo o século XX foi marcado pela longa e difícil tentativa de afastamento do modelo institucional conjugal. A história de Gabrielle nos ajudará a ver de perto como se operou essa transição num período crucial: o final dos anos 1960. Essa data talvez surpreenda. Mas não podemos esquecer a grande distância entre o universo do imaginário e da ficção, onde a revolta romântica difundiu-se rapidamente, e a uma maioria de costumes que continuou a vigorar segundo os moldes tradicionais.

Como Georgette, Gabrielle começou a sair com André às escondidas. Quando anunciou o namoro aos pais, sua mãe mostrou certa reserva, enquanto seu pai pareceu mais compreensivo. "Não se falava nisso. Mas, de certo modo, tínhamos o consentimento do meu pai." A família de André, muito tradicional, opôs-se ao relacionamento, ao saber que os pais de Gabrielle não frequentavam a missa, e que esta última vivia em Paris por motivos profissionais. Eles recorreram ao padre para tentar solucionar o caso. Gabrielle foi obrigada a submeter-se a interrogatórios e pressões. "Eles desconfiavam que eu não fosse uma pessoa de bem. O padre pediu até para nos afastarmos durante algum tempo para vermos se realmente nos amávamos. Mas eu não gostei nada dessa história." No contexto de 1968, ano de conquistas no campo da liberdade individual, os sermões do padre pareciam pertencer a outra época. Gabrielle e André continuaram juntos, semiclandestinos, "como dois criminosos". A atmosfera da época tinha mudado radicalmente. "Cinco anos antes, não poderíamos nunca ter feito aquilo."

Gabrielle estava apaixonada? Como era essa paixão? Sua história dá a estranha impressão de que houve um sentimento inicialmente formado na luta contra a adversidade social, e amadureceu na confirmação pública da união. "No início, lógico, tive dúvidas se era realmente Ele." Depois houve a conivência da semiclandestinidade, os cafés da manhã secretos durante dois anos, e alguns hábitos de casal estabelecido. Enfim, o casamento aceito pelas famílias, e a explosão emocional quanto à perspectiva oficial do compromisso. "Eu estava apaixonada, nada poderia impedir aquele casamento! Quando penso hoje, nem acredito." Ela estava perdidamente apaixonada. Mas é curioso ressaltar o quanto a instituição ainda dominava: era sobretudo o casamento que a entusiasmava. É até curioso que tenha recorrido à manhã de núpcias para ilustrar "sua primeira manhã". Quinze dias antes, Gabrielle e André já tinham vivido sua primeira noite de amor. Rebeldes à sua moda e influenciados pelas ideias libertárias da época, eles se recusavam a submeter-se a imposições. Sem dúvida havia também um grande desejo entre eles. Falar de revolta amorosa seria, contudo, um exagero. Gabrielle não se lembra dessa noite, nem da manhã. "Não foi marcante para mim." O casamento tinha sido outra história! As emoções que ele proporcionou eram muito mais fortes. E as lembranças que deixou, bem mais precisas.

A noite de núpcias não foi um sucesso. André tinha esquecido seu pijama e por isso não se sentia muito à vontade com Gabrielle. O pior foi sua angústia ao pensar no ritual coletivo da manhã seguinte. "Ele sabia muito bem que todo mundo iria nos acordar. O que o deixou extremamente irritado." Sua ansiedade era tanta que não houve sexo. "Foi um pouco delicado." De manhã, quando os amigos chegaram, encontraram a porta trancada. Mas, com uma escada, conseguiram entrar pela sacada. "E umas quinze pessoas invadiram nosso quarto; era impossível controlar a situação." Como André recusava-se a sair da cama, todos eles subiram para tirar fotos, e pronto, a cama foi abaixo! Claro que desventuras como essa deixam marcas mais profundas. Mas não devemos nos enganar: atrás das anedotas divertidas (salvo para André), o peso dos rituais coletivos é patente. Após a rebelião contra a família e a loucura dos encontros escondidos, Gabrielle voltou a se adequar à tradição. Apenas o início de sua história encerrava um desejo modernista de maior autonomia pessoal. Após o casamento, a lógica habitual do compromisso tinha voltado a dominar as relações interpessoais. "Após o casamento, percebi que minha escolha era definitiva: era ele, e não outro. A primeira manhã marcava nosso futuro, já estávamos inseridos na história." Só tinham que se deixar levar.

Gabrielle sentia todas as agitações da época em torno de si. "Se você dormisse com um homem, certamente ele seria seu marido. Mas também conheci mulheres da minha idade que iam para a cama sem compromisso. Era o início de outros hábitos." A liberação dos costumes nos anos 1970 iria realizar em poucos anos o que dois séculos de amor romântico não haviam colocado em prática por causa da virtude do sentimento: abater o antigo regime conjugal.

O modelo romântico

O amor sentimental nasceu do romance [Raffin, 1987]. Diversos especialistas recusaram essa tese, argumentando que o amor não é uma ilusão, que ele existe realmente, até nos mais ínfimos estremecimentos do corpo. Mas não existe antinomia alguma entre essas duas concepções. Todos os fenômenos culturais são invenções sociais: a família transformou-se ao longo da história; a praia como local de repouso foi uma descoberta recente; o modo como nos lavamos foi codificado no século XIX. Cada um desses elementos foi construído de modo específico. A única particularidade na construção do amor é ter feito intervir massivamente o imaginário e a ficção. Surge daí a distância, muitas vezes ressaltada, entre representação idealizada e realidade concreta do amor. O erro estaria em se basear nessa diversidade conceitual para concluir que o amor é uma quimera. Ele existe realmente, mesmo que não esteja sempre à altura do sonho.

O amor sentimental tem uma longa e complexa história, com momentos marcantes e originais, como o amor cortês da Idade Média, mas que permanecem relativamente marginais em relação ao peso da instituição social do casamento. A força do romantismo idealista é ter contornado esta última, para impor no campo da literatura (e a partir daí de modo mais amplo nas representações) o que seria o verdadeiro "modelo dominante" do amor [Chaumier, 1999, p. 29]. Serge Chaumier o definiu em linhas gerais. A princípio, o amor romântico é uma luta pessoal contra os mais diversos obstáculos, "quanto mais contrariado, mais violento será o amor" [p. 39]. Ele se caracteriza por uma exacerbação do sentimento que permite vencer qualquer dificuldade, sublimando o objeto de amor. A idealização do parceiro "vale mais que sua real personalidade" [p. 108]. Eu acrescentaria em meus próprios termos: porque ela é necessária à construção do *élan* sentimental, que é o único que permite a separação do antigo eu, escravo (muito mais que hoje) dos papéis sociais da instituição estabelecida. Stendhal usa o termo "cristalização" para explicar que tal sentimento é uma força que transforma a identidade. Ele funda o novo casal. É por esse motivo que está situado no início do processo. Muitas vezes, desde o primeiro encontro, desde a primeira troca de olhares.

Consideramos o amor romântico como uma estrutura universal de nossas mentalidades comuns. Um ideal, infelizmente muito distante das futilidades do cotidiano, mas fiel a si mesmo, evidente e inquestionável. Imperativos sociais guiaram sua evolução, indicando que ele é uma realidade provisória, construída numa fase precisa de nossa história.

Um modelo de transição

Acredito que os exemplos que citei foram suficientes para mostrar a força da instituição tradicional do casamento. A história de Georgette ou de Gabrielle ocorreu um século depois da expansão do idealismo sentimental, e os jovens apaixonados de hoje ainda não conseguiram se libertar do domínio social. Teria sido necessária mais violência passional. Porque o amor romântico é antes de mais nada uma violência feita à instituição para criar indivíduos mais autônomos, responsáveis por suas escolhas pessoais e conjugais. Georg Simmel [1988] ressaltou que a virtude da paixão era individualizar os amantes, separando-os de seu meio. Ulrich Beck [2001, p. 32] é mais preciso ainda: "O amor moderno é inteiramente na primeira pessoa do singular." O lado oculto do sentimento amoroso no modelo romântico, de sua grandeza e força, resume-se no fato de que sem ele teria sido impossível criar uma nova realidade do indivíduo moderno nas relações privadas; "a descoberta de si mesmo, propulsora de novas relações interpessoais" [Perrot, 1987, p. 417]. Por esse motivo, a violência na expressão do sentimento, a ruptura com o domínio da tradição e a libertação dos indivíduos para se lançarem no caminho de seu próprio destino fizeram-se necessários. Somente um *élan* sentimental idealizado, repentino e vibrante de emoção poderia realizar essa mutação histórica.

Mas, fora dos livros, ele foi imperfeito; o *élan* sentimental das histórias levou muito tempo para se concretizar. Em meados do século XIX, o romantismo era ainda uma abstração, que abalava a instituição conjugal somente no campo literário e no mais íntimo de cada um. Foi então que se produziu uma discreta revolução no controle íntimo das sensações corporais: houve o aumento de um desejo mais concreto e sensual, em plena época puritana, um desejo mais ardente de carícias [Corbin, 1987]. Uma energia pulsional, de certa maneira, que faltava no modelo romântico puro. Na referência teórica e abstrata que opõe Ágape (amor ascendente) e Eros (amor descendente), o verdadeiro amor seria aquele que reprime ou sublima o sexo, considerado, nesse caso, egoísta e falso. A evolução do amor romântico no século XIX e na primeira metade do século XX foi uma lenta passagem da repressão à sublimação. O aumento do desejo conferia mais *frisson* à espera. E, entre o pós-guerra e os anos 70, a instituição foi finalmente derrotada.

Mas o modelo romântico também fracassou, visto que não conseguiu se impor como nova realidade. Ele perdeu sua pureza à medida que se difundiu e assimilou aos costumes. Modelo dominante nas representações durante dois séculos, ele nunca conseguiu se impor totalmente na realidade tangível. A partir dos anos 1970, no momento em que os indivíduos encontravam a coragem para se libertarem definitivamente do antigo regime conjugal, e que o amor era "banalizado num movimento de massa" [Beck, 2001, p. 32], a emancipação sexual mudou radicalmente o cenário. O que a princípio havia possibilitado ao modelo romântico realizar uma segunda libertação transformou-se em inimigo interno, antecipando seu declínio. A ordem simbólica unindo sentimento e sexo foi invertida, o sentimento não podia mais ser o grande *élan* criador de toda uma trajetória de vida. A emancipação sexual passou para outra época, que buscava seu novo modelo de referência. O romantismo amoroso manifestou, dessa forma, seu papel social: realizar uma mutação histórica. Ele nunca se inseriu na realidade do cotidiano, como foi em outra época o caso da tradição matrimonial, ou como será talvez o do modelo em gestação. O romantismo amoroso foi, em suas incertezas e *élan*, em seu ardor e beleza, o instrumento provisório de uma transição.

O fim do modelo romântico?

Podemos afirmar que o romantismo está morto ou que está condenado a desaparecer? Vejamos bem. Não falo aqui apenas do modelo que traça uma vida inteira a partir de um momento fundador marcado por um sentimento primordial. Esse modelo sim, está moribundo. O homem moderno não aceita mais ser levado pelo movimento impulsivo de sua própria representação, ele deseja multiplicar a cada dia as chances de se aproximar concretamente da felicidade. Ele não é menos sentimental, ou menos romântico, se preferirmos. Ele cultiva a emoção mais do que nunca, mas não pretende reduzir tudo a uma única emoção original, somente se puder verificar sua autenticidade. As trajetórias de vida privada são cada vez mais sinuosas, alternando sequências variadas, e tendendo a multiplicar as experiências e os parceiros ao longo da vida. Raramente pelo único prazer de mudar: cada um busca o seu caminho e não pretende se enganar.

Depois, moribundo não significa morte: o modelo romântico está apenas em declínio, e talvez nunca desapareça realmente. Ele predomina em boa parte da literatura e do cinema – ambos lentamente consumidos por visões mais realistas [Chalvon-Demersay, 1996] –, nos sonhos íntimos do príncipe encantado, mas sobretudo na linguagem comum a que todos recorremos para falar de amor:

haveria o amor de referência, e variantes atenuadas, que infelizmente conhece a maioria dos casais. Usei o termo "infelizmente" porque as variantes apenas se apresentam dessa forma se comparadas ao ideal comumente aceito. Claro que às vezes o amor se desgasta. Mas também às vezes (não quero detalhar as proporções, prefiro ser otimista) é o velho modelo que permanece como referência para os amores inovadores e experimentais.

Ele continua ainda muito presente nas primeiras histórias de amor da juventude, especialmente entre as mulheres [Alberoni, 1994]. Pois é a experiência que revela pouco a pouco a distância entre o modelo e a realidade contemporânea. Os amores que surgem mais tarde são mais racionais [Le Gall, 1992]. Algumas pessoas, porém, conseguem permanecer jovens durante muito tempo − inclusive por meio de terríveis contradições e outras dores − e sonhar com sentimentos únicos e imediatos, viajar em histórias promissoras e excitantes. Trata-se, na maioria dos casos, de histórias curtas, que não se referem ao modelo romântico (que pressupõe a certeza e a constância do amor), mas, antes de tudo, a uma cultura moderna da invenção narrativa de si mesmo e da emoção.

É preciso finalmente aprofundar nossa análise. Houve uma ruptura violenta do modelo romântico com os códigos vigentes. Uma mudança tão radical assim não poderia ter sido aceita socialmente, se não levasse consigo alguns conceitos tradicionais. O romantismo, revolucionário do ponto de vista das relações e dos sentimentos, pode ser analisado como conservador e hostil à modernidade democrática do ponto de vista político [Mesure, Renaut, 1999]. A revolução do sentimento recaía sobre a autonomia individual, um comportamento que não poderia ser aceito facilmente por uma sociedade que definia os indivíduos pela ordem do mundo; era inconcebível abandonar a visão comodista de destino. Ora, curiosamente (não há nada de curioso quando compreendemos o caráter transitório do romantismo), o modelo do sentimento idealizador repousa sobre a noção de evidência e destino amoroso. Ao abandonar o destino socialmente definido, o indivíduo encontrou, para se refugiar, outra predefinição de seu futuro. O amor deixou sua loucura alucinada para ser regido pela providência do encontro. "Uma só pessoa existe para mim, e, quando eu cruzar seu caminho, vou saber imediatamente, porque está escrito." As representações sociais contribuíram para definir essa predestinação amorosa, facilitando assim a transição romântica. Ora, essa concepção antiga e regularmente invalidada pelos fatos é uma das mais resistentes atualmente. Não estou dizendo que não podemos encontrar um companheiro com quem, ao longo de uma vida de afeto, convivência e paixão constante, veremos dia após dia que somos feitos um para o outro. Mas isso não significa que não seria possível ter uma vida feliz com outra pessoa. Tal é a dificuldade do amor quando abandonamos a ideia (ultrapassada) de predestinação: existe a escolha de parceiros e isso muda completamente a vida de todos nós. É por essa razão que o ser humano tem tanto medo de encarar a possibilidade de uma nova experiência amorosa. Numa pesquisa preparatória do meu livro *La Femme seule et le Prince charmant*,* fiquei surpreso em constatar como a ideia de destino no campo amoroso estava ainda presente nas mentalidades. Mas, analisando melhor, notei a presença de variantes sutis. No alto da hierarquia fatalista, havia o imutável "de todo jeito, está escrito". Um pouco mais abaixo, "nesse dia, eu vou saber que é Ele!". A escolha da letra maiúscula é importante nesse caso (eram depoimentos escritos), pois a letra minúscula indicaria dúvida. O "Ele" do destino traçado pelos astros, do grande amor, seria um "ele" incerto e contestável: "é realmente ele?". O questionamento da modernidade atenua a predestinação.

---

* Em Portugal, *A mulher só e o príncipe encantado*. Lisboa: Editorial notícias, 2000.

Ajustes e entremeios

O cenário atual caracteriza-se pelo declínio do modelo romântico, enquanto o modelo emergente permanece vago e latente, sem que consiga se impor e se tornar mais palpável. Os aspirantes ao amor estão, portanto, condenados a navegar à deriva nesse entremeio, tentando evitar as armadilhas dos excessos, simulando ajustes entre lógicas diferentes. O sonho de um momento de intensa emoção no primeiro encontro permanece vivo. Mas é curioso que um grande número deles se apresente em flashes interruptos e imediatistas, aproximando-se da cultura contemporânea do sensível e da emoção. Muitos casais, pelo contrário, não percebem que entram pela pequena porta do amor em relações preparatórias à futura vida conjugal. Somente *a posteriori* descobrem que a história já havia começado. Sua discreta inserção na trajetória conjugal não significa que o amor não possa nascer e amadurecer, nem provocar efusões comparáveis ao impacto inicial. Esses casais deverão, contudo, realizar um trabalho de reescritura narrativa pessoal, pois ainda hoje é delicado não aparecer vagamente em conformidade com o modelo romântico.

Vimos, por exemplo, como Alban tentou nos confundir, usando um discurso abstrato fortemente inspirado no modelo romântico e fatos reais em constante dissonância. Ele conhecia Lisa havia muito tempo, antes de anunciar que não se tratava de amizade. A primeira noite não teria sido uma simples coincidência. "Já existia a vontade de assumir um compromisso." Alguns minutos depois, a descrição mais detalhada da cena anuncia uma nova versão dos fatos. "Era um fim de semana, estávamos com alguns amigos para nos divertirmos." Consciente de ter ido longe demais, ele corrige: "Não houve pressão dos amigos. Era realmente o que eu queria." Queria o que exatamente? Uma noite de sexo ou confirmar um compromisso? O mínimo que podemos dizer é que sua história comporta múltiplos sentidos. A confusão narrativa não se deve à sua personalidade ou ao seu intelecto. Alban não está mentindo. Sua confusão ilustra, pelo contrário, os esforços de cada um para dar uma impressão de coerência ao que não é mais possível, para ajustar nos entremeios referenciais. Com um último esforço intelectual, Alban tenta atenuar o efeito negativo de suas contradições, aproximando-se de uma hipotética verdade: "No dia seguinte, a relação ficou mais séria, porque mostrei meus sentimentos." Ele abandona a ideia de um amor preexistente (ele tinha deixado pairar a dúvida sobre sua existência), para situar oficialmente o início de sua história sentimental naquela primeira manhã. Mas, infelizmente, ele funda esse sentimento na experiência sexual, contrariando seus princípios (que seguem o modelo romântico). Para concluir, ele acaba confessando algo de extrema importância: após ter declarado viver há "quatro anos com Lisa", desde aquela manhã em que "a relação ficou mais séria", ele comenta: "Nunca chegamos realmente a viver juntos. Durante dez ou quinze dias é ótimo. Mas, durante um ano, ou um mês, é muito diferente. Portanto, quando eu digo que é sério, não significa que é para a vida inteira. Mas também poderia sugerir: "Seria ótimo se fosse para a vida inteira." O amor, segundo o modelo romântico, seria um sonho impossível para Alban. Sem nunca apagá-lo de sua mente, ele caminha em outra direção.

A ginástica mental de Alban (para contar sua história) é complexa, pois insiste em apresentar suas referências segundo o modelo romântico, afastando-se de sua experiência pessoal. Outros usam de astúcias para evitar tal esforço mental. É o caso daqueles que se inserem na lógica da continuidade. Assim como atenuam as dificuldades do cotidiano para impor seu sistema de vida a dois, evitam questões problemáticas com discursos sensatos: a história do casal não é excitante do ponto de vista amoroso, mas é simples, mais profunda e verdadeira em seu silêncio comunicativo que todos os melodramas escandalosos e superficiais. "As coisas acontecem naturalmente!", é um dos seus slogans-fetiche, assim como: "É assim!"

"Eu pensei: é assim!" Tal frase repetida mil vezes termina por ressoar de modo estranho ao ouvido do pesquisador: sua banalidade quer dizer alguma coisa. Ele continua a escutá-la sem compreender seu sentido real. Até o dia em que a verdade desponta em sua comovente candura. "É Ele" já poderia ter dado alguma indicação: além da certeza, encerra a ideia de predestinação amorosa. "É assim" traduz a mesma ideia de destino. Não exatamente a mesma, pois ela não se refere ao modelo romântico. A lógica da continuidade, em suas manifestações mais extremas, pode ser vista como uma tentativa de adaptação do antigo regime conjugal à modernidade. O homem atual não cessa de construir sua trajetória que, por sua vez, o carrega e o constrói; ele inventa-se e é determinado. Ao se inserir no comum e na continuidade, ele tenta apagar um dos polos opostos dessa dialética moderna, construindo-se unicamente pela trajetória, que, nesse caso, vive como um destino incontornável. A diferença com o antigo regime conjugal está justamente nessa trajetória evolutiva (enquanto a tradição é fixa e repetitiva), e no controle social menos explícito (as famílias de hoje não ousam dar sua opinião sobre os pretendentes de seus filhos). Mas quanto à relação dos indivíduos aos acontecimentos, a visão continua sendo a mesma: eles se deixam definir pela força das coisas.

Se, por um lado, o novo amor ainda não mostrou sua cara, a falência do modelo romântico abriu caminho (além de milhares de pequenos ajustes incertos) à reativação do posicionamento tradicional, atualizado pelas manhãs comuns e outras trajetórias da continuidade. Embora os dois séculos de combate ao amor (auxiliados no final pela emancipação sexual) parecessem ter posto fim ao antigo regime conjugal. Tal evolução é, sem dúvida, imputável ao arcaísmo do imaginário, que ficou apegado ao seu antigo modelo, enquanto as práticas amorosas, criativas e audaciosas, buscavam novos caminhos. É interessante constatar que o modelo romântico, revolucionário em seu início, avançado para os costumes de sua época, transformou-se em mais um freio conservador, que não reflete a maneira como o homem atual procura amar, amar melhor. Por uma razão muito simples: durante esses dois séculos, ele não evoluiu, permaneceu fora do tempo. Hoje existe uma crise do imaginário amoroso que é preciso solucionar com urgência, para evitar ajustes cansativos e segredos sentimentalmente pobres, para libertar e legitimar a nova sensibilidade emocional.

A experiência amorosa

Vamos sair por alguns instantes do campo amoroso. Em tudo o que se refere à vida cotidiana, como cuidar dos filhos, gerir seu orçamento pessoal ou até descansar, outra mutação antropológica de grande impacto produziu-se em menos de um século. O "antigo regime de costumes" [Thuillier, 1977] definia a conduta de cada um de modo manifesto e visível, pois os hábitos das comunidades eram relativamente homogêneos e reproduziam-se quase do mesmo modo. A mãe ensinava a filha a cuidar de seu filho, e a família alimentava-se como os antepassados. Nas sociedades atuais, parece que nada mais pode escapar ao questionamento da modernidade, principalmente os velhos costumes. Como educar seu filho? Uma quantidade de livros e revistas oferece respostas às mais diversas questões. O homem contemporâneo tornou-se um *Homo scientificus* que trata de sua própria vida como um objeto de laboratório. Ele não se alimenta mais como seus pais ou seus avós;

ele inova, mas exige saber com precisão o que há em seu prato. Ele procura informar-se por meio de nutricionistas, biólogos, químicos, psicólogos, filósofos que tipo de alimentação seria mais conveniente para a sua saúde, e quais seriam os efeitos sobre o seu organismo. Ele não se satisfaz mais em simplesmente comer.

Entramos na era da reflexão generalizada, pois se procura questionar e debater o menor aspecto da vida contemporânea. Para encontrar as respostas, basta somente consultar os livros, ler os jornais, assistir aos programas de televisão que vulgarizam o conhecimento de especialistas de modo industrial. Mas isso não é suficiente. Os conselhos são inadequados, abstratos e contraditórios. Nada substitui a experiência pessoal para se tirar suas próprias conclusões. O *Homo scientificus* não é somente um mero receptor de informações científicas, mas sim um experimentador que, no laboratório de sua vida, testa e avalia os elementos e os acontecimentos mais diversos que se lhe apresentam. Em meu último livro, *Ego*, de conteúdo mais teórico, há uma polêmica científica entre mim e François Dubet [1994] a respeito da relação que o indivíduo estabelece com seus papéis sociais. Ele mostra como o homem contemporâneo está cada vez mais livre dos papéis que antes lhe eram impostos pela sociedade. Do meu ponto de vista, ele liberta-se apenas de certo tipo de papel. Mas esse debate é secundário neste livro. O que nos interessa aqui é a conclusão de François Dubet: em todas as dimensões da existência humana, o que favorece a construção do indivíduo como sujeito são as múltiplas experiências sociais pelas quais ele passa ao longo da vida.

Ocorre o mesmo a respeito do universo amoroso. Anthony Giddens [1992] ressalta que o aumento da autonomia e da reflexão desestabilizou o amor romântico; o idealismo sentimental ficou tão insustentável quanto a submissão à tradição. Pois o homem moderno deseja experimentar por si mesmo se os seus sentimentos têm fundamento e se a escolha que faz é certa. Vimos quais eram os procedimentos utilizados para garantir essa avaliação. Pode-se recorrer tanto a um raciocínio de tipo científico como a um pensamento mais difuso. Gildas, por exemplo, não elaborou um real protocolo experimental para seu teste do café da manhã. "Eu penso em certas coisas, mas não chego a perguntar. Não é muito estudado, calculado. O que me interessa é ver se existe alguma coisa que não me agrada, se a relação pode dar certo." Agathe ignorou tudo o que poderia tê-la levado a uma constatação negativa da manhã, somente pelo modo como John havia se comportado. A experimentação de tipo científico está subordinada a uma percepção sensível que define a dominante da opinião. Esse modo de experimentação é inelutável, pois os critérios que entram em jogo são inúmeros e dificilmente observáveis para que um raciocínio puramente racional possa tirar alguma conclusão. Portanto, o recurso ao sensorial é uma necessidade técnica que traz, no entanto, uma consequência notável: a experiência amorosa é única [Beck, 2001] e sensível, envolvendo reflexões abruptas na sensualidade, liberando sutilmente a emoção.

Que importância tem a primeira manhã na experiência amorosa? Aqueles que são enraizados nas trajetórias de continuidade tentam negar sua importância, assim como negam a importância de qualquer experiência. A vida é "assim", e não há nada a fazer. Outros poderiam querer ocultá-la em nome do sentimento fundador, que ainda permanece uma referência nas mentalidades. O que é menos frequente. Mesmo quando o amor nascente é fiel ao código romântico, a longa história amorosa será pontuada por episódios nos quais os amantes testam a solidez de seu compromisso: a experimentação amorosa tornou-se um fato incontornável. Ainda mais quando o ardor inicial mostra não passar de um tênue fulgor. Seja qual for a intensidade da paixão, a primeira manhã representa hoje uma etapa essencial da experimentação. Para os que estão comprometidos, a manhã é a confirmação solene do seu amor. Para os mais livres, ela é um momento crucial de descoberta e reflexão. O ideal é que não seja uma ocasião para a avaliação crítica. "O sonho é um embrião de sentimento, com os amantes que se descobrem fascinados de manhã" (Virginie). O que não foi exatamente o caso, no camping, com seu companheiro solitário.

A importância da primeira manhã na experimentação é maior quando a história começa na véspera. A autonomia do sexo em relação ao compromisso conjugal multiplica esse tipo de trajetória, que dispensa prévias declarações sentimentais, sem que possamos dizer se estamos diante de um modelo generalizável. A evolução histórica do amor está vinculada essencialmente à experimentação e à mudança do modo de expressão dos sentimentos. As trajetórias repentinas e inesperadas são um caso particular muito difundido e sintomático da experimentação. Quando a história começa na primeira manhã, tudo se passa com mais intensidade e rapidez. A capacidade de observação e análise é decisiva. O menor erro de avaliação pode levar a uma dinâmica de socialização da qual será difícil se libertar mais tarde. Salvo quando, como Rodolphe, dá-se uma atenção particular ao sexo e recusa-se entrar no cotidiano. Nesse caso, é mais fácil estimar a satisfação e controlar o tempo da relação. "Às vezes, você decide antes se fica só de noite. Mas, se você tem mais afinidade com a pessoa, acaba ficando. Depende. Se você passou uma ótima noite, a vontade é continuar a experiência. Mas, se as coisas não se passaram muito bem, você quer ir embora. Agora, para mim, a relação sexual não é somente sexo. De certa forma, estou assumindo um compromisso. Talvez não por muito tempo: umas duas ou três semanas." Mas o preço a pagar, "a longo prazo", é a impossibilidade de se estabelecer como casal (exceto se viverem separados) e fundar uma família. A experimentação não se refere apenas ao parceiro, que poderia ser testado como qualquer outro produto de consumo. O mais difícil nessa aventura é a experimentação de si mesmo. Porque o eu será diferente, e porque não seremos os mesmos, segundo o grau de envolvimento na relação. Não é em relação ao outro, mas a si mesmo, que se decide na primeira manhã.

A transformação dos sentimentos

O amor como experiência não significa que não haja sentimentos. Se por romantismo designamos o arrebatamento dos sentidos, que permite ultrapassar a dimensão da existência comum, nossa época também é romântica, talvez até mais do que aquela que se proclamava como tal. A atenção e o carinho nas relações íntimas chegaram a proporções jamais vistas. Somente o modelo idealizador, fundado num único *élan* inicial, ditado pelo destino, está em declínio. Os sentimentos não desaparecem, não diminuem, apenas se transformam e criam outras histórias.

Não se pode mais definir o amor apenas pelo impacto inaugural; ele está enraizado no presente e aberto ao futuro. Cada novo dia traz novas revelações e surpresas. Um pequeno amor hoje pode ser um grande amor amanhã.

Ele perde a abstração e a idealização que provocavam o transporte amoroso, dissimulando a realidade. Ele é fundado hoje na realidade concreta dos indivíduos e das coisas, é um amor pragmático. O transporte amoroso nasce do próprio acontecimento como uma exaltação da realidade.

Ele era globalizante e unificador, devido à sua abstração, a pessoa amada era um ser total irrefutável. Hoje ele entra com emoção e curiosidade no culto do detalhe e da pluralidade de identidade. Podemos ficar apaixonados apenas por certos aspectos de uma pessoa.

Ele dividia homens e mulheres, estas últimas (que só tinham a ganhar com a abolição do antigo regime conjugal) sendo revolucionárias idealistas mais ardentes. A experiência amorosa, que privilegia o sexo, exige um homem mais ativo. A descoberta das novas dimensões do sensível está, hoje, lado a lado.

Seus momentos gloriosos eram a espera, a ausência e o sofrimento. Quantas lágrimas não foram derramadas? Hoje ele está em busca do prazer e do bem-estar mútuo. Ele é simplesmente uma esperança de felicidade.

A transformação dos sentimentos causa uma forte impressão na primeira manhã, sobretudo quando se trata do início de uma história. Às vezes, para o pior: manhãs de angústia e constrangimento. Mas também para o melhor: manhãs encantadas que são como paixão defasada, doce e sem dor. A primeira manhã é um momento crucial, não somente no desenrolar das trajetórias conjugais, mas também no nascimento dos sentimentos. Porque a sensibilidade é exacerbada. Ela não poderia deixar de ser, pois os sentidos estão em alerta para canalizar a confusão dos pensamentos. É uma verdadeira cultura da experiência sensível que se opera sob os nossos olhos. Se o sentimento único e divino é inviável, cabe substituí-lo por milhares de emoções que, unidas, conseguem balançar o coração. O instante mais insignificante alcança a beleza e a graça pela força da exaltação amorosa. Um grão de areia pode se transformar em ouro puro.

CONCLUSÃO - MODO DE USO

O que fazer deste livro após sua leitura? Não se trata de um manual prático que fornece a chave para o sucesso das primeiras manhãs, mas de uma obra que busca descrever a realidade tal como ela é. É possível, e até provável, que o leitor que esteja pronto para viver novas manhãs busque nele dicas de comportamento e receitas de felicidade. Dessa forma, eu gostaria (embora esteja nos limites do exercício da sociologia) de lhe dar dois conselhos.

Em primeiro lugar, sobre as manhãs em si. Nesse momento crucial, a existência de cada um é suscetível de tomar um rumo diferente. Decerto não é sempre que ocorrem mudanças: há muitas manhãs comuns e sem amanhãs. A simples possibilidade da mudança biográfica confere, porém, uma marca particular ao contexto, uma atmosfera característica, embora inexplicável. Inexplicável porque as referências estão mais atenuadas: a primeira manhã situa-se fora do tempo e da vida habitual, pertencendo a um espaço ambíguo que, pela ausência de normas, libera as percepções sensíveis. As emoções e sensações que provamos nesse momento não são sempre extraordinárias e fascinantes. Elas são difusas, esparsas e sutis. Podem ser desagradáveis também, até mesmo quando as manhãs desbordam de amor (angústia de não corresponder). Seja como for, trata-se de uma experiência única, que é preciso saborear intensamente, degustando seus charmes discretos e efêmeros e sabendo cultivá-los ao máximo. Sabendo entrar com curiosidade na surpreendente descoberta do estranhamento íntimo. E sabendo principalmente apreciar a dúvida e a indefinição da situação. O que não é muito divertido. Mas são momentos muito raros para se fugir deles ao menor inconveniente. Pois a incerteza que pode gerar ansiedade indica sobretudo que a cena está aberta a novas possibilidades, que o amanhã não está escrito. A pessoa, como exterior ao quadro social que costuma ditar seu caminho, está no cruzamento dos caminhos de seu futuro (e não há somente dois: milhares de decisões podem ser tomadas). Há poucos momentos na vida em que o indivíduo é tão livre e responsável por sua vida.

Em segundo lugar, sobre o uso do livro, dou as chaves de compreensão de inúmeros comportamentos e situações, revelando o que está em jogo. Nada pode ser deixado de lado na primeira manhã. Portanto, imagino que possa ser tentador usar este livro como uma obra de formação permanente para lidar com esse momento crucial. Devo advertir o leitor de uma coisa: é necessário ser crítico. Não o aconselho, por exemplo, a viver sua primeira manhã com o *Primeira manhã* na mão!

Estaria a sociologia condenada a confinar-se nos livros, distanciando-se da vida cotidiana? Longe de mim tal ideia! Disse em outro momento que o homem moderno havia se tornado um *Homo scientificus* que trata sua vida como um objeto de laboratório. Ele se questiona sobre tudo, informa-se sobre os últimos resultados das pesquisas. Nossa vida atual é assim, nada pode conter esse movimento histórico de reflexão generalizada: cada um aspira a desenvolver um olhar inteligente e crítico sobre si mesmo. Minha ressalva refere-se unicamente ao método: de que maneira devemos interpretar as informações coletadas para aplicá-las a nossas experiências pessoais? O erro estaria em querer viver como um livro.

Nunca viveremos como um livro. Mas tampouco esquecemos com tanta facilidade o que ele nos conta. O conhecimento adormecido é intuitivamente reativado quando nos deparamos com uma situação urgente. É assim que acontece na primeira manhã: a reflexão se dá por flashes discretos, num raciocínio paralelo, atento aos detalhes do presente.

A primeira manhã é um acontecimento marcante nessa nova modalidade existencial que é a experiência amorosa. Todos os cientistas dirão que uma boa experiência deve acumular instrumentos teóricos: decerto chegar ao laboratório com ideias ajuda a compreender muito melhor as coisas. Mas, durante a experiência, é necessário esquecer os livros e a velha teoria. Pois é assim que se descobre o novo mais surpreendente. Muito pouco se sabe a respeito das primeiras manhãs. Elas permanecem um terreno de aventura, um universo de conhecimento a ser desvendado.

CONSIDERAÇÕES SOBRE O MÉTODO

Enganei-me ao pensar que seria difícil realizar uma pesquisa sobre as primeiras manhãs. Houve somente uma certa dificuldade em trazer as lembranças do passado, mas os entrevistados dedicaram-se a esse trabalho com uma motivação e um prazer evidentes, o prazer proporcionado pela viagem aos momentos mais importantes de sua própria vida. Para afastar os riscos que havia imaginado, decidi impregnar-me do assunto por uma (agradável) incursão no universo da ficção: li e reli uma quantidade de romances. Minha surpresa e minha decepção foram grandes, pois (com algumas exceções que ocupam um lugar de destaque neste livro) constatei que a cena em questão era muitas vezes escamoteada; que sua existência era marginal no vasto campo da literatura. Entre as cenas de amor noturnas e os acontecimentos do dia seguinte, a manhã ocupa apenas algumas linhas de transição. O contraste é assustador com o cinema, que mostra em imagens os momentos incertos do despertar, os mínimos quiproquós, as roupas íntimas e os cafés improvisados. Essa diferença de visão não se deve ao acaso. Ela pode ser explicada pelo predomínio da inteligência sensível na primeira manhã: os sentidos (particularmente a visão) guiam o pensamento. A primeira manhã é uma experiência sensível que se atém aos detalhes ambíguos do comum extraordinário, intuitivamente captados numa só imagem, mas complexos demais para serem descritos verbalmente.

Pensei que a pesquisa seria difícil e me enganei. Os entrevistados sentiram-se rapidamente à vontade com o assunto, exprimindo-se com vivacidade e naturalidade em seu próprio vocabulário, como sinal de considerável envolvimento. O início das entrevistas era aberto para que eles pudessem dizer com suas próprias palavras as associações de ideias que evocava o termo "primeira manhã". Em seguida, as questões eram mais precisas para trazer à tona lembranças já apagadas da memória. No entanto, essas perguntas foram realizadas com a preocupação constante em evitar o condicionamento dos entrevistados que caracteriza o método quantitativo de pesquisa. No espírito da entrevista compreensiva [Kaufmann, 1996], a expressão individual foi sempre privilegiada para recolher as lógicas narrativas e as categorias de análise específicas de cada entrevistado.

Eles deveriam escolher e narrar minuciosamente uma (ou duas, quatro para Juliette que não conseguiu se conter) primeira manhã, e fornecer elementos mais sucintos sobre outras experiências amorosas. Cada entrevistado privilegiou algumas histórias e personagens (com nomes fictícios) cuja evolução seguimos ao longo deste livro. Portanto, uma dupla leitura é possível. Uma leitura clássica, seguindo a trama central da argumentação. E uma leitura transversal e biográfica, que reconstitui a história dos personagens principais, descrita sob ângulos diferentes. Para quem deseja, o índice biográfico poderá auxiliar nessa segunda leitura.

Seguindo o método etnológico, as pessoas selecionadas devem ser consideradas como informantes e não como elementos constitutivos de uma amostra representativa [Kaufmann, 1996]. A diversidade de idades e classes sociais não é uma variável intrínseca que deva ser utilizada como medida comparativa entre diferentes categorias, mas uma garantia de variedade das experiências coletadas. Os mais jovens são sobrerrepresentados por dois motivos. Em primeiro lugar, porque as primeiras manhãs são mais frequentes na juventude, visto a brevidade dos casos amorosos nesse período da vida. E porque a primeira manhã, como evento crucial e fundador (além da mudança do modelo amoroso), é um fenômeno novo, portanto mais fácil de ser encontrado nas gerações mais jovens.

Espero que este livro seja de fácil leitura. O que não significa que seja desprovido de conteúdo teórico. Esta pesquisa, sob a perspectiva da *Grounded theory*, elabora progressivamente os conceitos a partir dos detalhes concretos de campo [Kaufmann, 1996]. O que leva a níveis variáveis de teorização, segundo a escolha da linguagem de cada obra. No livro *Ego*, por exemplo, a abstração conceitual é considerável. Neste livro, ao contrário, os conceitos são emergentes e oriundos de situações concretas. Não se trata, porém, de um estudo inferior, nem de um exercício de vulgarização, mas de um trabalho de teorização particular que se caracteriza por um permanente vai e vem entre prática e teoria. Para quem pode e deseja vê-los, os conceitos estão presentes e podem ser extraídos e generalizados. Mas a riqueza viva do material que os envolve pode limitar seu alcance; o leitor deve fazer um esforço teórico se deseja utilizá-los a seu bel-prazer. Em contrapartida, este nível de escrita em torno de uma teoria implícita oferece muitas vantagens. Ele permite criar um documento que parece falar de si mesmo, de modo evocatório. Tal resultado seria impossível sem o empenho exemplar das testemunhas; muitas histórias falam por si sós. Mas são os instrumentos teóricos, discretamente subentendidos, que alimentam essa expressividade. Outra vantagem é a própria criação da obra e sua escrita. Desde o nascimento das ciências sociais, escrita literária e escrita científica permaneceram distantes [Barou, 1992]. Essa evolução parece inevitável para os documentos científicos mais comuns: teóricos, metodológicos, pedagógicos, entre outros. Mas talvez não para todos. O diário de pesquisa, por exemplo, oferece outras possibilidades [Lourau, 1988]: o momento particular da teoria latente envolta numa matéria viva. Novas formas literárias devem ser criadas. Por que não poderíamos pensar em pequenas obras de arte sociológicas?

ÍNDICE BIOGRÁFICO

AGATHE

23 anos
Recepcionista de navio
Atualmente está com John
Primeira manhã com John há 4 meses
Índice: p. 27, 30, 42, 46, 51, 55, 56, 57, 66, 67, 92, 99, 149, 150, 165, 175, 184, 192, 203, 207, 208, 209, 215, 238.

ALBAN

23 anos
Estudante
Atualmente namora Lisa (não vivem juntos)
Primeira manhã com Yasmine há 5 anos
Duração do casal após a primeira manhã: 8 meses
Primeira manhã com Lisa há 4 anos
Índice: p. 17, 18, 42, 54, 105, 106, 108, 109, 193, 194, 197, 198, 199, 233, 234.

ANNA

28 anos
Psicóloga
Atualmente está com Éric
Primeira manhã com Éric há 9 anos e meio
Índice: p. 21, 22, 25, 41, 44, 45, 47, 53, 64, 70, 107, 111, 129, 130, 131, 152, 153, 163, 165, 177, 180, 205, 206, 216.

BORIS

28 anos

Vigilante

Solteiro

Primeira manhã com Prudence há 8 anos

Duração do casal após a primeira manhã: 1 ano e meio

Índice: p. 21, 22, 33, 50, 60, 71, 81, 99, 100, 133, 152, 156, 158, 162, 165, 174, 195, 197, 218, 219.

CHARLES-ANTOINE

33 anos

Notário

Solteiro

Primeira manhã com a holandesa há 2 anos

Duração do casal após a primeira manhã: 10 dias (após o verão)

Índice: p. 16, 28, 31, 47, 48, 88, 93, 104, 114, 115, 153, 160, 177, 196, 209, 211, 212, 213.

COLOMBINE

24 anos

Artesã

Atualmente está com Franck

Primeira manhã com Franck há 3 anos

Índice: p. 20, 22, 23, 26, 27, 29, 38, 39, 40, 41, 52, 53, 57, 58, 62, 72, 73, 75, 77, 81, 82, 97, 98, 108, 112, 114, 117, 118, 119, 135, 138, 151, 152, 157, 158, 159, 161, 164, 165, 166, 168, 174, 175, 180, 181, 182, 183, 188, 189, 206, 207, 208, 214, 219.

ERIKA

44 anos

Enfermeira

Atualmente está com outra pessoa que não Luc

Primeira manhã com Luc há 25 anos

Duração do casal após a primeira manhã: 3 anos com longas separações

Índice: p. 20, 31, 34, 45, 48, 79, 90, 92, 105, 108, 113, 114, 136, 141, 174, 177, 203, 214.

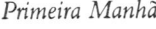

FANNY

25 anos
Empresária
Atualmente está com José
Primeira manhã com Gilberto há 5 anos
Duração do casal após a primeira manhã: 1 mês
Primeira manhã com José há 3 meses
Índice: p. 20, 34, 42, 43, 44, 48, 51, 52, 57, 81, 82, 109, 110, 124, 133, 135, 137, 138, 139, 140, 154, 160, 164, 201, 202, 209.

GABRIELLE

52 anos
Secretária
Casada com André, três filhos
Primeira manhã com André há 31 anos
Índice: p. 31, 109, 111, 135, 177, 224, 225, 226, 228.

GEORGETTE

77 anos
Aposentada
Viúva
Primeira manhã com Léon há 57 anos
Duração do casal após a primeira manhã: 54 anos
Índice: p. 15, 83, 222, 223, 228.

GÉRARD

55 anos
Analista de sistemas
Atualmente está com Monique
Primeira manhã com Monique há 3 anos
Duração do casal após a primeira manhã: 3 anos
Índice: p. 68, 69, 164, 187.

GILDAS

25 anos
Escriturário
Solteiro
Primeira manhã com Julien há 10 meses
Duração do casal: 1 manhã
Índice: p. 43, 47, 49, 50, 54, 59, 62, 63, 76, 77, 79, 92, 95, 101, 105, 156, 158, 160, 161, 162, 163, 175, 176, 186, 207, 214, 238.

ISA

26 anos
Escriturária
Atualmente está com Tristan
Primeira manhã com o holandês há 7 anos
Duração do casal após a primeira manhã: 1 ano e meio
Primeira manhã com Tristan há 3 anos
Índice: p. 29, 30, 35, 36, 37, 66, 140, 141, 142, 143, 144, 145, 153, 155, 169, 171, 172, 173, 185, 193, 201, 203.

JULIETTE

27 anos
Representante comercial (bar)
Casada com Guillaume, um filho
Primeira manhã com Romano há 10 anos
Duração do casal após a primeira manhã: alguns meses
Primeira manhã com Guillaume há 6 anos
Índice: p. 42, 44, 52, 53, 54, 59, 60, 61, 63, 67, 70, 73, 74, 75, 79, 89, 102, 103, 104, 108, 112, 113, 125, 126, 127, 149, 209, 220.

MANUEL

25 anos
Comerciário (desempregado)
Declara-se "solteiro com uma namorada" (Déborah)
Primeira manhã com Ingrid há 5 anos
Duração do casal após a primeira manhã: 1 dia
Primeira manhã com Déborah há 3 anos
Duração do casal: 3 anos, com seis rupturas de 2 a 3 meses, e uma relação bastante liberal nos momentos de vida "em comum".
Índice: p. 45, 89, 90, 95, 96, 107, 116, 208, 209.

MARLÈNE
47 anos
Esteticista
Casada com Fernand, dois filhos
Primeira manhã com Fernand há 22 anos
Índice: p. 24, 28, 62, 68, 169, 214.

PIERRE
28 anos
Desempregado
Atualmente está com Marinette
Primeira manhã com Marinette há 15 dias
Índice: p. 20, 31, 42, 47, 79, 166, 177, 180, 186, 216.

RODOLPHE
24 anos
Corretor imobiliário
Namora Charlotte (não vivem juntos)
Primeira manhã com Charlotte há 11 meses
Índice: p. 19, 45, 52, 54, 56, 57, 63, 68, 69, 90, 93, 95, 96, 120, 121, 123, 137, 139, 140, 154, 159, 160, 210, 211, 239.

SOPHIE
31 anos
Recepcionista de navio
Solteira
Primeira manhã com Sébastian há 10 anos
Duração do casal após a primeira manhã: 7 anos entrecortados por separações (3 anos de vida em comum)
Índice: p. 19, 41, 47, 49, 54, 55, 69, 72, 90, 102, 137, 138, 154, 155, 193, 211, 218, 219.

TRISTAN
28 anos
Escriturário
Atualmente está com Isa
Primeira manhã com Isa há 3 anos
Índice: p. 28, 29, 30, 31, 32, 33, 34, 35, 36, 37, 45, 66, 82, 96, 114, 118, 140, 141, 142, 143, 144, 145, 153, 155, 156, 160, 164, 166, 168, 169, 170, 171, 172, 173, 185, 195, 201, 202, 203.

VINCENT

22 anos

Garçom

Atualmente está com Aglaé

Primeira manhã com Aglaé há 3 anos

Índice: p. 17, 22, 23, 24, 46, 55, 56, 69, 71, 73, 89, 98, 100, 132, 133, 152, 160, 163, 166, 187, 188, 189, 190, 191, 192, 193, 198, 208, 217.

VIRGINIE

23 anos

Estudante

Solteira

Primeira manhã com Léopold há 5 anos

Duração do casal após a primeira manhã: 4 anos

Primeira manhã com Raoul há 4 meses

Duração do casal após a primeira manhã: 3 meses (não moram juntos)

Índice: p. 44, 46, 47, 48, 49, 53, 61, 62, 63, 77, 78, 83, 88, 91, 92, 106, 125, 126, 159, 160, 164, 189, 194, 196, 216, 239.

WALTER

41 anos

Comerciário

Divorciado

Primeira manhã com Diane há 1 mês

Duração do casal após a primeira manhã: 1 semana

Índice: p. 16, 18, 23, 31, 59, 63, 64, 94, 167, 174.

BIBLIOGRAFIA

Alberoni F., *Le Choc amoureux. Recherches sur l'état naissant de l'amour*, Paris, Ramsay, 1981.

Alberoni F., *Le Vol nuptial. L'Imaginaire amoureux des femmes*, Paris, Plon, 1994.

Alhinc-Lorenzi M.-P., "Étude de cas d'une cohabitation juvénile. Le Rôle des objets marqueurs de l'intégration conjugale", Dissertação de Mestrado em Ciências Sociais, Université Paris-V, sob a orientação de P. Gaboriau, 1997.

André C., Lelord F., *L'Estime de soi*, Paris, Odile Jacob, 1999.

Barou J., "Littérature et sociologie", *Informations sociales*, n. 20, 1992.

Bec P., *La Lyrique française au Moyen Age (XIIème – XIIIème siècles)*, Paris, Picard, 1978.

Beck U., "La Religion séculière de l'amour", *Comprendre*, n. 2, 2001.

Berger P., Luckmann T., *La Construction sociale de la réalité*, Paris, Méridiens-Klincksieck, 1986.

Berger P., Kellner H., "Le Mariage et la construction de la réalité", *Dialogue*, n. 102, 1988.

Bertaux D., *Les Récits de vie*, Paris, Nathan, 1997.

Bidart C., *L'Amitié, un lien social*, Paris, La Découverte, 1997.

Bologne J.-C., *Histoire de la pudeur*, Paris, Olivier Orban, 1986.

Bozon M., "L'Entrée dans la sexualité adulte: Le Premier rapport et ses suites", *Population*, n. 5, 1993.

Bozon M., "Amour, désir, durée. Cycle de la sexualité conjugale et rapports entre hommes et femmes", in: Bajos N., Bozon M., Ferrand A., Giami A., Spira A., *La Sexualité au temps du sida*, Paris, PUF, 1998.

Bozon M., "Orientations intimes et construction de soi. Pluralité et divergences dans les expressions de la sexualité", *Sociétés contemporaines*, n. 41-42, 2001.

Bozon M., *Sociologie de la sexualité*, Paris, Nathan, 2002.

Brown E., Fougeyrollas-Schwebel D., Jaspard M., "Le Petit déjeuner des Français", Relatório de Pesquisa, IRESCO, 1991.

Caradec V., "De l'amour à 60 ans", *Mana*, n. 3, 1997.

Chalvon-Dermersay S., "Une société élective. Scénarios pour un monde de relations choisies", *Terrains*, n. 27, 1996.

Chaumier S., *La Déliaison amoureuse. De la fusion romantique au désir d'indépendance*, Paris, Armand Colin, 1999.

Corbin A., "La Relation intime ou les plaisirs de l'échange", in: Perrot M., *Histoire de la vie privée*, v. 4, *De la révolution à la grande guerre*, Paris, Seuil, 1987.

Corcuff Ph., "Justification, stratégie et compassion. Apport de la sociologie des régimes d'action", *Correspondances*, n. 51, 1998.

Cyrulnik B., *Sous le signe du lien. Une histoire naturelle de l'attachement*, Paris, Hachette, 1989.

Desjeux D., "L'Expérience de l'altérité, entre minimisation des risques et maximisation de la découverte", Colloque du collège international du voyage, *L'Alimentation du voyageur*, 10 de dezembro de 1999.

Dubar C., "Trajectoires sociales et formes identitaires: Clarifications conceptuelles et méthodologiques", *Sociétés contemporaines*, n. 29, 1998.

Dubet F., *Sociologie de l'expérience*, Paris, Seuil, 1994.

Durkheim É., *Le Suicide. Étude de sociologie*, Paris, Alcan, 1897.

Fischler C., *L'Homnivore. Le Goût, la cuisine et le corps*, Paris, Points-Odile Jacob, 1993.

Gauléjac V. de, *Les Sources de la honte*, Paris, Desclée de Brouwer, 1996.

Giddens A., *The Transformation of Intimacy. Sexuality, Love and Eroticism in Modern Societies*, Stanford, Stanford University Press, 1992.

Goffman E., *Les Rites d'interaction*, Paris, Minuit, 1974.

Goffman E., "Les Ressources sûres", in: Goffman E., *Les Moments et leurs hommes*, textos reunidos e apresentados por Yves Winkin, Paris, Seuil/Minuit, 1988.

Guerrand R.-H., *Les Lieux, histoire des commodités*, Paris, La Découverte, 1986.

Javeau C., *Prendre le futile au sérieux*, Paris, Cerf, 1998.

Jouvet M., *Le Sommeil et le rêve*, Paris, Odile Jacob, 1992.

Kaufmann J.-C., *Corps de femmes, regards d'hommes*, Paris, Nathan, 1995.

Kaufmann J.-C., *L'Entretien compréhensif*, Paris, Nathan, 1996.

Kaufmann J.-C., *Le Cœur à l'ouvrage*, Paris, Nathan, 1997.

Kaufmann J.-C., *La Femme seule et le Prince charmant. Enquête sur la via en solo*, Paris, Nathan, 1999.

Kaufmann J.-C., *Ego. Para uma sociologia do indivíduo*, Lisboa, Instituto Piget, 2003.

Lahire B., *L'Homme pluriel. Les Ressorts de l'action*, Paris, Nathan, 1998.

Le Gall D., "Secondes amours: Aimer la raison?", *Revue internationale d'action communautaire*, n. 27/67, 1992.

Le Gall D., "La Première fois. L'Entrée dans la sexualité adulte d'étudiants de sociologie", *Mana*, n. 3, 1997.

Lourau R., *Le Journal de recherche*, Paris, Méridiens-Klincksieck, 1988.

Mesure S., Renaut A., *Alter Ego. Le Paradoxe de l'identité démocratique*, Paris, Aubier, 1999.

Muxel A., *Individu et mémoire familiale*, Paris, Nathan, 1996.

Perrot M. (org.), *Histoire de la vie privée*, org. de Ariès P. e Duby G., v. 4, *De la Révolution à la Grande Guerre*, Paris, Seuil, 1987.

Raffin T., "L'Amour romanesque: Mythe et réalité d'un mode féminin d'engagement matrimonial", *Dialogue*, n. 96, 1987.

Schurmans M.-N., Dominicé L., *Le Coup de foudre amoureux. Essai de sociologie compréhensive*, Paris, PUF, 1997.

Segalen M., *Rites et rituels contemporains*, Paris, Nathan, 1998.

Simmel G., *Philosophie de l'amour*, Paris-Marseille, Rivages, 1988.

Singly F. de, *Le Soi, le couple et la famille*, Paris, Nathan, 1996.

Singly F. de, *Libres ensemble. L'Individualisme dans la vie commune*, Paris, Nathan, 2000.

Singly F. de, Chaland K., "Quel modèle pour la vie à deux dans les sociétés modernes avancées?", *Comprendre*, n. 2, 2001.

Théry I., *Le Démariage. Justice et vie privée*, Paris, Odile Jacob, 1993.

Thévenot L., "Pragmatiques de la connaissance", in: Borzeix A., Bouvier A., Pharo P., *Sociologie et connaissance. Nouvelles approches cognitives*, Paris, Éditions du CNRS, 1998.

Thuillier G., *Pour une histoire du quotidien au XIXème siècle en Nivernais*, Paris-La Haye, Mouton, 1977.

Vincent J.-D., *Biologie des passions*, Paris, Odile Jacob, 1986.